近代和现代文学故事

声破晓——民族之觉醒

范中华◎编著

湖南人民出版社

图书在版编目（CIP）数据

钟声破晓：民族之觉醒：东方近代和现代文学故事 / 范中华编著 . —长沙：湖南人民出版社，2013.1（2024.09 重印）

（快乐读中外文学故事）

ISBN 978-7-5438-8658-2

I.①钟… Ⅱ.①范… Ⅲ.①故事—作品集—中国—当代 Ⅳ.① I247.8

中国版本图书馆 CIP 数据核字（2012）第 186765 号

快乐读中外文学故事：钟声破晓——民族之觉醒（东方近代和现代文学故事）

编 著 者	范中华
责任编辑	骆荣顺
装帧设计	君和设计

出版发行　湖南人民出版社［http://www.hnppp.com］

地　　址	长沙市营盘东路3号
邮　　编	410005
经　　销	湖南省新华书店
印　　刷	永清县晔盛亚胶印有限公司
版　　次	2013 年 1 月第 1 版 2024 年 9 月第 4 次印刷
开　　本	710×1000　1/16
印　　张	15
字　　数	250千字
书　　号	ISBN 978-7-5438-8658-2
定　　价	25.00元

营销电话：0731-82683348　　（如发现印装质量问题请与出版社调换）

目　录

2

坪内逍遥：东方破晓的钟声

píng nèi xiāo yáo：dōng fāng pò xiǎo de zhōng shēng

1877 年（明治十年）前后，日本文坛上掀起了一股翻译西方文学作品的热潮，翻译的对象多为英法等国的小说，如凡尔纳的《月球旅行》、《海底旅行》、《八十天世界一周》和莎士比亚的《威尼斯商人》等作品。

这时开始对日本近代小说进行深入思考的就是坪内逍遥（1859 —1935）。坪内逍遥是日本明治时代著名的文学理论家、翻译家、剧作家，被誉为日本近代文学的先驱。1859 年坪内逍遥出生于美浓国（今岐阜县），本名坪内雄藏，有青屋主人、逍遥游人等笔名。逍遥的母亲爱好江户文学、传统戏剧，常常领着上小学的逍遥去名古屋市观赏歌舞伎。歌舞伎华丽夸张的表演深深吸引了年幼的逍遥，不知不觉间，他已经迈进了艺术的大门。

从中学时代起，他就成了名古屋有名的租书肆"大野屋"的常客。在这里，他贪婪地阅读着江户时期表现町人生活的文学作品，如曲亭马琴的武侠小说，十返舍一九、式亭三马等人的滑稽小说以及永春水的被称为"人情本"的爱欲小说。诙谐机智的故事，缠绵曲折的男女情事，无不拨动着逍遥的少年心。他沉浸其中，不仅对这些作品的故事情节如数家珍，而且也接受了这些自称"戏作者"所使用的游戏文体的影响。这种戏作的习癖为他闯入文学世界提供了捷径，也让他付出了巨大的代价，他后来一直为自己无法摆脱这一习癖而苦恼。

坪内幼年接受的是严格的汉文教育，就连他的笔名"逍遥"，也是取自《诗经·郑风》中的诗句，"河上乎逍遥"。十四岁开始，逍遥进入名古屋的一所英语学校，接受西方文化。十九岁时他作为爱知县的公派生被选送入东京的开成学校（后来的东京帝国大学）。第二年，学校改名，他入东京大学文学部本科学习。在同班同学高田早苗的影响下，阅读了许多英国文学作品。1880 年他开始从事文学翻译，共花费三十年的心血翻译了

《新译莎士比亚全集》四十卷，成为研究莎士比亚的学者和作品全译者。

在大学的课堂上，一次一位英籍老师让学生分析《哈姆雷特》中王后乔特鲁德的性格。逍遥自然从传统的封建伦理道德观念出发大发一通宏论，自我感觉颇为良好，教师却不以为然，给了他一个很低的分数，给得意的逍遥泼了一盆冷水。这使他猛然意识到分析文学作品并不仅有这样一种方法，还有众多他所不知道的全新的分析方法。为了拓宽自己的思路，他阅读了大量的英国文学作品和文艺理论方面的书刊。当一个新的文学世界在他面前展开的时候，他悄悄地酝酿着一部全新的文学论著——《小说精髓》。

坪内逍遥写作《小说精髓》的目的，是希望通过借鉴西方文学，而使本国的小说艺术最终超越西方。由此他明确了小说作为一种独立的艺术形态，与绘画、音乐、诗歌一样，具有独立的价值，小说并不从属于政治、宗教、伦理道德，只受自身艺术规律的制约。他认为小说的最终目的是使人赏心悦目，他所提倡的新小说的内容，一句话，"在于忠实地模写社会的情况和人们的心理活动"，即"小说的主脑在于人情，世态风俗次之"。忠实客观地描写现实，一般称为"写实主义"。

坪内逍遥并没有满足于在文艺理论方面的抽象探讨，他还试图通过创作实践来表明自己的艺术主张。他创作了小说《当代书生气质》，作品全名为《一读三叹当代书生气质》。所谓书生，就是指当时的大学生。在1882年（明治十五年）前后，日本已经创办了东京帝国大学以及庆应、早稻田、法政、明治等私立大学，学生人数有六万之多，他们在当时的文坛上占有一席之地。

《当代书生气质》基本实践了《小说精髓》中如实描写人情、风俗的主张，没有过去作品中常出现的荒唐无稽的情节和惩恶扬善的说教，在当时可以说是一部内容全新的作品。在《当代书生气质》中并没有特定的主人公，描写了十个学生的群像，其中只有野野宫是学医学的学生，其他人都是学习政治、法律的大学生，年纪在十九岁到二十岁之间。小说中的小町田粲尔聪明英俊，据说是以高田早苗为原型的，后来高田成为早稻田大学的校长。这个人物在作品中是很有代表性的，小说以他和艺妓田次之间的恋爱故事为主线，其中还穿插着劝告他不要因为恋爱而荒废学业的好友守山、整日放荡不羁的同学继原等其他人物的故事。小说中的这些大学生"将来不是当博士就是当大臣"，虽然其中不乏勤奋向上的学生，但大多数人下饭馆，逛妓院，行为放荡不羁。小说中有明显的江户游戏文学的影子，对浅薄的风俗欣赏把玩，并不具备近代文学对现实的批判意识，更谈不上触及社会的本质规律，而且作者署名"春乃舍胧"，也表明自己并非什么文学家，只是游戏作者罢了。

逍遥本打算在文学创作上也有一个新的开拓，但他仍然无法摆脱旧文学的束缚，拖着一条陈旧的尾巴。这部小说无法被称为近代小说的开端，作者自己后来也认为这不是一部成功的文学作品。

如此看来，近代文学理论的进一步完善和深入、构建近代文学理论体系以及创作新的近代文学作品的任务，只能由他的后辈来完成了。不过，无论如何不能忘记的是，《小说精髓》为近代文学的发展指明了方向；《当代书生气质》虽然还算不上真正意义的近代小说，但在当时也是一部新小说。正是逍遥的理论和创作催生了日本近代文学，因此他被誉为"破晓的钟声"。

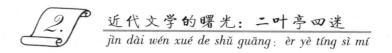

近代文学的曙光：二叶亭四迷
jìn dài wén xué de shǔ guāng：èr yè tíng sì mí

真正宣告日本近代文学诞生的，是 1887 年二叶亭四迷（1864—1909）在坪内逍遥文学理论影响和启发下创作的小说——《浮云》。这是日本第一部现实主义作品，也是第一部成功的近代文学作品。

二叶亭四迷，本名长谷川辰之助。他父亲是一个下级武士，明治后成了一个下级官吏。辰之助本来打算长大后当一名军人，可是因为视力弱没有被陆军士官学校录取。他只好改变主意，决定去当外交官，于是报考了东京外国语学校的俄语系。

　　1885 年，日本学校改变学制，东京外国语学校并入东京商业学校。辰之助对商业不感兴趣，在毕业前夕毅然退学。他一直仰慕坪内逍遥，也研读过《小说精髓》，对其中的观点既有共鸣之处，也有些困惑不解。所以退学后不久，他就专程拜访了坪内逍遥，向他请教，并希望逍遥能够收他为弟子。因为这时候辰之助的父亲已经退职，他必须自谋出路了。逍遥与辰之助交换了对文学的一些意见和看法，他认为辰之助的某些观点已经相当精辟，自己也非常佩服，因此他坚持不让辰之助做自己的弟子，而是希望彼此作为朋友，齐心协力为日本的文学奋斗。

　　1886 年，辰之助以中国儒家的感化思想为根基，吸收俄国作家和理论家尤其是别林斯基的写实主义文学精华，写成了论文《小说总论》，在对坪内逍遥的《小说精髓》的审视中，提出了小说创作要"形意"相结合的主张。"意"即本质，要靠"形"来表现，"形"则因为本质而存在，为了以"形"来达"意"，作家必须摹写社会生活，而脱离了"意"的"形"是无意义的。应该说，《小说总论》已经超越了坪内逍遥在《小说精髓》中所阐述的朴实的写实论，进一步深化了近代小说理论。

　　不仅如此，他还在创作实践上进一步体现自己的理论，于是创作了小说《浮云》的第一部，力图在小说中写出人间百态，道出人生真谛。辰之助把作品拿给逍遥读，逍遥提出了不少宝贵的修改意见。但一个无名小卒要在文坛上打出一片天地，谈何容易？当时出版社不同意出版，所以辰之助只好借助坪内逍遥的名声，《浮云》以二人合著的方式出版，在封面和扉页上都署着坪内逍遥的名字，在扉页的一角上写着春屋主人、二叶亭四迷合著。

　　这是辰之助首次使用二叶亭四迷的笔名。据传说，他的父亲对于儿子从事文学创作非常生气，就骂他："见你的鬼去吧！你去死吧！""二叶亭四迷"与这句话发音差不多，辰之助索性就起了这个笔名。如果确有其事，我们倒可以从中体会到辰之助的幽默感和一种愤激之情。

　　《浮云》中的主人公内海文三是官僚机构中的小办事员，他洁身自好，正直不阿，不为五斗米折腰，宁愿忍受撤职的痛苦也不愿充当附庸，结果意中人阿势变心，他也饱尝世态冷暖，但他仍然坚持做一个真正的人，绝不向恶势力低头，强烈追求自由、平等、尊严，这表明普通日本人的精神已经发展到了一个新的阶段。与内海文三相对立的形象是同为小办事员的本田升，他为了一官半职寡廉鲜耻，出卖自己的灵魂，不仅没被免职，还晋升了一级。阿势是一个轻薄虚伪的近代新女性形象，她身上有崇尚西方文明、向旧观念意识挑战的一面，但也有赶时髦缺乏常性的不成熟的一面，她并没有理解近代文明的实质，以为会说几个新名词、打扮时髦就是近代化了，被能说会道的本田升所吸引。阿势的妈妈阿政是个势利小人，文三在职时，她想把女儿嫁给他；文三失了职，她马上变了一副嘴脸，刻薄相待。这几个主要人物是日本近代社会的四种典型，他们的生活共同构成了一幅活生生的日本近代社会初期的风俗画卷。小说展现了明治社会所谓"文明"背后的种种丑恶现象和不合理的制度，让读者洞察了近代知识分子的精神苦闷。

小说最后写到文三下了决心要离开这个家庭，但只是下决心出走而已，至于文三的命运如何，作者辍笔没有写下去，《浮云》成了一部未完成的作品。为什么二叶亭四迷没有完成它呢？当时的文坛流行感伤和时髦的游戏文学，像《浮云》这样一部严肃而深沉的作品是得不到应有的肯定和理解的，所以在第一部问世以后，始终没有看到第二部出版。《浮云》的未完成不仅与当时出版界的情况有关，更主要的还是二叶亭四迷自己思想观念的变化。据说他认为"文学不是男子汉大丈夫的事业"。究其根源，恐怕还是新旧思想的斗争，因为作者说过："旧思想的根源很深，因此新思想与旧思想不协调时，新思想往往就显得没有力量。"在作者看来，现实和理想的矛盾无法调和，在当时社会的巨大压力之下，文三的前途渺茫，作者无力面对，没有勇气再把文三的悲剧写下去了。

尽管如此，《浮云》依然是日本近代文学的开山之作，它的历史意义是不可磨灭的。它第一次突破了日本传统文学的框架，抛弃了一味追求或诙谐或色情或说教的传统创作方法，真实地、不加粉饰地描绘现实生活，细腻刻画人物的心理，一扫当时日本文坛上的矫揉造作与肤浅感伤之风，切实触及了弊端丛生的社会现实和社会转型期个性尚未成熟的精神状态。尤其是小说言文一致，用日本尚无先例的口语体（白话体）写成，使作品更富于时代感、真实性，缩短了人物、作家、读者之间情感、心理交流的距离，这是日本文学史上的一个重要创新。

二叶亭四迷直到日俄战争之后，才重拾小说创作，1906 年他写了《他的面影》，1910 年写了《平凡》等小说，《他的面影》与《浮云》主题类似，《平凡》以朴素的形式讲述一个平凡人平凡的半生经历，对社会进行了尖锐的讽刺，同时也有作家的自我反省。

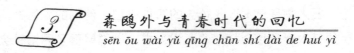

3. 森鸥外与青春时代的回忆
sēn ōu wài yǔ qīng chūn shí dài de huí yì

森鸥外（1862 — 1922），本名森林太郎，自幼才智超人，五岁学习汉学，九岁学习荷兰语，十岁到东京学习德语，十九岁东京大学医学系毕业后，就职于陆军部，被任命为陆军副军医。1844 年，二十二岁的鸥外奉命留学德国，专攻卫生学和军医学。五年的国外生活对鸥外的一生产生了巨大的影响。

森鸥外像

森鸥外的旅欧生活怎样呢？他在《妄想》中记叙了"我还在二十多岁的年代，以处女般敏锐感觉对外界一切事物做出反应，内部积蓄着未曾受到挫折的力量"的青春时代，回忆留学生活时，他说："白天在课堂和实验室里，交织在生气勃勃的青年中间活动。有时因能胜过干什么都有些笨重的欧洲人，轻捷地工作而心里感到很得意自豪。晚间观赏戏剧，去舞厅，然后在咖啡馆消磨时间，乘马车来的清道夫开始清扫时才漫步回家，在回家的路上只有路灯发出寂寞的光亮。有时还不老老实实回家。总算回到自己的宿舍。宿舍就是几户连在一起的大房子。用成为累赘的大钥匙打开大门，一根一根地点上火柴上三楼或四楼，才终于来到了独身宿舍门前。两张桌子、二三把椅子，还有床、立柜和化妆台，此外就没有什么了。打开灯，脱下衣服闭灯后立即躺下。"

在研究医学时，鸥外逐渐对文学产生了浓厚的兴趣，他广泛涉猎欧美文学名著，还特别倾心于叔本华、哈特曼的哲学和美学。留学生活开拓了他的视野，使他接触了近代科学、哲学和文学的新风。丰厚的东西方文化素养，为他以后从事文学创作和评论奠定了坚实的基础。不仅如此，由于长期在德国生活，感受"这种自由风气"，鸥外"心中总难以平静，潜藏在内心深处的真我，终于露出头来，好似在反抗往日那个虚伪的旧我"。但是这种自我觉醒、个性解放的要求，和日本的现实是相抵触的。封建制度压抑一切个性的自由发展，作为明治政府的官员，鸥外在思想上也是有着种种束缚的，武士家庭自幼灌输给他的封建伦理道德，在他的头脑里根深蒂固，所以他的自我时时准备与现实相妥协。

1888 年 7 月 5 日鸥外与军医总监石黑忠德同行从柏林出发，经马赛乘船回到了东京。他在回国的 9 月 8 日当夜，就向父亲坦白自己曾与一个叫爱丽斯的德国舞女相恋，她有可能追随他来日本。果然，不久爱丽斯来到了日本，引起了对长子鸥外寄予厚望的森家族的恐慌，千方百计采取对策，举家说服爱丽斯。在森家人的眼里，爱丽斯是一个小个子美人，这倒可以与《舞姬》中所描绘的"这体态非常轻盈可做掌上舞的少女"相呼应，她很善良，没有一点恶意的样子，她一直以为鸥外是什么富家子弟。鸥外惧怕外界舆论，慑于官僚机构的重压和宗法家庭的专制，不得已让弟弟和妹夫出面斡旋，故意回避了或被迫回避了爱丽斯，其间只会面两次：一次是爱丽斯决定回国后，为商量回国日期和乘船事项见的面；一次是爱丽斯回国时，送她到横滨的法国轮船上。爱丽斯来日后知道了实情，死了心平静地回国了。全家人虽然对这位远道而来孤独而又善良的姑娘有些同情，但更高兴的是这件事没有影响鸥外的人生和仕途。鸥外与现实相妥

协，斩断情爱，一心工作。后来，森鸥外在仕途上也算青云直上，官至陆军军医总监和陆军部军医局局长。而这件事究竟对鸥外产生了什么影响，恐怕并非像森家人想得那样简单，还需要有一个很漫长的岁月慢慢回味。

鸥外回国的当夜就迫不及待向父亲交代爱丽斯问题，足见鸥外的苦恼与内疚。为了说明事情的真相，也为了争得家庭成员的支持，1889 年年末，鸥外完成了小说《舞姬》，还把小说读给全家人听。1890 年 1 月，《舞姬》作为鸥外的文坛处女作发表在《国民之友》上。

《舞姬》的主人公青年官吏太田丰太郎奉命留学德国，接触到欧洲的自由空气，他的自我开始觉醒，他不再甘心成为按长官意图办事的机器，救济了一个德国贫困的舞女爱丽斯并与之相爱、同居。有人向长官告了密，丰太郎被免职。他在好友的劝说下，为保住官位，不得不抛弃了有了身孕的恋人，伤心地回国了。爱丽斯得知，失望发疯，酿成悲剧。

在日本文学史上，作者第一次把自我的觉醒作为主题，主人公丰太郎从令人窒息的封建残余社会来到近代文明社会，呼吸自由的空气，自我个性苏醒，走向自我解放，开始了与舞女的爱情生活。觉醒与屈从、叛逆与妥协，作品极力描写了近代觉醒青年在爱情与功名之间的痛苦挣扎，而正是欧洲式近代人性和日本封建官僚性共同造就了日本社会转型期知识分子的双重心态和软弱人格。同时，作品中生动、细腻的心理描写，纯洁的爱情，异国的情调，华丽流畅的文体，都使作品充满了浪漫主义气息。《舞姬》与二叶亭四迷的《浮云》一起被视为日本近代文学的先驱性作品。

鸥外评价《舞姬》时说："《舞姬》是出自日记体的所谓自我小说之一，所以主人公就是我。"丰太郎和爱丽斯的悲剧，又的确是青年森鸥外内心的自画像。

爱丽斯回国后，森鸥外房间的架子上还放着缎子做的漂亮的手帕包，里面装着爱丽斯用金丝绣着 M. R（森林太郎的姓名大写字头）的手帕。鸥外第一次结婚是在爱丽斯事件大约五个月后的 1889 年 3 月 9 日。这次提亲出乎意料地迅速，爱丽斯回国后一个多月鸥外就订婚了。森鸥外觉得爱丽斯事件给父母添了麻烦，为摆脱爱丽斯问题给森鸥外家族留下的阴影，加

森鸥外文学碑

之周围人的劝告，出于孝顺父母，他才进行了形式上的相亲。结婚一个多月的时候，新妇就爱丽斯问题曾询问过森鸥外的妹妹小金井喜美子，爱丽斯问题成为他们婚姻中的一个阴影。这次婚姻使鸥外身心俱疲，维持的时间也异常短暂，1890年10月就离婚了。鸥外过了十余年的单身生活后，才开始了第二次较为幸福的婚姻。《舞姬》是森鸥外青春彷徨的纪念碑，写于新婚之时，他又在小说中特意写到爱丽斯成了疯女，丰太郎怀着"人所不知的遗恨"踏上了归途，这种千古遗憾是作家本人的深切体验，是对不中意的妻子的挑战，是在迫使自己承认"这儿是日本"，是对使人日趋封闭的多重束缚的抵抗。

爱丽斯是森鸥外心中的青春梦幻，她已经化成了他心头永远的痛。作这首诗时森鸥外已经四十三岁了，人们却仍然能感到森鸥外对"处女般敏锐感觉"的青春时代的美好回忆和感慨。森鸥外终生梦想着再踏上欧洲大地，但终于没有重游欧洲。

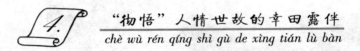

"彻悟"人情世故的幸田露伴
chè wù rén qíng shì gù de xìng tián lù bàn

　　幸田露伴出生在一个幕府家臣的家庭，受过日本古典文学与汉学的教育，从少年时代起就自学了儒学、佛典等，其中中国古典文学对他的影响非常大，他精通古今，学识渊博，他与红叶最大的不同之处就在于他具有高深的学问和良好的教养。

　　露伴从电信技工学校毕业后，在北海道当过电信技工，亲身品尝到了生活的艰辛。但他没有把生活中的这些困难放在心上，不为琐碎小事而忧愁，能够超脱于人情世故的各种纠缠，他在人生中寻求的是一种"彻悟"。而他的这种"彻悟"更多的是和东方古老的哲思联系在一起的，并没有多少近代的因素，也就是说，他遵循着纯粹的东方思想，寻觅着将人生和文学艺术提升到理想境界的道路。

　　他在正式走上文学道路之前，就曾经用西鹤小说的笔调写了《一刹那》，文中还特意写道："以鹤翁《好色五人女》为枕而眠的梦中之作。"他的处女作《露珠圆圆》于1889年问世，写了一个纽约富豪到世界各国选女婿的故事，这故事情节有明显的中国文学的印迹，它模仿了中国的《今古奇观》和东海散士的《佳人奇遇》，但其中的艺术形式又是西方式的会话，结果当时许多不明真相的读者都没有意识到这是土生土长的日本小说，还以为是西方的翻译小说呢。

　　1889年，二十二岁的他发表了《风流佛像》，一举成名。从此他一发而不可收，创作了《缘外缘》、《一口剑》、《五重塔》、《滔天浪》等中、短篇佳作，一时之间，获得了"天才露伴"的美名。《风流佛像》讲述了一个充满了浪漫梦幻、神秘情调的故事，青年雕刻家珠运日夜思念自己远在他乡的心上人阿辰姑娘，他把满腔热情投入到艺术创作中，发奋雕刻了一尊以阿辰姑娘为原型的裸体的观音佛像，当他得知阿辰姑娘已经和他人成婚的时候，失望中他要打碎这尊佛像，佛像却好像有了生命，脉脉含情向他微笑，他忘情地抱起佛像，腾空而起，漫游太空。珠运凭借着天资、勤奋和佛学修养，终于攀登到艺术的无我之境，创造出一尊"风流佛"。这部作品以古雅、率直的笔调，真挚的情感表达了作家对爱情和艺术的憧憬，也表现了东方式的出世意识、佛教解脱思想和悟道精神。不仅如此，小说的非现实内容和西鹤式的文体都保留着西鹤文学影响的痕迹。所以逍遥在《明治二十二年文学界的风潮》中评价说："蜗牛露伴从天外飘落出《风流佛像》，使西鹤热达到了白热化的程度。"

　　1890年，露伴创作了《一口剑》，讲述了一个铸剑的工匠正藏在为领主铸剑的时候，他的妻子卷跑了铸剑的钱款。正藏摆脱儿女私情，在异常艰难的情况下，以自己的坚强意志，花了整整三年光阴，倾注全部的创造力，终于铸就了一口举世无双的名剑。它告诉读者：艺术的精神胜过实际能力，意志可以战胜情感。

　　露伴的代表作是中篇小说《五重塔》，这部作品典型地体现了作家的创作风格和艺术追求。一个绰号叫"慢腾鬼"的木匠十兵卫，技艺高超，不畏世人偏见，但对人情世故一窍不通，他认为建造五重塔应该是使一个工匠流芳百世的天赐良机，是应该豁出性命去挑战的极限。于是他贸然请求寺庙主持让有名的木匠源太把建造五重塔的重任交给自己，待人宽厚仁慈的源太毅然把建塔的重任让给了十兵卫。源太说："我来帮你建吧。"十兵卫不同意，源太打算传他建塔的秘诀，十兵卫还是固执地拒绝了："我靠我自己的力量建塔！"历尽千辛万苦，塔终于建好了。就在举行落成典礼的前一天夜里，风雨交加，房屋将坍，高塔欲坠，风势越来越猛，人们心慌意乱，十兵卫却信心十足，整整一夜站在五重塔中，他下定决心，如果塔上有一根钉子、一块木板损坏，他就用凿子结束自己的生命，与塔共死生。那夜源太也悄悄来到塔下，默默为十兵卫担险分忧。风雨过去，五重塔巍然耸立，丝毫未损，更加威严壮观。在落成典礼上，主持挥笔题道："江都十兵卫造之，川越源太郎助成。"以此作为五重塔的铭记。这部小说比起《风流佛像》和《一口剑》来说，首尾连贯，更具近代小说的特色，是露伴的最高杰作。我们从中可以看到露伴所追求的理想精神——艺

术的创造力量可以战胜大自然，男子汉的刚强意志可以战胜一切困难险阻。

露伴的"理想"是一种男性的、建设性的、充满了光明的理想，他对艺术的热烈赞颂，更多的是从旧式的手工艺人的角度出发，这与近代人的人性自我觉醒的要求还有一定距离。所以露伴和北村透谷的浪漫主义并不相同，尽管他们在创作中都应用了浪漫主义的手法，常常是上天入地，气氛玄妙神秘，抒情味道浓郁，但就内容而言，透谷的浪漫主义是我们今天所说的近代意义上的浪漫主义，露伴的浪漫主义则是另外一个天地。

《风流佛像》中的珠运、《一口剑》中的正藏、《五重塔》中的十兵卫之所以取得成功，就是因为他们将无法逆转的命运转化为磨炼自己意志获得成功的必要条件，流露出浓郁的古典浪漫主义的气质，带有浓厚的东方英雄主义色彩。

露伴的文学创作与中国古典艺术渊源很深，如果不了解露伴与中国文学的关系，就不能深入地理解露伴的作品。他作品中的如珠运、正藏、十兵卫等人物形象很容易让我们联想到中国古典文学中的三国英雄、水浒好汉。在创作的后期，他很多文学作品直接取材于中国的历史典故、神话传说，如《仙人吕洞宾》、《命运》、《活死人王害风》等。佛的思想更是随处可见，在《风流佛像》中珠运真挚的情感终生感应，雕像脉脉含情向他微笑，露伴写道："大团圆，诸法显真相，皈依佛门的善果即呈眼前。"

露伴没有完成大作《滔天浪》，此后也很少创作小说，1941 年写作的《幻谈》是他最后的一部小说集。晚年的他是一位优秀的随笔家、思想家，他的二女儿幸田文后来承继父业，成为一名作家。

5. 喜欢汉学的日本文坛领袖
xǐ huān hàn xué de rì běn wén tán lǐng xiù

日本近代文学史上能够被称为文坛领袖的，只有森鸥外和夏目漱石（1867 — 1916）。

　　漱石1867年出生在旧幕府世袭的一个名主（管理行政和治安的地方官）家庭，本名叫金之助。明治维新后，漱石的父亲虽然被任命为区长，但不幸的是突然有一天，八个蒙面大盗抢走了他家五十两金币，从此家运不济。漱石出生时家里已经有三个哥哥、两个姐姐，年近半百的母亲没有奶水，家里又适逢祸端，漱石可谓生不逢时，他的父亲甚至认为是漱石给家里带来了厄运，所以一狠心就把他寄养到一个贫穷的开小杂货店的人家，不过不久又将他接回家中，但三岁时父亲把他过继给一位朋友、新宿名主盐原昌之助。养父母视他为掌上明珠，然而好景不长，九岁时养父母离婚，他又被领回自己的家。在自己的家里，父亲对他仍然冷淡，他始终没有得到父亲的爱。

　　亲生父亲和养父为了他的户籍问题闹得不可开交，在他稚嫩敏感的心灵上留下了创伤。直到二十二岁时，他的两个哥哥先后因肺病不幸过世后，他父亲付给养父一笔养育费后才正式签约断绝了他与养父母的关系，恢复了原来的姓——夏目。但生父、养父与他的关系很长时间都令他烦恼不已。在自传体小说《路边草》中写到主人公与养父多年以后重逢，养父向他变着法地要钱，最后妻子给了养父一笔钱，以为事情就此结束了，可主人公却认为，事情只是表面得到解决，因为人生中的事一旦发生了，就会以不同的表现形态发展下去，只是当事人并不知晓罢了。漱石无限悲哀地写道："无论从生父来看，还是从养父来看，他都不是人。毋宁说是一件物品。"只有生身母亲疼爱他，但在漱石十五岁时母亲就离开了人间。漱石从小备尝生活的艰辛，承受巨大的精神压力，所以他性格独立倔犟，但这种生活境遇也使他变得越发孤僻，导致后来他患上了"神经衰弱"。

　　明治初期，汉学盛行。漱石从小就喜欢汉学，十五岁时他中断在东京府立第一中学的课程，进入二松学舍学习汉文，他在《木屑录》中说"余儿时诵唐宋数千言喜做文章"，他在唐宋诗文、《汉书》、《国语》、《史记》中初步了解了文学应该有益于社会和人生，同时他对日本江户时代的传统文学的谐谑性也有着浓厚的兴趣。后来，他在兄长的启发下，意识到自己应该跟上世界潮流，要立足于日本近代社会和接受近代思想，英语是必需

的条件，所以他转入英语学舍就读。十七岁进入大学预科（后来的第一高等学校），漱石显示出了学习英语的非凡才华，他觉得英国文学和汉学一样有趣。

正冈子规是他的同班同学，他跟子规学过俳句和写生文，两人互相切磋俳句，探讨文艺理论和人生道路。漱石主张超脱红尘的污风俗雨，写"无我之境"。在子规的俳句集《七叶集》的启发下，漱石在卷末用汉文写了评论和九首七绝，落款"漱石狂批"。同年他在房州旅行后写了纪行汉诗文《木屑集》，封面上署名"漱石顽夫"，从此他以"漱石"为笔名。漱石这个典故出自中国古代散文集《世说新语》，传说西晋文学家孙楚想去隐居，他对人们说，从此我要"枕石漱流"了，没想到却误说成"枕流漱石"，有人就反问："流可枕，石可漱乎？"孙楚机智地答道："枕流欲洗耳，漱石欲磨牙也。"漱石是小时候读中国的儿童启蒙读物《蒙求》知道这个故事的。从这个他终生使用的笔名中我们也可看出他对汉文的偏爱，实际上他从青少年时代就深受中国儒家入世思想和道家出世思想的影响，东方文化传统是漱石割舍不掉的思想血液。他既想修身养性治国平天下，又时时表露要悠然归隐的愿望，无论是试图改变现实，还是对现实的失望，都表明了他不与恶势力同流合污的思想。

1890 年，漱石考入东京帝国大学文学系，同学中不仅有正冈子规，还有山田美妙，高年级同学中还有川上眉山、尾崎红叶等人。漱石进入英文科专攻英国文学，接触到欧洲近代文明。使他的思想深受欧洲自由主义和个人主义思想的影响。

1893 年，二十六岁的漱石从东京帝国大学英文科毕业。他一边攻读研究生，一边在东京高等师范学校（以后的东京教育大学）教授英语。东西方文化的冲突和对立，使他的思想斗争日益尖锐，再加上严重的神经衰弱和其他疾病缠身，他陷于苦恼和不安之中，他的不安是个人的，更是社会和时代的。为了摆脱不安，他一度住进了镰仓园觉寺参禅，后来又到偏僻的四国松山和熊本担任松山中学和第五高等学校的英语老师，企图获得精神上的平和。

在第五高等中学任教期间，经人介绍漱石与贵族院书记官长中根重一的女儿镜子结婚。婚姻也没有给他带来安慰，妻子不是他心目中的理想人物，文化低，教养差，喜欢睡懒觉。加上子女多，生活困难，夫妻关系有时还相当紧张，不得不分开一段时间。漱石无可奈何地表示，自己美食、美女之类的理想都破灭了，"世界与自己的想象正好相反"。虽然不无绝望，但为了家庭责任，只好咀嚼着痛苦，勉强坚持生活下去。

1900 年 5 月，漱石受文部省派遣到英国伦敦研究英语和英国文学，1902 年 12 月归国。在英国留学期间，由于助学金微薄，漱石没能进剑桥、牛津之类的名牌大学听课，主要靠自修，最多也就是请莎士比亚专家辅导几次。他节约生活费购买图书，埋头苦读，作了大量的笔记。在英国的几年，漱石的收获是丰厚的。然而，由于学习过于劳累，他的神经衰弱日趋严重。

漱石回国时，家里负债累累，不得不请一位神经科医生开出漱石有病的诊断，才调离了保送他出国留学的熊本第五高等学校，接任了小泉八云在一高的教授和东大讲师的职位。但漱石的教学生涯并不愉快，因为学生听惯了小泉八云富有情感色彩的授课，对于漱石偏重理论的讲述不习惯。得不到学生的欢迎也使他非常苦恼，辞职的念头常在脑海里盘旋，致使神经衰弱再次发作。

为了摆脱困境，漱石接受子规的学生高滨虚子的建议，开始文学创作，写了《我是猫》。《我是猫》以深邃的思想、尖锐的讽刺和独特的幽默语言，有力地批判了明治社会，成为近代文学中的力作。1904 年到 1907年，漱石在《朝日新闻》主编《文艺栏》，同时在业余时间创作，主要作品还有《哥儿》、《旅宿》、《疾风》、《伦敦塔》、《虞美人草》、《矿工》以及三部曲《三四郎》、《从此以后》、《门》等。1910 年，重病差点夺去漱石的生命，这时日本又发生了逮捕幸德秋水等二十六个社会主义者的"大逆事件"，日本进入最黑暗的时代。漱石的创作也进入到后期，主要作品有《行人》、《心》、《过了春分时节》及自传体长篇小说《路边草》等。漱石在他十几年的创作生活中，不断地书写着知识分子在动荡的现实人

生、东西方文化冲突的精神困境中苦闷彷徨的悲剧心态。这是漱石本人和一代知识分子的悲剧。

1916 年 12 月 9 日，一生多病的漱石因为胃溃疡多次出血与世长辞，年仅四十九岁。据说他在临死前低声说："可死不得啊！"这一天哀悼漱石的人络绎不绝，远远超出了死于同日的日俄战争中的大山岩元帅。东京大学校园里的不忍池因为漱石曾经在小说《三四郎》中把它作为人物的活动背景，所以更名为三四郎池。甚至日本的一千日元的纸币，也把漱石的头像作为主体图案，夏目漱石成为日本家喻户晓的人物。

6. 一叶平静：轻舟渡红尘
yī yè píng jìng：qīng zhōu dù hóng chén

樋口一叶（1872 — 1896）也是一位与黑暗时代作殊死斗争的作家，曾在《文学界》上连续发表作品，她就像一颗美丽的彗星，在三四年间，以自己富有光彩的作品照耀了明治时期的文坛，却在二十五岁就离开了人世。

一叶生在一个官吏家庭，从小就喜欢读书，五岁时进入本乡的吉川私立学校，读学"四书"等，六岁起读草双子（日本江户时代中后期流行的一类大众读物），可是她的母亲说"女人不要学问"，结果还差一年小学毕业的时候，一叶退了学。所以一叶的学历是小学未毕业，以后她全靠自学成才。她常常躲进光线昏暗的储藏室里读书，结果患了严重近视。

一叶十一岁开始学作和歌，十五岁时进了一家名叫"萩舍"的私塾。私塾的老师女诗人中岛歌子是一位女中豪杰。一叶在这里不仅学习和歌，还在这位不让须眉的老师的耳濡目染下，成长为一个坚强不屈、不向命运低头的女性。一叶学习刻苦，写下的和歌现在保存下来的就有近四千首，同时她还对紫式部的《源氏物语》爱不释手，反复阅读。

一叶平静的学习生活并没有持续多久，大约进私塾两年左右，一叶的父亲因事业失败，负债累累。她的大哥在前一年病故，二哥不务正业，脱离了家庭，1889年，父亲也去世了，十八岁的一叶一夜之间成了一家之主。从小康坠入贫困，其中的滋味是相当难以让人接受的。本来一叶是作为中岛歌子的私淑弟子住进私塾的，却受到女佣的待遇，答应她当私塾教师的承诺也没有兑现。一叶为维持母亲、妹妹一家人的生活，举家搬进了贫民区，找些拆洗、缝缝补补的零活，很多时候还要靠变卖典当过活。后来，同门弟子田边龙子（后来的三宅雪岭的夫人，号花圃）出版了由坪内逍遥作序的小说《树丛中黄莺》，获得好评，她扬扬得意地在大家面前炫耀所得到的三十三元稿费。一旁的一叶深受启发：作和歌只能使一家人受穷，而写小说可以赚点钱啊。所以她决心创作小说。一叶的本名叫奈津，她写和歌时一般使用夏子这个名字，写小说才用一叶这个名字。

为了学习小说的写作技巧，她经常到上野的图书馆读书。在那个时代，图书馆还是一个由男人垄断的地方，一个年轻女子为寻求新知识出入于图书馆，需要有相当大的勇气。从一叶的小说文体来看，她好像是一位日本传统女性，实际在她的内心深处燃烧着求知的渴望，使她又有了新女性的一面。

一个偶然的机会，由于一叶的妹妹邦子的朋友野野宫菊子的同窗半井幸子的介绍，一叶家承担了为半井家做衣服的活，一叶常去那接活，就此认识了她的文学老师幸子的哥哥半井桃水。桃水本名列，是东京《朝日新闻》的记者，曾是一名大众小说家。一叶接活的同时也常常到桃水那请教写小说的方法，并请他看看自己的小说。桃水的妻子已经去世，那时他还是单身。从一叶的日记中看，桃水是一个不追求金钱、有大丈夫气概的人。面对自己的文学老师，一叶敬仰爱慕之情油然而生。

半井桃水创办了同人杂志《武藏野》，约请一叶写稿子，一叶兴奋地答应了。1892年3月，一叶二十一岁时，发表了她的处女作《日暮樱凋》，接着在第二期发表《劳动带》，在第三期发表了《黄梅雨》。并且在桃水的推荐下，她还以浅香沼子的名字在《改进新闻》上连载了《晚霜》。但《武藏野》发行到第三期就停刊了，初出茅庐的一叶在文坛上并没有给人们留下什么印象。

这时候在她的老师中岛歌子和同窗的劝说下，为了母亲和妹妹，为了保全自己的体面，一叶可怜的爱情也宣告终结，她主动放弃了和桃水的往来。理智告诉她，不能继续这段感情，然而，自己的感情却是无法控制的，对桃水的爱情在她心中越燃越烈，使她身心备受煎熬。她把自己的烦恼和紊乱的心情都写在了日记里。

1892 年 5 月，在三宅花圃的介绍下，一叶在《首都之花》杂志上发表了小说《埋没》，在这篇小说中她极力摆脱半井桃水对她的影响，明显地模仿了泉镜花的风格。正在创办《文学界》的平田秃木、星野天知等人注意到了这部作品，所以向一叶约稿。于是一叶在《文学界》上连续发表了《下雪天》、《琴声》、《看花人》、《暗夜》等短篇小说。从《日暮樱涧》到《暗夜》，作者毕竟是初出茅庐的作家，创作上还不尽成熟，一叶把小说的情节集中在才子佳人的浪漫故事中，人物大同小异，给人以肤浅之感。

尽管如此，年轻的一叶在文学创作上还是小有进步。《文学界》是同人杂志，一般是不付稿酬的，只是鉴于一叶的特殊情况才付给她一点稿费，而这点稿费是无法维持她和母亲、妹妹的生活的。如何摆脱贫穷是困扰一叶的大难题，1893 年 7 月，一叶举家搬到下谷龙泉寺，以一元五角的房租租了一间六铺席大小的店面，店面后面还有两间五铺席和三铺席的房间，一叶从箱底翻出些衣服卖了十五元作为资本，开了一家杂货铺，卖些针头线脑之类的小百货，还卖些孩子们吃的便宜点心和小玩具。妹妹照看店面，一叶自己背上大包袱，到各个批发店采购货物。对于一叶来说，这不是什么见不得人的事，她还在日记中风趣地写道：自己在从事实业。私塾里那些娇贵的小姐实在无法理解一叶的所作所为，甚至嘲笑她得了"杂货病"，一叶在 1893 年 7 月 25 日的日记中写道："困境中我才深感世态炎凉，人生之路更加艰难。"

店面所在地的周围都是贫民区，面对着吉原下谷龙泉寺町的大音寺，这里是东京有名的烟花巷，夜间到处都是吉原妓院街上的嫖客，煞是热闹。一叶一家因为都是女人，有很多人出于好奇和觊觎之心常来购买商品，所以开始买卖还兴隆。可是从业者很多，她们势单力薄，在同行的挤压下，渐渐的只有些孩子还来买东西，小店无法维持下去了，到第二年 5 月，被迫关了店门，全家搬到了丸山福山町。一叶在日记中悲伤地写道："总望能有期，跨越人世间，奈何横空桥，只是黄粱现。"

想彻底改变生活的计划失败了，但对于小说家的一叶来说，却获得了一个难得的走出书斋的机会，由此全面地观察生活，尤其是了解了那群常到杂货店来的孩子们的生活，为她后来创作《青梅竹马》积累了素材。《青梅竹马》中的少男少女都有各自的原型，也许常到一叶货摊上买粗点心的孩子中就有美登加、正太郎、三五郎。贫苦人们的喜怒哀乐深深留在了她的记忆里，与下层民众特别是女性经常接触，使她获得了了解他们的机会，她自己的亲身体验更加激发她要让世人知晓他们的爱恨，这样描写出来的人物血肉丰满，与她早期才子佳人浪漫悲剧小说的苍白无力形成了鲜明对比。如果没有这近一年的杂货店生活，也许一叶就会默默无闻终老一生了。

一叶从此以后一心在文学的道路上前进，她在《文学界》上又发表了《大年夜》，文学风格转向描写现实生活。从《大年夜》到她去世前发表的十一篇小说，都是以现实的笔调真实生动地反映了明治时期下层民众的悲剧。1895 年，《青梅竹马》开始在《文学界》上连载。但此时的她依然没有摆脱生活的极端贫困，有人甚至建议她去卖淫。她还是在半井桃水的介绍下认识了大桥乙羽，并通过大桥在综合杂志《太阳》上发表了《行云》，接着在当时第一流的小说杂志《文艺俱乐部》上发表了《浊流》和《十三夜》，一叶借此终于摆脱了生活的危机。

1896 年 1 月，一叶完成了她在《文学界》上《青梅竹马》的连载，在当时并没有引起什么热烈的反响，在《文艺俱乐部》4 月号上全文刊登后，却好评如潮，深得森鸥外和幸田露伴的赞赏。鸥外说："即使受到世人说我崇拜一叶的嘲笑，我也不惜赠给她真正的诗人的称号。"露伴说："我希望当今的青年作家，从这篇作品中剪下五六千字，煎成汤吞下去。"一叶也因此巩固了自己在文坛的地位。《青梅竹马》是一叶的代表作，她以吉原的庙会集市为背景，婉约细腻地勾画出一幅明治时代市井生活的风

俗画卷，通过描写信如和美登加纯洁如雪的淡淡初恋，表现了少男少女们朦胧的青春觉醒。然而美丽善良的美登加最后不得不告别金色童年，步姐姐的后尘开始了烟花女的生涯，暗暗爱着她的聪明内向的信如也在家长的命令和社会旧习惯势力的压迫下，悄悄地从门缝塞进一朵手扎的水仙花向美登加表白爱情后，内心酸楚地走向了和尚学校。

一叶并没有在赞美声中飘飘然，而是更加努力地创作，随着一篇接一篇作品的问世，她在男性垄断的文坛上第一次确立起女作家的地位。然而病魔也悄悄地来临了，她积劳成疾，在1896年4月时出现肺结核病兆，夏天就已经卧床不起了，11月初时，已无法移动身体。11月23日，一叶与世长辞。一叶临终时留下了这样的诗句："狂风巨浪何所惧，一叶轻舟渡红尘。"

一叶在"凄凄惨惨戚戚"的悲剧氛围中叙述着女性的不幸、社会的不平，有人认为一叶的作品表现的是"泣哭后的冷笑"，相马御风则评价说，一叶的小说"喊出了旧日本妇女能呼出的最后的绝望之声"。对于今天日本国内外的读者来说，一叶小说描摹的社会习俗与今天的现实相距甚远，然而，一叶作品"仔细咀嚼日常生活中的人之情状与世之情形，尽力表现那难以舍弃的情趣"，其展现的真挚纯洁的人情美和人性美，依然给人以慰藉，让人回味无穷。

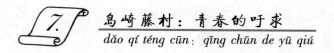

7. 岛崎藤村：青春的吁求
dǎo qí téng cūn: qīng chūn de yū qiú

岛崎藤村（1872—1943）本名岛崎春树，出生在长野县木曾郡马笼的一个封建地主的旧式大家庭。岛崎藤村家是世代相袭的"本阵"（诸侯赴京参观途中停宿的旅馆）、"问屋"（批发商）和"庄屋"（相当于村长）。岛崎藤村的父亲正树就是世袭的第十七代"当主"，他推崇汉学，明治维新以后，家道中落，在文明开化、西学涌进的时代，郁郁而终。

由于家境不佳，岛崎藤村从少年时就备尝生活的艰辛。九岁离开家乡，只身来到东京。当时的东京正处在移风易俗文化开化的热潮中，眼前的世界让久居闭塞乡下的藤村眼花缭乱，对他产生了强烈的吸引力。当时自由民权运动高涨，藤村一心想当政治家，为了考大学他开始学习英语，为此十五岁的他进了基督教的教会学校明治学院普通部读书。明治学院作为教会学校虽然有虔诚的清教风格，但它同样充满了异国情调和文明开化之风，激起了藤村对西方世界的好奇和向往。十六岁时，他在高轮台教会

岛崎藤村像

（属新教系统）接受了牧师木村熊二的洗礼，他的基督教受洗并没有什么特别深刻的动机和宗教心理，他只是想通过教会圣书发现异国情调和文学世界。他和当时许多年轻知识分子一样出于对西方文明的向往而成为基督徒，实际上他们很难说是宗教的虔诚信徒，而应该说他们都是欧洲文明的信徒。西方文明像雨露一样滋润着藤村年少的心灵。

基督教对藤村的意义重大，如他后来所言：基督教"补给了我小小的观察力"。

因为高中考试失败，加上青春期性的觉醒与基督教信条的冲突，藤村内心异常苦闷和忧郁。为了求得内心世界的平衡，他一头扎进了与现实迥异的文学世界，如果说明治学院时期的英语学习使他了解了西方文学，那么自我意识的觉醒则让他接受了西方文学。他学习但丁、歌德、莎士比亚、拜伦等人的作品，通过《英国文人传》了解作家的生平和创作，对西方强调个性的自由主义思想产生了强烈的共鸣，逐步确立了尊重人性、确立自我的文学观，这对他以后的文学道路有着巨大的影响。当时，日本的传统文学如《万叶集》、《古今和歌集》等和歌文学，《源氏物语》和西鹤、近松的小说物语文学，在明治二十年前后依然和欧洲文学平分秋色。

藤村在松尾芭蕉的俳谐和井原西鹤、近松门左卫门的作品中也发现了新的文学世界，对本国的中古文学很感兴趣，同时汲取西欧文学和日本古典文学的精华，这也是《文学界》同人所共有的文学倾向。

通过基督教的关系，藤村十九岁时得与岩本善治的《女学杂志》建立关系，进而当上了明治女子学校的讲师，并与北村透谷结识。他和北村透谷等有志于文学的青年们在一起创办了《文学界》杂志。《文学界》创刊（1893年）后，在透谷等人的鼓励下，藤村开始写诗，并在该杂志上发表。《文学界》的创刊是日本浪漫主义文学兴起的标志，也是藤村文学创作的出发点。与透谷的相识，更是促成了藤村诗歌精神的形成。在文学史上甚至可以说没有透谷就没有藤村。正是在透谷的影响下，他写了一些诗剧和《怀人生之风流》一类的文学评论，力图建造透谷所倡导的与现实世界不同的"理想境界"，为日本近代文学做出了重要贡献。藤村深受透谷与现实秩序不同的爱情哲学的影响，1889年与明治女子学校自己的学生佐藤辅子（小说《春》中安井胜子的原型）恋爱，这场恋爱的一个直接后果就是他最终摆脱了基督教的束缚。佐藤辅子已经与他人订婚，藤村为这种无法结合的恋爱而苦恼，他一味地谴责自己。而这种苦恼促使他开始思考隐藏在事物背后的问题，为什么真正相爱的人却不能结婚？他逐渐认识到与传统价值相异的新的价值观的存在。这次恋爱是藤村人生经历中的第一个创伤，是藤村青春时期的一次重要体验，也是他成为作家的出发点。他下定决心辞去教职，并脱离了教会，踏上关西流浪之旅去寻找新的世界。十个月后他重返东京，再次担任明治女子学校的教师。而恋人佐藤辅子回乡结婚后不久即突然死去，这次恋爱终以悲剧告终（据说藤村的"藤"就是取自辅子的姓"佐藤"）。

藤村失恋后不久，又惊悉透谷自杀的噩耗，受到很大的刺激，但他下定决心远离自绝的道路，要坚强地活下去。针对上田敏远离真实的文学主张，藤村倡导密切关注人生的创作原则，在与黑暗现实的痛苦斗争中进行诗歌创作，以此来继承透谷的遗志。

促使藤村迅速成为诗人的是，他兄长的事业失败、下狱所带来的经济困顿，恋人的死亡以及朋友们的疏远等一系列原因。他在阅读卢梭《忏悔录》时深有感触，他要在文学作品中尝试表达自己的苦闷和烦恼。经过文言小说、戏剧、散文的种种尝试之后，他终于找到了一种能够表达其丰沛思想感情的新体诗，创作了组诗《今夏》，虽然表达的情感新颖别致，但诗歌技巧仍显稚嫩。

1896年9月，二十四岁的藤村受聘为仙台东北学院做文学和英语老师，离开东京，到陌生偏僻的地方赴任。在仙台的生活虽然不足一年，但已经有足够的时间和空间使他的内心得以从繁杂的人际关系和生计劳顿中解脱出来，过去的种种经历、体验、苦闷和向往，一一涌上心头，化成了精美的诗篇。他用普通的文言来写作，建立了一种新的诗风。

藤村离开仙台，回到东京时，《文学界》即将停刊。藤村的诗才有如泉涌，随后又出版了诗集《一叶扁舟》（1898）、《夏草》（1898）、《落梅集》（1901），不久合并为《藤村诗集》出版发行，藤村也因此成为浪漫派新诗运动的代表人物。这期间，1899年4月，藤村去信州小诸町担任小诸义塾的英语和国文教师，不久结婚，长女绿子出生，他在小诸住了七年。

藤村作为浪漫主义诗人取得了辉煌的成就。在《嫩菜集》中，其诗歌富有意境，联想丰富，比喻新颖，朗朗上口，一扫明治初期问世的《新体诗抄》的粗糙生硬，把森鸥外、落合直文等人的译诗集《面影》的新颖典雅，与和歌的幽婉韵致相融合，加上他自己的一些创新，使新诗不拘一格，独具魅力，对日本后来的诗歌创作产生了巨大的影响。他的诗歌与人生紧密结合，不仅师从透谷颂扬了伟大的人生和理想的爱情，而且具有强烈的现世和情欲的气息，抒情性和叙事性并举。

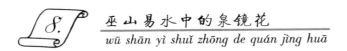

8. 巫山易水中的泉镜花
wū shān yì shuǐ zhōng de quán jìng huā

日清战争（中日甲午海战）日本取得胜利后，日本的资本主义飞速发展，支持这种繁荣的是工人的低工资和对中国、朝鲜的掠夺，日本下层人

《文学界》同人合影

民的生活日益悲惨，当时的文学评论家呼吁作家"应当将满腔的同情寄予悲惨的贫民们的命运"，"从生活来看待社会问题"。与此相呼应的是，日清战争后不久，日本文坛上出现了所谓的悲惨小说、观念小说。悲惨小说，取材于悲惨的社会现象和社会矛盾，如泉镜花的《外科室》、《巡夜警察》、川上眉山的《秘书》等作品。但又有人说泉镜花和川上眉山的作品是观念小说，观念小说不仅描写悲惨的人物或故事，还将作者本人的意识、观念、思想贯穿于作品之中。尽管这些小说触及到当时社会的一些深刻问题，但仍然没有摆脱砚友社作家的影响，对社会问题的认识很幼稚，往往述说封建家族制度、家长制给人们带来的个人不幸，还有用自己的观念、概念图解生活的倾向。观念小说和悲惨小说十分接近，这方面的代表作家是泉镜花。

泉镜花（1873—1939）本名镜太郎。他的父亲是金泽的一个穷苦的黄金象牙雕刻师，母亲阿玲出身于能乐（日本的一种古典音乐）演员家庭，她有收藏附有彩色插图的草双子（江户时代盛行的通俗小说）的习惯，泉镜花从小就很喜欢听母亲讲述书中的故事，受到日本传统文化的熏陶。上学后，在父亲的鼓励下，经常临摹草双子中的插图。不幸的是，他十一岁时，年仅二十九岁的母亲去世了，怀念美丽母亲的心情成为了他一生创作的源泉。镜花的两个妹妹因母亲去世也相继过继给别人，这种生离死别，在他幼小的心灵上蒙上了一层阴影，孤独寂寞如影相随，性格也变得感伤。他在学校读书时，打下了坚实的英文基础，很喜欢去出租书店，借了许多小说来读，尤其喜欢红叶的作品。

1890 年，他胸怀当小说家的宏愿来到东京，一心想当红叶的门生，但他找不到门路，又没有拜访红叶的勇气，只好充当熟人先辈们的佣人，从事笔耕，过了一年的颠沛流离的生活。后来辗转从亲戚那里弄到一封可以拜访红叶的介绍信，许久的愿望终于要变成现实，镜花倒有些踌躇了，去还是不去？他想了又想，还是去吧，把这次拜见作为自己今生最美的回忆也好啊。这一去真的改变了镜花一生的命运，他当上了红叶家的门丁，成了红叶的门徒。从 1891 年到 1895 年 2 月间，他在红叶的指导下专心致志地学习写作。父亲去世后，他一度回乡，因生活没有着落，还产生过自杀的念头。这其间他还多次把作品寄给红叶，经红叶修改后发表，红叶对镜花的栽培，一直是文坛的佳话。

镜花长期过着流浪的生活，曾极度贫困。他在下层人民身上体验到浓厚的人情味，反而在所谓高贵阶层发现了虚伪，他憎恶金钱社会的丑恶和不公平，深切同情下层人民的不幸遭遇。而这些情感是他的老师尾崎红叶所无法体会的。

1893 年 5 月起镜花在《京都日出新闻》上连载了处女作《冠弥左卫门》，署名自芋之助，作品中有浓厚的惩恶扬善的思想。但这部作品并没有什么反响。1894 年 11 月他在《读卖新闻》上连载《义血侠血》，接着 1895 年在《文艺俱乐部》上发表了《巡夜警察》、《外科室》，受到青年评论家田冈岭云的称赞，称之为观念小说，确立了他的新作家地位。

《义血侠血》被改编为话剧后成为日本话剧界的保留剧目之一。故事讲的是，江湖女艺人水岛友为接济村越欣弥学费，情急中抢了一对老夫妇的钱，并杀人灭口。阿友与欣弥在法庭上相见，原来欣弥已顺利毕业，当了临时检察官。阿友出于对欣弥的爱全部坦白了，欣弥把恩人作为杀人犯依法判处死刑。欣弥为在来世与恩人结合，也开枪自杀。评论界有人认为这部作品一定程度上受到中国戏剧《玉堂春》的影响。但二者的不同也是

非常明显的,《玉堂春》在浪漫主义的情调中以大团圆为结局,而镜花生活的世界太黑暗丑恶了,他无法粉饰现实,只好为人物安排了这样玉石俱焚的悲惨结局。

泉镜花的作品多以男女爱情悲剧为题材,对于恋爱与婚姻,他自有他的见解,他指出:"自古以来我国的婚姻都不是为了爱情,而是为了社会而缔结的。作为一个信奉儒教的国家,结婚是为了延续后代……父母教导女儿要一味谦恭、贞淑、温柔,却并不教她懂得爱情……还告诉她,婚姻乃终身大事,好女不事二夫。女子奉命而嫁,太可怜了。"不久,他就把这种观念付诸实践,创作了短篇小说《外科室》。一对默默相爱的男女在离别九年后重逢,女的已经是伯爵夫人,男的已经是著名医生了,男的要给女的做手术,手术过程中,女人脉脉含情地望着医生,嫣然一笑,夺过手术刀,自杀身亡,医生也随后自尽。作品结尾说:"寄语天下的宗教家,他们俩应当有罪而不能进入天国吗?"在充满儒教色彩的封建社会里,深闺中的小姐只能把爱情埋在心底,听从家长的安排,嫁给门当户对的人家。作者在向人们呼吁,同纯洁的爱情相比,世界上徒有形式的道德和习俗陋规又有多大意义呢?作者满怀激情,以恋爱至上的观点向社会道德法规提出质疑和挑战,但他仍停留在公式化地提出观念和概念上,并没有使作品更加有血有肉。

镜花非常关心生活在社会底层的艺妓的命运,《汤岛之恋》、《妇系图》、《和灯罩歌》等作品都是以艺妓为女主人公的,作者把这些被侮辱、被损害的女人加以美化和理想化,其作品的意境和所塑造的女性形象是其他作家所无法模仿的。

1899年,在新年宴会上镜花结识了艺妓桃太郎,两个人一见钟情,情投意合。桃太郎原名叫阿玲,与镜花的母亲同名,一直深深怀恋母亲的他也许认为这是上天冥冥之中的安排吧。他没有像《汤岛之恋》中的神月梓那样犹豫不决,而是为桃太郎赎身,与她同居。后来由于恩师红叶坚决反对,镜花被迫与阿玲分手。但两个人并没有停止思恋,1903年,红叶去世后,镜花与阿玲正式结婚。

　　1899 年 12 月出版的《汤岛之恋》其题目直译为"汤岛诣"，意思是到汤岛神社去拜香的意思。英俊而多才的神月梓出身贫苦，母亲是艺妓，后来梓做了子爵家的上门女婿。梓和妻子格格不入，离家出走，结识了纯洁美丽的艺妓蝶吉。面对蝶吉的一片痴情，梓踌躇不前，结果蝶吉发疯，狂喊着梓的名字，说他就是自己的丈夫。梓面临前途被毁的厄运，于是他紧紧抱住蝶吉，跳进河里，两个人的坟紧紧挨在一起。在《汤岛之恋》的蝶吉身上，处处有阿玲的影子。1907 年发表的《妇系图》也是以他和阿玲的恋爱事件为素材的，小说中描写了主人公与一个艺妓阿茑相爱，他的师傅不同意。师傅的女儿钟情于他，师傅又嫌他门第低，把女儿另嫁他人。最后阿茑病死，主人公也自杀身亡。这两部作品的主题都是反对门第婚姻，批判社会对艺妓的偏见和歧视的。

　　镜花总是在他的作品中写淹死、自杀、他杀、失恋等悲惨的事件，而实际上他和阿玲的现实生活虽然小有波折，但有情人终成眷属，是一个大团圆结局，两个人共同度过了三十六年的幸福时光，阿玲不仅成为镜花生活中的伴侣，也是他艺术创作的灵感之源。婚后，镜花的创作日臻成熟。镜花的代表作是 1900 年创作的《高野圣僧》和 1910 年创作的《和灯罩歌》。

　　《高野圣僧》1900 年 2 月发表于《新小说》杂志，1908 年由左久良书房出版了单行本，还附有镝木清方的卷头插图。作者在《创作苦心谈》中说，他写这部作品的灵感来自一位朋友的谈话，这位朋友说他在飞弹山中曾遇到一个美丽的村姑，这激发了镜花的想象力。关于作品的创作起因，还有很多种说法：有人认为在西方的古典作品中，这种旅行者遇到妖怪、鬼神、野兽的故事很多见；也有人认为镜花是受了中国的古典小说《板桥三娘子》的影响；还有人认为作者的家乡金泽地区也流传着妖怪把旅行者变成马的传说。总之《高野圣僧》是一部富有神话色彩的作品，高僧宗朝年轻时曾从飞弹出发在深山里迷了路，找到了一座茅屋，茅屋里住着白痴和他美貌的妻子，还有一位老汉。美女带宗朝到瀑布下洗澡，回来后老汉吃惊地问："你怎么回来啦？"后来得知其他行人由于对美女产生情欲都被变成了禽兽。当晚，奇禽怪兽围着茅屋怪叫，宗朝不断念经驱赶妖魔。第二天上路后，宗朝踌躇不前，又回去找美女。这时老汉告诉他，美女神通广大，那些禽兽都是她变出来的，宗朝亏得佛法保佑，逃过此劫。小说中的美女形象与镜花其他作品的女性形象截然不同，这不是一个弱者形象，而是一个任意摆布男子的女性形象。《高野圣僧》寓意丰富，有人认为这就是镜花心中的人生缩影：那满是蛇的崎岖山路象征人生多艰的旅程，美人和白痴结合，象征着封建包办婚姻。也有人用弗洛伊德学说解释，认为山里的美女是母亲的化身，圣僧下山代表了现实世界中不能同母亲结合的悲哀。深山茅屋，月光寒冽，美女妖艳，鸟兽可怖，整个意境离奇而又逼真，充满梦幻色彩。

镜花直到去世始终保持着这种神秘的浪漫主义创作风格，陶醉在空想的观念世界中，深深扎根于日本传统文学，作品中几乎看不到西方文学影响的痕迹。他绚烂哀婉的文风，"为明治大正文艺开辟了浪漫主义大道，浓艳似巫山雨意，壮烈赛过易水风光"（芥川龙之介语）。川端康成也评价说："日本到处都是花的名胜，镜花的作品则是情趣的名胜。"

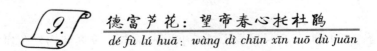

9. 德富芦花：望帝春心托杜鹃
dé fù lú huā: wàng dì chūn xīn tuō dù juān

观念小说到了明治三十年（1897）日显陈旧，没有人喜欢读了，代之而起的是家庭小说和思想更为深刻的社会小说。德富芦花的创作充分表现了这两种小说的特点。

德富芦花（1868—1927），本名德富健次郎，1868年生于肥后国（今熊本县）的水俣町，这一年是明治元年，可以说他是和日本的资本主义同时诞生的。芦花家族世代充任当地的地方官兼村长，父亲思想开明，曾经在维新中运用新的知识从事藩镇的改革。芦花少年时代在母亲的影响下，深受基督教的浸润，十七岁时接受了洗礼，以后还从事过传教工作。芦花十四岁开始创作小说，提倡自由民权，二十岁时第一次出版了一本书，叫做《孤坟之夜》。他后来创作的《自然与人生》中的写实主义和《黑潮》中的理想主义，已经在《孤坟之夜》中萌芽了。芦花曾在京都的同志社学习过，一度退学，后又入学继续学习。他在这里阅读了大量的外国文学作品，特别喜欢读雨果的《悲惨世界》，越发对文学感兴趣。不仅如此，他还在这里经历了不幸的恋爱，为摆脱失恋的痛苦曾出走到鹿儿岛。不久他回到家乡担任英语教师。

对于芦花来说，更大的痛苦恐怕还是来自他最亲近的人带给他的内心压抑，这个人就是他的哥哥——德富苏峰。苏峰本名猪一郎，是民友社的创始人、《国民新闻》社社长、著名的新闻工作者。当时苏峰在东京以民友社的名义创办改良主义、民主主义杂志《民国之友》。1889 年 5 月，芦花也进了民友社，协助哥哥工作，从此以后在兄长的阴影下生活了漫长的十年。苏峰性格外向，才华横溢，以熊本县最高峰的阿苏山起号为苏峰，而芦花腼腆内向，就连他的号芦花都带有鲜明的性格特征，清少纳言在《枕草子》中写道："芦苇之花，无甚可看。"而芦花说："我反而喜欢这种无甚可看。"所以以此为号。在哥哥面前，芦花是自卑的，他对哥哥非常不满，却不敢表露，直到他发表的小说《不如归》获得成功，才找回了自信，走上了与哥哥不同的创作道路，并在 1903 年的时候与苏峰决裂，直到临终才与哥哥重归于好。

二十五岁时，芦花读了托尔斯泰的《战争与和平》，从此极为仰慕托尔斯泰。1894 年，二十六岁的芦花与东京女子师范学校毕业的同乡原田爱子结婚。但两人的婚后生活并不平静。爱子的家人始终不同意她和芦花的婚事，逼迫她与芦花离婚，两人经常处在贫困的境地，时时为柴米油盐操心，加之芦花在结婚后不久就开始殴打曾经像爱天使一样爱着的爱子，所以她一生并没有获得幸福。但爱子是芦花文学创作的贤内助，她不仅帮助芦花创作了《不如归》，而且后来《从日本到日本》和《富士》也是夫妇二人合著的。1897 年，芦花从东京迁居逗子的柳屋，离开了哥哥，从此找到了属于自己的创作道路。

芦花在逗子的柳屋偶然听到邻居——一个叫福家安子的军人遗孀讲述

的一件传闻：陆军大将大山岩的女儿信子与美国回来的子爵三岛弥太郎结了婚，新婚不到两个月，信子就不幸得了当时被认为是不治之症的肺结核，七个月后夫家单方面解除了婚约。而这件事丈夫并不知晓，全由他母亲一手包办，把两个人活活拆散。回到娘家的信子在三年以后去世，临死前喊道："啊！难受，真难受！我下辈子……下辈子再也不托生为女人啦！"信子临死前绝望的呼喊，如电流般击中了芦花，他不禁感慨："这就是小说！"后来他还把这句临终遗言原封不动地写进了小说。

芦花苦思冥想的时候，爱子给他出了不少主意，她把作品定名为"啼血的杜鹃"，不如归的意思就是杜鹃，中国古典文学中有杜鹃催归的典故："杜鹃其鸣若曰不如归去。"小说用杜鹃来象征那位凄美的女主人公。有一次，芦花和爱子在海边散步，捡到一个小指头大小的可爱的"浪子贝壳"，他们相约，如果生了一个女孩子的话，就叫浪子吧。芦花反复构思这部小说，真如十月怀胎，结果他就把这个有纪念意义的名字作了女主人公的名字。作品中写浪子和丈夫武男相亲相爱的甜蜜生活实际就取材于芦花对自己新婚生活的美好回忆。芦花不擅长写女性的服饰，爱子就给他出主意，让浪子穿上了碎花外衣，打起黑绫的洋伞。浪子的丈夫川岛武男的原型则是芦花经常遇见的一个叫横须贺的海军军人。

故事发生的时间是日清战争期间。浪子和武男的婚姻生活本来是幸福的，但浪子偏偏有一个专横跋扈的婆母，她得了肺结核后，婆母担心武男家会断子绝孙，逼武男休掉她，武男没有答应，而是苦苦哀求母亲不要那样做。在武男参加海战期间，婆母把浪子赶回娘家，浪子忧郁哀伤，病情加重，终于长辞人间。浪子的悲剧是封建家庭里的悲剧，小说深刻揭露了封建家长和封建家族观念的丑恶、残酷和罪恶。

《不如归》从1898年11月底到第二年5月在《国民新闻》上连载，连载时遭到编辑的歧视，评价并不是很高。但单行本一出版，就引起了巨大的反响，俳句诗人正冈子规读了这部小说后，写道："炉边读小说，热泪落纷纷。"到1927年它已经再版了一百九十版，并被改编为戏剧和电影。1909年，林纾还把这部小说译成了中文。应该说在男女爱情、夫妇爱情还受到"家"的束缚的时代，这部作品受到广泛的好评并不是偶然的。《不如归》这样反映家庭问题、矛盾，以家庭妇女为主人公的小说，当时在日本被称为"家庭小说"。在这部小说的刺激下，菊池幽芬的《我之罪》、中村吉藏的《无花果》等通俗家庭小说也风靡一时。

芦花因《不如归》享誉文坛。接着，1900 年，他"将凡眼所见，凡手所录之写生文数页，题为《自然与人生》公诸于世"，他笔下的大自然清新优美，他还从自然美景中体验生活的自由、人生的意义，富有哲理意味。很快他的散文作品被收录在中学教科书中，对日本的散文创作产生了深远影响，被誉为是进行美感教育的范文。

1900 — 1901 年，芦花在英国作家狄更斯《大卫·科波菲尔》的启发下，创作了一部近似自传体的小说《回忆录》，这是一部描写青年成长过程的作品，以广阔的社会生活为背景，充满了反抗非正义现象的理想主义色彩，小说具有当时文坛所缺乏的清新和明朗，深深打动了青年们的心。

芦花对理想的热情，他的人道主义情怀，都促使他的创作很快就转向了基督社会主义。1902 年 1 月至 6 月他在《国民日报》上连载了长篇小说《黑潮》第一卷。1903 年 2 月作者由设在自己家中的黑潮社出版了单行本，卷首刊有致哥哥苏峰的《告别辞》，发行八千册，立刻销售一空。此时芦花退出了民友社，原因是苏峰本来具有新思想，向来拥护进步事业，但这时突然变节，公开地提倡国家主义，因此芦花和他绝交。他给哥哥的信中写道："你只看到实利，把文学看作维持生活的一种手工业。而我……主张文学独立，通过美而进入真和善的世界中。"由此可以感受到当时黑暗势力的强大，芦花与之斗争的坚决。

离开哥哥后，芦花尝试自己自费出版作品，《黑潮》就是第一部。《黑潮》计划写六卷，1905 年 11 月，在《新纪元》上发表了第二卷。它围绕着旧幕府臣僚东三郎进京后对政府当局高官们藤泽伯爵（原型是伊藤博文）等人所作所为感到愤怒，与之激烈论战，最后败北离去而展开情节，东三郎后来把希望寄托在儿子阿晋身上，阿晋果然不辜负父亲的期望，与政府当局展开斗争。作家将明治专制政府的内幕暴露于光天化日之下，批判它的腐朽黑暗，抨击所谓政治家的淫乱暴虐。东三郎的原型是当时的农务大臣、国粹主义者谷干城，东三郎的儿子阿晋的原型就是芦花的哥哥苏峰。不过作品中还存在种种缺陷，如人物塑造没有达到栩栩如生的程度，相反成了作者思想的传声筒；作品中的社会批判也有作家布道的意味。芦花曾坦承，在写作过程中，"经常感到厌倦"，恐怕也有力不从心、把握不好情节和人物的原因吧。这部被称为日本第一部社会主义小说的作品最终没有完成，成为近代日本文学草创时期的重大损失。

芦花搁下这部长篇社会小说，1909年，开始了环绕亚、非、欧大陆的一次漫游。他从横滨出海，途经上海、香港、新加坡、科伦坡、塞得港，瞻仰了古埃及文化遗迹，游览了尼罗河风光，朝拜了圣地耶路撒冷，归途中去俄国的亚斯纳亚·波利亚纳拜访了托尔斯泰，在托尔斯泰家住了七天，向托尔斯泰请教他所渴望的真理和正义，请求托翁解答人生和社会的疑问，后来他回忆说："这位伟大英明的老翁，这位好客的主人，高高兴兴地招待了一个不远千里而来的陌生的日本客人。"他对托尔斯泰痛恨罪恶的人道主义思想极为钦佩，因此不加批判地全盘接受了托尔斯泰的思想，包括托翁的错误观点。

芦花的这次长途跋涉历时一百二十天，行程二万四千公里。他以这次游历为内容创作了散文随笔《巡礼纪行》。这次漫游可以说是芦花人生的一个转折点。在托尔斯泰思想的影响下，他回到日本后，摆脱城市生活，归居田园，在朴素平静中寻找人生的价值和文学创作的灵感。他以"美的百姓"的身份，在东京西郊的千岁村，置办田产，建筑草房，参加普通的农业劳动，日出而作，日落而息，《蚯蚓的戏言》就是这一时期田园生活的生动写照。1927年，芦花去世，享年五十九岁。他的最后一部自传体小说《富士》尚未完成，第四卷由他的妻子续完。

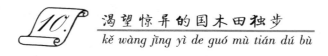

10. 渴望惊异的国木田独步
kě wàng jǐng yì de guó mù tián dú bù

国木田独步（1871 — 1908）本名哲夫，他出生时，母亲满子还没有和他的父亲专八结婚。专八有一次乘坐的帆船在海上遇难，他被别人救起后，在吉野屋旅馆疗养，同当时在旅馆帮工的满子生下了独步，开始起名叫龟吉，后来改名哲夫。专八本来已经结婚，后来与原配离婚，才和满子结了婚，但当时并没有在户籍簿上登记独步是他的亲生儿子，而是报为养子，称他的亲生父亲叫雅治郎。所以就有人由此猜测独步不是专八的亲生儿子。看来独步一出生就让人有些"惊异"。

独步在东京专门学校英语科学习期间，接受了基督教会的洗礼。不久因为参与排斥校长罢课的事，退学回乡开办私塾，结果失败。他又回到东京，出入于德富苏峰的民友社，为青年文学会发行的《青年文学》写稿，不过这本杂志不到一年时间就停了刊。他当了自由新闻社的记者，但因为新闻社营业不振不久被解雇。这时给他提供资助的父亲已经退休，他不得不自谋出路。1893 年 9 月，他通过德富苏峰、矢野龙溪等人的介绍，来到大分县佐伯市鹤谷学馆担任教职，但这种生活只持续了十个月，因为他是基督徒，还对被当地敬为神灵的政治家矢野龙溪（他是佐伯人）出言不逊，所以被人们排斥，第二年他终于离开了佐伯。独步在佐伯这一年最大的收获，就是大量阅读了著名英国浪漫主义诗人华兹华斯的作品，在这位诗人诗思的指引下，他深深爱上了大自然，努力探寻自然的奥秘。他还曾读过屠格涅夫的《幽会》，创作过描写东京近郊武野藏风景的文章，该文是风景描写的典范之作。独步眼中的自然，不是幽玄的风景，而是不可思议的可怖的谜，同时也是人生之谜。他倾心于这种不平凡，他说："我的愿望是希望惊异。啊！我心中的苦恼，使我意识到我的心在沉睡。"在谈到诗歌和诗人的目的时说："从习惯的昏睡中唤醒人心，使人知道，围着我们的世界之可惊可爱，才是诗的目的。更进一步说，使人在这可惊的世

界中发现自己，在神的真理中发现人生的意义，才是诗人的目的。"这段时间的文学阅读，对他一生的文学创作有着深远的影响，对惊异的渴望，为他今后的人生和作品也平添了异彩。

他回到东京，又是在德富苏峰的关照下，进入国民新闻社。他被派往前线当随军记者，时间长达五个月。其间独步写了战地通信，由于采用与家人通信的方式，报道海战实况和舰上日常生活，文笔风趣生动，吸引了很多读者，这是他迈向文学道路的第一步。

实际上，具有诗人气质的独步与军人的生活是格格不入的。他终于从战场平安归来，却又陷入人生的另外一场战争。在德富苏峰的友人佐佐城丰寿夫人发起召开从军记者的晚餐宴上，独步邂逅了他心目中的天使——夫人的女儿佐佐城信子，两个人携手散步，海誓山盟，他在日记中写道："与佐佐城信子的友谊好像越来越深。这也许就是恋爱吧。"其实在当时夫妇之间也是很少手拉手的，独步甚至还幻想两个人一同到原始森林自然的怀抱中开始新的生活。

然而，这只是他的浪漫想象，两个人在现实生活中有着在当时看来不可逾越的鸿沟，信子的父亲是大医院的院长，母亲是日本基督教会妇女矫风会的副会长，是上流社会的人家。而独步作为新闻记者在当时的地位是极其卑微的，很多人都把他们视为流氓地痞。信子家族坚决反对他们的婚事。独步并没有屈服，而是勇敢地为爱情自由而战。1895 年 11 月 11 日，在独步自己的家中，二十四岁的独步和十七岁的信子，在植村正久的主持下举行了寒碜的婚礼，娘家没有人来参加。但独步高兴地写道："我的恋爱胜利了，我终于得到了信子。"在逗子海边的农屋里独步和信子开始了"幸福的生活"，也许对于十七岁养尊处优的信子而言，生活到底意味着什么，并没有一个清晰的概念。当他们从王子公主的浪漫神话回到了残酷的现实中时，当历尽千辛万苦才走到一起的爱人面临巨大的经济压力时（独步一个月只有十二元的收入），爱情失去了它的梦幻色彩，并很快褪色，以至不复存在。独步不断地写些小册子，但这些微薄的收入不可能使家庭摆脱困境。没有办法，1896 年 3 月，两个人忍受不了贫苦，搬到东京，与独步的父母住在一起。4 月 12 日，回到东京的第二周，信子突然失踪，这时结婚仅五个月。从此信子再也没有回到独步的怀抱，她生下了独步的孩子后，与武井堪三郎结婚。后来有岛武郎以此为素材创作了他的代表作《一个女人》。

独步"苦闷和痛心几乎达到了顶点，痛苦已非笔墨所能形容"，曾几次想到自杀，他的日记中记下了他的血和泪。

独步不仅写诗，而且开始写小说。1897 年，红叶发表《金色夜叉》、岛崎藤村发表《嫩菜集》的同时，他在《文艺俱乐部》发表了他的第一篇小说《源老头儿》。孤独的源老头收养了一个男孩，但有一天，男孩失踪了，老头绝望上吊。在源老头这一形象中独步融进了自己对人生困境的独特感悟，作品获得好评。独步的小说独具匠心，他常常在美丽的自然映衬下，描写人的孤苦伶仃与悲哀。《春天的小鸟》中，白痴小孩六藏最喜欢的就是飞着的鸟，无论看到什么鸟，即使是一只乌鸦，他都兴高采烈，追个不停。当春天来临的时候，热爱小鸟的六藏却死在了旧城址的石墙下。"我"猜测，一定是六藏在高高的山冈上看着小鸟飞翔，自己也要和小鸟一起飞，于是从高处跳下来了吧。他是否也像华兹华斯诗中的那个喜欢大自然的孩子一样回归了大自然呢？春天的小鸟从眼前飞过，这也许就是六藏吧。一个白痴小孩，从未受过人类文明的污染，本来就是属于大自然的，他又和春天的小鸟联系在一起，使这部作品不仅具有诗情画意的浪漫色彩，而且具有很强的象征意义。

11. 田山花袋的《棉被》和私小说
tián shān huā dài de mián bèi hé sī xiǎo shuō

岛崎藤村发表《破戒》的第二年——1907 年，田山花袋的《棉被》问世。

田山花袋（1871 — 1930）出生于群马县馆林町一个没落士族家庭，没有什么学历，常常给杂志写些稿子。他开始较接近尾崎红叶，后来转向

田山花袋像

岛崎藤村等人的《文学界》，曾多次拜访藤村，二人遂结成好友。1899 年到 1909 年，他在博文馆编辑部工作。写过一些轻松愉快的爱情小说。后来在尼采、屠格涅夫等人的影响下，吸收欧洲文学的创作风格，创作了《重右卫门的末日》，描写主人公自然大胆鲁莽的生活。在这部小说里，已经有了花袋后来的自然主义倾向。

1905 年日俄战争期间，花袋作为随军记者，参加了主要在中国东北境内的战争。回国后从 1906 年 3 月起，他担任了博文馆创办的《文章杂志》的主编，这杂志事实上后来成为自然主义文学的机关杂志。1907 年 9 月，花袋在《新小说》上发表《棉被》，这不仅是他的代表作，也是日本式自然主义的先驱之作，花袋从此被认为是真正的自然主义小说家，日本文学史也称此后的自然主义为新自然主义。

作品主人公中年作家竹中时雄对韶华已逝不能和他沟通的妻子心生厌倦，对日复一日的家庭生活深感苦恼忧郁，渴望生活中来点刺激。就在这时，他收留了一个十九岁的慕名而来的美貌女弟子横山芳子。时雄被芳子"银铃般的声音、艳丽的身姿"所倾倒，顿生爱慕之情，难以抑制，他觉得自己又重新获得了青春。但由于妻子嫉妒，芳子父亲的反对，他自己又实在不是一个勇敢男人，于是只好把爱欲压在心底。妻子让芳子借住在姐姐家。一年半以后，芳子与一个青年学生田中热恋，时雄烦恼、嫉恨，他的爱恋破灭了。他在精神上折磨芳子，逼迫芳子说出隐私，还让芳子的父母将她领回闭塞的乡村，毁灭了已经显露出文学才华的芳子和她的青春之恋。芳子走后，时雄走进芳子的卧室，躺下来盖上芳子的棉被。

　　一股说不出的令人怀念的女人的油汗气味，使时雄兴奋得胸口怦怦地跳动。

性欲、悲哀、绝望一下子涌上了时雄的心头。时雄打开棉被，把棉被盖在身上，脸埋在冰冷脏污的天鹅绒的领子里哭了起来。这是一间光线暗淡的房子。屋外狂风怒吼。

小说中描写了许多日本文学作品中以前从来没有写过的露骨情节，比如。芳子搬到别处后，时雄借酒消愁，喝得烂醉如泥，竟然醉倒在肮脏的茅坑里；当得知芳子已委身男友，时雄近乎狂乱地想道："要是自己先下手就好了，她会劝我？喊人？做出牺牲？"

《棉被》中的主人公时雄就是花袋本人，这是他自己的一段生活实录。作品中的横山芳子就是现实中他的弟子冈田美知代，也是《妻》（1908）中出现的吉江照子和《缘》（1909）中出现的木下敏子。

《棉被》插图

随军出征前花袋结识了冈田美知代。少女美之代钦佩和仰慕花袋的文学才华，多次写信向他表达崇敬之情。因为花袋对自己的妻子已经厌倦，在鸿雁传书中很快就对美知代产生了异样的感情。但他受传统道德的束缚，从来没有也不敢向自己的女弟子表达爱意。自己沉溺于虚幻的想象和自怨自怜中，采取了这种接近变态的举动，在作品中表达自己的种种丑恶的欲念，无所顾忌地抒发对美知代的爱恋，大胆违反明治时期的伦理道德。由于作品写的是真人真事，在当时引起了极大的轰动，小说很快就销售一空。花袋谈到这部作品时说："既不是忏悔，也不是故意选择那种丑事而写下来，只不过把自己在人生中发现的某种事实展现在读者面前

罢了。"

这部作品极力避免虚幻的描写，只写赤裸裸的事实，他把题材仅仅限于自己身边发生的事情，无所顾忌地坦白让别人知道而感到羞耻的事情。从这一点上说，它是与以往不同的一种新的文学思潮，《棉被》问世之后，文学评论家岛村抱月赞赏道："这部作品是有血有肉的人，赤裸裸的人的大胆的忏悔。""虽说是丑，却是难以克制的野性的声音。作者在书里拿理性跟野性互相对照，把自觉的现代性格的典型向大众赤裸裸地展示出来，到了令人不敢正视的地步。这就是这部作品的生命，也就是它的价值。"

从《破戒》到《棉被》，日本的自然主义越来越偏离欧洲的自然主义文学，而具有了自己的特色。这部作品在日本当时的文坛上可以说是占尽风骚，正因为如此，在日本读者心目中也留下了深刻的印象，自然而然认为自然主义文学就是这样不作任何批判地、如实地展现作者亲身经验的私生活的文学。《棉被》不仅丧失了《破戒》中那种广阔的社会生活背景，而且为其后日本文学的主要样式——拘泥于事实、视野狭窄、内容枯燥的私小说确定了方向、开辟了道路。

《棉被》的成功增强了花袋的自信，他继续沿着这条创作道路走下去，以自己的行动、心境和身边的人和事为素材，又写了《生》（1908）、《妻》、《缘》三部曲。故事以田山家族为背景，围绕着老母卧床不起的半年间母子、婆媳、姑嫂兄弟之间的微妙关系，毫不避讳地描绘了自己的母亲在死前所干的种种丑恶事情。在《棉被》中作者对那种把男女关系仅仅看做是下流行径的陈旧观念和封建道德进行了批判，《生》、《妻》、《缘》这几部作品也暴露了封建家庭中阴郁的生活、新旧两代人的代沟和爱恨交织的复杂情感。也就是说，花袋写的虽是身边事，但有些地方还是用大胆的笔调触及到了封建道德的痛处，这样的历史功绩也是不该抹杀的。

12. 石川啄木：生活的短歌
shí chuān zhuó mù：shēng huó de duǎn gē

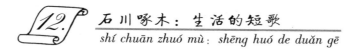

石川啄木（1886 — 1912）是 20 世纪初日本文学的短命天才，他的文学创作对日本文坛影响深远。石川啄木的本名是一，生于本州岛北部的岩手县南岩手郡日户村常光寺，他的父亲是这个寺庙的主持，一生喜欢短歌，无形中影响了啄木后来的文学创作。啄木家境贫寒，从小体弱多病，但聪慧出众，小学时就崭露头角，被称为神童。十岁时，他独自离家到盛冈，寄居在舅父家，在盛冈高等小学读书。十三岁入盛冈中学读书，在那里他认识了当地堀合家的女儿节子。

啄木的理想是当海军军人，但一个偶然的机会，他阅读了与谢野宽创办的《明星》杂志，从此内心充满了对文学的向往，他办起手抄杂志，模仿新诗社的风格，创作短歌，十四岁就表现出写诗的才华，以"天才诗人"自居。

从这时起，他经常荒废学业，从教室的窗户逃出去，在山野中，躺在草地上读书或吟咏诗歌。他的短歌先是在杂志《三日月》上发表。1902年，啄木第一次在《明星》上发表短歌。他不久辍学，怀着对文学的向往，到东京新诗社拜访了与谢野宽、晶子夫妇。啄木给与谢野宽留下的印象是"直率、快活、文雅敏慧……有点自负，是一位英姿飒爽的少年"。但他在东京的生活并没有持续多久，因为没有职业，又卧病在床，三个月后父亲就把他强行带回了家乡。

回到家乡，啄木一边疗养，一边继续创作，令他高兴的是他成为了明星派的同人，正式走上诗坛，开始创作浪漫主义诗歌。1903 年他在《明星》十二月号上发表《愁调》，第一次使用啄木这个名字。

1904 年 2 月，日俄战争爆发时，十九岁的啄木与早已相恋的同学堀合节子订婚。当时诗人的地位连种田人都不如，节子的父母坚决反对节子嫁给中学尚未毕业又一心想做诗人的啄木，但在节子的一再坚持下，她的父

母又不得不同意了这门婚事。为了筹措结婚的费用，啄木背着装满诗稿的大包袱又来到东京，跑遍了所有出版社，可是没有一家肯出版无名青年的诗集。还是在小学同学小田岛真平三兄弟的帮助下，1905 年 5 月，他的处女作诗集《憧憬》终于出版，初版和再版共发行了一千部。《憧憬》辑录了他 1905 年 3 月以前的七十六首诗歌，格调浪漫，想象丰富，比喻新颖，诗中歌颂青春，追求真理，抒发个人生活中的悲愤情绪，流露出对下层人民的同情。

诗集出版后虽然获得好评，但并不能带来大笔的金钱。加上父亲由于私自挪用寺庙里的财产，丢掉了职位，举家暂居盛冈。5 月 30 日，啄木和节子的婚礼如期举行。囊空如洗的啄木早在 5 月 9 日就离开东京踏上回乡的路途，但他并没有在婚礼上露面，婚礼上只有新娘，没有新郎。此时的啄木四处流浪，他还在仙台拜访了诗人土井晚翠。也许年轻的啄木稚嫩的肩膀无法背负沉重的现实，他竭力逃避着。但生活是无法回避的，从此以后，二十几岁的他担当起家庭的重任，为父母、妹妹、妻子和自己五个人的生活疲于奔命，直至死亡来临。

为了养家糊口，他在家乡当了小学的代课老师，月薪八元。同时他坚持创作，开始写小说，写了《鸟影》、《云是天才》，但很快都被退稿。1906 年，随着长女京子的出生，家境更加艰难，父亲为了减轻家庭负担离家出走，啄木的工作也不顺利，因为煽动学潮，反对校长，最后被免职。一家人只好四分五裂，母亲留在邻村，啄木和妹妹远离故乡，渡海去北海道的函馆寻找职业，妻子带着孩子寄居在娘家。在函馆，有新诗社的同仁建立的苜蓿社，啄木经常和一些志同道合的朋友畅谈文学、人生、爱情，为他暗淡的生活增添了一些亮色。啄木当小学老师，兼任《函馆日日新闻》的机动记者，不久，全家人（除父亲外）团圆，总算可以勉强维持生活。但这样平淡的日子也没有维持多久，函馆发生大火，报社被毁，报纸停办，啄木的处女作长篇小说《面影》也被烧毁。他只好离开函馆，前往小樽当《小樽日报》的记者。1908 年，又到钏路的《钏路新闻》当记者，三个月以后，他把家人托付给好友，只身去了东京。

啄木在中学时代的朋友金田一京助的帮助下，找到了住宿的地方。他正式投身于小说创作，想挣点稿费，但没有人注意他的文学创作。而远在函馆的家也让他挂心不已。失败的阴影啃噬着他的心，他不由得放下了小说写作，一时之间思绪万千，竟写起了久已不写的短歌，一气呵成，写了数十首，在短歌的写作中他发现了"一种快感"。当时诗歌形式为适应时代要求，开始自由运用口语进行创作，啄木也模仿了当时流行的形式。但他短歌的素材绝非虚构，而是根据自己贫苦的生活，比如做代课教师、远赴北海道等亲身体验，以及这种体验所带来的人生感慨，来写作短歌。这些富有生活气息的短歌逐渐为人们所注意和称道。但光写短歌是换不来金钱的，为了维持生活，1909 年 3 月，啄木进入《东京朝日新闻》社，当了一名校对员。一家人又在东京团聚。然而生活的贫苦使家庭成员的关系恶劣，妻子和父母经常闹矛盾，不是妻子离家出走，就是父母出走，真让啄木左右为难，所以在啄木的短歌中出现了"我家若养猫，猫即是争端"的诗句。

1910 年 6 月 5 日，日本街头巷尾都响起了报纸号外的铃声，报道"大逆事件"。"大逆事件"实际是日本政府残酷镇压工人运动和社会进步力量所捏造的一次事件。幸德秋水是日本早期的社会主义活动家，反对日俄战争，建立了平民社，创办《平民新闻》。平民社解散后幸德去了美国，回国后转向无政府主义。统治者诬陷幸德秋水和他的同志阴谋制定了暗杀明治天皇的计划，在全国大肆搜捕，逮捕了数百人，并秘密审判，一次宣布二十四名被告死刑，而且不允许上诉。后来又假惺惺以"天皇仁慈"的名义，对二十四人中的一半免除了死刑，而幸德秋水等十二人全部被处死。

啄木通过向朋友调查，记录了这件事的经过。他受到极大的震动，思想开始发生变化，啄木与幸德秋水和俄国无政府主义者克鲁泡特金的观点产生了共鸣：为什么自己终日劳作，还无法养活全家人？他反复思考，由此迅速接受了社会主义思想。他清醒地意识道："阶级制度、家族制度、资本制度、旧的道德——这一切在紧紧地束缚着人民的生活与精神。社会主义者（当时这一称呼也包含无政府主义者）企图批判和改变这一状况。

'大逆事件'就是彻底镇压他们的事件。"

对于这样的悲惨事件，所有的文学家除了德富芦花外，都基本保持了沉默。而啄木在令人窒息的社会氛围中进一步深化思想，1910年，他写作了"日本近代文学史上最优秀的评论"——《时代闭塞之现状》。

啄木不仅抨击了时代的闭塞，同时对自然主义文学进行了无情的批判，提出文学要批评社会，干涉人生。

啄木在日本文学史上最主要的功绩在于他改革了短歌。啄木打破了形式为一行的陈规，分为三行，摒弃了典雅的辞藻，用口语吟咏，灵活多变，形成了独特的"啄木调"。传统的短歌常写风花雪月，恋情爱意，忧伤幽玄，他把现实主义的创作方法运用到短歌中，把在贫病交加的处境中对生活的深刻认识、体验融入诗歌创作，他说：我们的诗，必须同日常食物一样是我们所必需的。我们必须用和实际生活毫无间隔的心作诗。又说，诗人有三个条件："第一必须是人，第二必须是人，第三必须是人。"

命运好像在与啄木作对，成功的曙光姗姗来迟，生活的艰辛却已经压垮了啄木一家人。1910年年底啄木出版了短歌集《一握沙》，预支的版税成了刚刚出生二十三天的长子的埋葬费。父亲又出家进了寺庙，啄木患了腹膜炎，妻子患了肋膜炎，母亲因结核病不久便离开了人世。在高烧中，啄木坚持文学创作，写了《无休止的争论》、《墓志铭》等优秀的诗歌。1912年4月13日，二十六岁的啄木没有看到他的第二部短歌集《可悲的玩具》的出版，就结束了他寂寞而战斗的一生，送葬者有二百余人。

啄木去世后，节子生下了遗腹女房江。1914年，节子病逝，两个女儿由亲友抚养长大。长女京子后来和一个青年记者结婚，育有一子一女。1930年，京子患急性肺炎去世，妹妹房江于同年同月死于肺病。生活如歌，残酷和美丽同在。

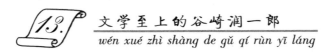

13. 文学至上的谷崎润一郎

wén xué zhì shàng de gǔ qí rùn yī láng

谷崎润一郎（1886 — 1965）生于东京的日本桥区，父亲、母亲都是"老东京"。日本桥一带又是三百年来江户文化的中心地，所以很自然的，谷崎润一郎有着"江户儿"所固有的唯美倾向。谷崎和文学的缘分还不止这些，他在小学高等科（当时的小学学制是普通科四年，高等科四年，读完两年高等科就可以报考中学）受到老师稻叶清吉的熏陶，显露出文学才华，因此而走进了文学的大门。他所就读的中学曾培育出文坛巨星级人物：尾崎红叶和夏目漱石，此外还有小山内熏以及其他大小艺术家。所以他与文坛的渊源很深。后来在东京帝国大学国文科读书，当时不少同窗好友已经崭露头角，谷崎暗暗焦虑，虽然矢志文学，却不知何去何从，不禁怀疑自己的文学天赋，即使自己很有天资，又怎样寻求出入文学的门路呢？谷崎幼年时代是在养尊处优中度过的，后来由于父亲不善于经营，家道中落，小学毕业以后，家里更加贫穷，连他上中学的费用全都依靠老师和亲戚的资助，如果他真的献身文学，稿费能维持生活吗？十八九岁到二十四五岁的六七年间，谷崎就这样处在惶惑和恐惧之中，前途似乎一片黑暗。

对当时盛行的自然主义文学，谷崎极为反感，雄心勃勃想要高举叛旗，可自己是无名小辈，这样一来文学之路也许将更加曲折。谷崎先是取材于《荣华物语》，写了一部史剧《诞生》，投寄给《帝国文学》，石沉大海。失望之余，写了一篇带有自然主义特点的短篇小说《一日》，虽经人推荐给了《早稻田文学》，同样无人问津，登上文坛的希望越加渺茫，一时之间自暴自弃。二十多年后已是著名作家的谷崎回忆起这段时光，还念念不忘一位高中时代的同窗好友的评价，这位同窗细读了谷崎的练笔之作，说道："好歹能成小栗风叶那般气候。"这句话给了谷崎一线光明，他心中总在想："真能成此气候吗？"这句话甚至成为当时惟一鼓励他前进的力量。大学二三年级时，谷崎偶然阅读了永井荷风的《美国故事》，发现小说原来可以这么写，觉得自己找到了知音，希望倘若有一天登上文坛，首先要赢得这个人的赏识，这一天或许会真的到来吧。

1909 年，谷崎在一次文人聚会中，看见其中有一人，"身躯瘦长，着黑色西装，长发藉油脂平滑地向后梳理，年方二十八九岁，绅士风度，举止潇洒，走进会场入口。他的脸廓，形如俎板，呈长方形状，颐骨突出，略带病态的碧青加浅黑的气色，一张下唇突出上唇的嘴，嘴边残留着撒娇孩童的痕迹，他那身黑色西装和瘦高的身材，给人以整洁清爽之感，另一方面，又令人觉得有几分靡非斯特"。有人对他说："是永井先生！"一瞬间，谷崎有窒息之感。尽管后来他喝醉了，但也没有忘记永井先生在场，他走到永井先生面前连连鞠躬说道："先生，我实在喜欢您！我崇拜您！先生之大作，我全已拜读！"先生淡淡应答："谢谢，谢谢。"

1910 年，大学三年级期间，谷崎与小山内熏、后藤末雄、和辻哲郎等发起《新思潮》第二次复刊。说起为什么会拉谷崎入伙，还有一番趣事。原来谷崎在同仁眼中，有"懒汉"和"浪子"的"美誉"，同人们根本没有瞧得起他，还是听他的一位好友说谷崎与偕乐园的老板交情甚好，他入伙，偕乐园就会出资，于是他们说："哎，无奈！既然那厮是摇钱树，就叫他入伙，尽量讨好他吧。"结果谷崎还真去央求偕乐园老板资助那不足的出版资金："有了这笔钱，我必能显身于文坛。这一来我就会时运亨通了，这钱至关重要，你就通融了吧！"老板信以为真，出于友情，爽快地给了钱。杂志终于问世了，他在复刊号上发表了《诞生》和一篇评价夏目漱石《门》的文章，其实这时他已经完成了《文身》。《诞生》刊出后无人理会，他也暗自奇怪自己竟会以这样不讨好的作品作为自己的处女作。在第二期他发表了《象》，好不容易到第三期（《新思潮》的十一月号）才发表了《文身》。谷崎暗自期待受人瞩目，但只有《万朝报》登出三四行简介文字。

9 月，帝大因为他未交学费，给他以开除警告，虽然只要缴款就免于开除的处罚，谷崎还是就此退学了。12 月，小山内熏和市川左团次发起自由剧场运动，彩排戏剧之日，谷崎知道永井荷风要来，就想让他审读《文身》，于是拿着刊登《文身》的《新思潮》杂志，在走廊里徘徊等候。一见荷风的身影，他追随而至。荷风正在和另一位客人交谈，谷崎鼓足勇气，莽撞地闯进去，对他说："十一月号出版了，我特意给您送来。"说着恭敬地把杂志呈上，荷风说："哦，是吗？"就收下了杂志。谷崎一鞠躬，慌忙退了出去，他没有勇气请荷风读他的作品，只希望他随手一翻的时候，可能会看到《文身》，读上几行。谷崎躲在一边，长时间观察荷风，荷风把杂志放在餐桌上继续与人交谈。谷崎几度折返，看见杂志依然放在桌上，不免失望，但仍希望荷风把杂志带回去翻阅。

　　不久好消息传来，1911年，永井荷风在《三田文学》上发表《谷崎润一郎氏的作品》，盛赞谷崎的作品，宣称谷崎润一郎开拓了新的艺术领域，认为他的作品，由肉体恐惧而入神秘幽玄，充满都市情趣，文字无懈可击。这篇文章把谷崎这个无名的文坛新人一举推到了中心，从此"天才谷崎"的名声大噪。荷风是鸥外发现的，润一郎则是因为荷风出了名。

　　谷崎激动不已，杂志一出版，他马上买了一本，边走边读，双手颤抖不止，无法抑制，想起以前的梦想，如今终于实现了，荷风果然是自己的知己，谷崎百感交集，飘飘然，好像上了九天，跑上一阵，又走上一阵。旦夕之间，前程灿烂。谷崎的成功成了全家人的节日。父亲生意失败，一家人困顿不堪，心爱的妹妹刚刚十八岁，却身染肠结核，病入膏肓，谷崎本人又放弃了大学的学习，是这篇文章给全家人带来了希望。从此他文思一发而不可收，创作了《麒麟》（1910）、《少年》（1911）、《帮闲》（1911）、《饶太郎》（1914）、《异端者的悲哀》（1917）等作品。可以说谷崎润一郎，是以《新思潮》的创刊、永井荷风的评论文章和第一部作品集《文身》的发行这三件事为基础而登上文坛，名噪一时的。

　　谷崎在《关于艺》中描述了他的新的文学追求："一想到我这样近五十的人所写的东西竟只为年轻人阅读，便不能不感到有点寂寞。而把自己放在读者一边一看，则除了古典竟无值得一读的作品，这不能不让人觉得现代文学有着某种缺陷。因为只有那些让人自青年到老年，可常常于灯下

翻阅，以求得慰藉，可作为终生不可缺少的伴侣的读物，才称得上真正的文学。……我所谓'可看到心灵故乡的文学'就指的是这种文学。"于是在谷崎的作品中华丽的风格销声匿迹了，取而代之的是古典的情趣；妖艳充满肉欲的女性形象不见了，努力刻画的是日本传统的"永恒的女性"。

《春琴抄》是具有典型意义的名作，曾经在文坛引起巨大的反响。女琴师春琴九岁时双目失明，但琴技超群，姿色绝伦，教授比自己大四岁的仆人出身的佐助学习三弦琴，佐助在精神上受尽了孤傲的春琴的折磨。后来春琴怀孕，人们纷纷猜测其对象是佐助，但春琴矢口否认。不久，不知何故，春琴被毁了容，佐助为了永远保持自己心目中春琴的美好形象，用针刺瞎了自己的瞳仁。佐助双手扶着春琴说："师傅，我已经瞎了，一辈子也看不见您的脸了。"春琴问道："佐助，是真的吗？"佐助沉默半晌，觉得自己十分幸福。佐助以现实中的春琴作为唤起观念中的春琴的媒介，但精神中的春琴也决不是单纯的抽象美，而是伴随着具体形态如触摸、听觉等的具象美，这样一来把永远不变的观念世界和可感受的官能世界融为一体，这是佐助梦寐以求的幸福，应该说也是作家追求的理想境界。

也许对他而言，艺术就是生活，生活就是艺术。在谷崎的艺术世界里，人物心理多属变态，充满了不正常的爱情及性行为，他笔下的男子都是女性至上主义者，他们的最大幸福莫过于活在"女人"的"支配"下，"像奴隶服侍主子，人类崇拜神一样"来崇拜"女人"。但在谷崎那里，女人的神性来自女人的肉体，女人说到底也还是男人泄欲的工具，连谷崎自己也不禁困惑："女子究竟是神，还是玩具呢？……"就如他在剧本《颜世》里写的那一段台词："人……终归是为了凭着权势和财宝，使天下的美色尽归己有，任意享受……说句老实话，但凡生为男子汉，难道有一个不这么想的吗？"

在《神与人之间》（1924）中他写到颓废派作家添田把妻子让给了挚穗积。1930年8月，谷崎把与自己生活了十八年的妻子千代子转让给了诗人佐藤春夫。他不喜欢千代子那种贞淑的传统家庭主妇，反而喜欢小姨子的年轻热情。长篇小说《痴人之爱》就是表现这一事件的作品。1931年4

月，他与他的学生古川丁末子结婚。婚后几个月，谷崎夫妇租住了根津太郎的别墅，根津荒唐不堪，根津的妻子松子是一个美女，松子虽出身豪门，但就和独居的寡妇一样，她的三个妹妹也都长得很美，谷崎不禁深深为她们的美貌所倾倒。1934 年，谷崎与松子同居。后来他和松子与各自伴侣离婚，正式结为夫妻。二人结婚后，松子曾怀孕，但谷崎表示，松子一旦变成一个给小娃娃喂奶、换尿布的平庸女人，他心目中的那个"崇高的女子"的形象就破灭了，这实在令他无法接受。后来松子也忍痛服从了他的意志，文学中的美轮美奂最终化成了现实生活中的隐痛，晚年的谷崎曾经为此事后悔不已。

1923 年震惊于世的东京大地震也没有影响谷崎的创作，他举家迁往关西，以后再也没有搬回东京。他的文学创作就是以关西为根基，从关西习俗和日本传统文化中汲取养分，在其他作家面对新的文学状态，无所适从的时候，谷崎避居关西，不受时代干扰，完成了他的艺术使命。

1923 年 9 月关东大地震之后，谷崎把全家从东京迁到京都，定居下来。谷崎被古都奈良和京都的传统日本美所征服；和千代子离婚，与松子相识、结合，关西的女人也让他发现了女性的另一种美，使他的创作重获生机。

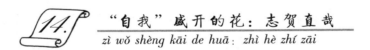

14. "自我"盛开的花：志贺直哉

zì wǒ shèng kāi de huā：zhì hè zhí zāi

与武者小路实笃并称为白桦派"双璧"的是志贺直哉（1883—1971），志贺也是白桦派中最有影响的作家之一。

志贺和白桦派的其他同人一样，出身名门。志贺的祖父是幕府时期的高级武士，祖父曾协助主人开发足尾铜山。他的父亲是实业家，为子女留下了用不尽的财产。志贺两岁时随父母在东京定居，住在祖父母家，十二岁时母亲去世。因为是在祖父母身边长大，所以志贺深得祖父母的宠爱，他和父亲的关系反而很淡漠。家庭中这种种复杂的关系，日后成了他一再书写的文学题材。

志贺进入学习院学习，在学习院中等科学习时，两次留级，后来与武者小路实笃成了一个班的同学，两个人结为终生挚友，在文学创作的道路上相互扶持、影响，留级本是坏事，但一时之间的坏事却变成了好事。1906年志贺从学习院高等科毕业，入东京帝国大学英文科。1909年发表处女作《一天早晨》。创办《白桦》的1910年，他从东京大学中途退学，专门从事文学创作。

十七岁时他认识了进步的基督教徒内村鉴三，此后七年间，他尊内村为师长，他的青春时期就是在内村思想的浸润下度过的。他后来说："如果要谈对我影响很大的人，性格最相投的，作为良师可举荐内村鉴三先生，作为益友可举武者小路实笃，在亲人当中可举我二十四岁时、以八十岁高龄去世的祖父直道。"

与祖父母情感亲密的志贺与父亲的关系一直不够融洽。1902年，足尾铜矿发生了震惊全国的矿工中毒事件，社会对此议论纷纷，这是日本近代史上最早发生的所谓"公害"事件。当时志贺已满十八岁，在就这次事件召开的时局演讲大会上，他听了内村鉴三、社会主义者片山潜、木下尚江等人激情洋溢的演说，同情受害的农民和矿工，与学习院的同学商量去受害地区考察，没想到这一想法遭到了在实业界担任要职的父亲的坚决反对，他说："你干这种事会给我造成麻烦，学生不要多管闲事。"足尾铜矿是祖父一手兴办的，虽然已经不经营了，但志贺家仍然与之关系密切。这是志贺和父亲的第一次大冲突。最后继母给受害地区寄了一个大包裹才算了结了这个事情。

志贺阅读广泛，情趣高雅，本来他打算当一个军人或一名实业家，但与内村、实笃的交往过程中，逐渐改变了自己的理想，一心想成为文学家，而与执意让儿子继承家业的父亲不可避免地再次发生冲突。

祖父去世以后，志贺在家里没了知音，感到寂寞，他常常把心里话告诉一位女佣，慢慢地爱上了她。1907年，志贺向她吐露心意，并向祖母和继母宣布要结婚，但是又遭父亲的坚决反对，父亲立即辞退女佣，他根本没有同儿子好好交谈，也不想深入儿子的内心世界，就断言儿子是"发情的鲁夫"，这大大刺伤了志贺的自尊心，他对父亲的愤怒达到了顶点，曾与实笃商量要离家出走，但最终没有成行。

志贺只好在文学中寻找安慰。1910 年在《白桦》创刊号上他发表了记叙旅途见闻的的短篇小说《到网里去》，记录了对生活的偶然一瞥，简洁中写出了人性的善良。这也是志贺以后作品创作的特色。接着他在《白桦》上又发表了《剃刀》、《他和比他大六岁的女人》、《速夫的妹妹》、《混乱的头脑》、《大津顺吉》等作品，创作手法多姿多彩，对祖父母的爱、对亡母的思念、对父亲再婚的感受，以及与父亲在人生和艺术等问题上的巨大分歧在作品中得到展现，志贺逐渐表现出了作为日本文学史上第一流现实主义作家的素质。

《大津顺吉》让志贺第一次得到了稿费，祖母高兴地把钱供在神龛上，而父亲对此不屑一顾。不久，志贺把在《白桦》上发表的作品收集起来，准备编成一个小说集，向父亲筹措出版资金，但父亲没有同意。1912 年 10 月，志贺终于离家出走。

离家出走是家庭中的不幸事件。但对于志贺来说，离开家庭，却意味着独立，今后要更加努力地工作。他从东京迁到尾道（广岛县）暂住，后来又不断迁居，从尾道到松江、京都、镰仓、赤城山、我孙子、山科，后来又搬回东京，战后迁居热海，以后又回到东京。迁居京都时，他和武者小路的表妹康子结婚。志贺的父亲再次反对志贺的婚事，甚至在第二年办理了废除嫡子继承权的手续，在户籍上也一笔勾销了与志贺的父子关系。从此以后，志贺走上了自食其力的作家之路，但此时作品并不多，甚至有好几年他都没有从事文学创作，有人认为那是因为他的生活环境还较为优越，没有严峻的生活压力所致。这一时期他开始断断续续写作长篇《暗夜行路》。

志贺所生活的大正时期是日本历史上一个激烈动荡的时期，专制统治日益严重。在这样一个闭塞的时代，每个作家都努力探寻着自己的出路。夏目漱石以"则天去私"自勉，武者小路实笃去开辟新村，而有岛武郎自杀了，芥川龙之介也自杀了。志贺追求的是"和谐"，在这样一个不和谐的时代追求与外在世界的和谐，是不可能的，他只有转向内心，去寻求心灵的和谐与宁静。

1917 年，志贺和久已不睦的父亲和解，他流着泪，一口气写下了小说《和解》。这部作品以冷静的态度和现实主义的手法，描写了主人公与自己的父亲从决裂到和解的过程，对于骨肉亲情和对父亲的抗拒进行了自我反省，着意突出人与人之间和解的重要性，但作品中缺乏近代人那种与封建家族制度斗争到底的描绘。与父亲关系的变化过程是志贺成长历程中最重要的事件之一，他把这一生活素材文学化，创作了多篇自传体小说。在《和解》之前及其后创作的《大津顺吉》、《一个男人、其姐之死》，都是记叙父子纠葛的。《大津顺吉》中描写了主人公顺吉违抗父命，与女佣相爱；《一个男人、其姐之死》中描写了主人公违反父意，从事文学创作，婚姻也遭到父亲的反对，父子间产生了深深的隔阂，主人公给姐姐留了一封长信，就没有踪影了。志贺是怀着与父亲和解的真诚愿望来写这三部作品的，所以他说："从素材上说，这是一根树干生长出来的三叉枝。"

志贺以自叙的形式如实描写自己家庭的矛盾和日常生活的所见所闻。他的小说内容经历了不和睦、矛盾、和解、调和的四个阶段，但这种不和谐只限于家庭内部的纠葛和父子间的争执，并没有对封建家族内部新旧两代人的争执进行进一步的社会探索。

志贺以短篇小说见长，享有"短篇之神"的美誉。不过志贺是把他惟一的长篇小说《暗夜行路》当做毕生的事业来创作的，小说集作家之大成，着笔于 1921 年，完成于 1937 年，开始写作时作家三十九岁，作品脱稿时他已经五十五岁了，一部小说花了十七年的时间才完成，在日本文坛堪称奇事。

最初他创作了小说《时任谦作》，但没有完成，和父亲和解后，他把未完成的草稿《时任谦作》加以发展，形成了《暗夜行路》的前篇。小说描写时任谦作得知自己是母亲与祖父的儿子，妻子与他的表兄发生性关系之后，为了摆脱母亲和妻子的过失给自己带来的烦恼，也为了净化自己的灵魂，他投入大自然的怀抱。融进自然，他觉得自己已经找到了"通向永恒的道路"。小说中除了母亲的不伦和妻子的不贞是作者虚构以外，其余都是志贺在自己生活经历基础上的艺术虚构。他说："很难说明哪儿是作者自己，哪儿是小说里塑造的人物，""不是写外在的时间发展，而是写主人公由于时间而产生的思想活动，以及这种思想的发展。"可以说，这部小说是记录作者本人精神发展的作品。

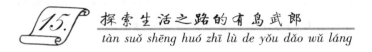

15. 探索生活之路的有岛武郎
tàn suǒ shēng huó zhī lù de yǒu dǎo wǔ láng

有岛武郎（1878—1923）在白桦派中年纪最长，在创作之初就显示了与武者小路实笃、志贺直哉不同的创作倾向，他不像实笃那样沉浸在空幻的理想世界中，也不像志贺那样局限于狭窄的个人世界里，他是白桦派中批判性最强，揭露现实最深刻的作家。有岛武郎的父亲是政府官员，曾任地位显赫的关税局局长兼横滨税关关长，后来成为实业家。有岛是家里的长子，从小受到严格的武士教育，同时也受到欧美式的教育。在学习院学习期间，他被认为是教养极好的孩子，还被推荐为当时还是皇太子的大正天皇的学友。1908年，有岛回国后担任了东北帝国大学英语讲师。

1909年，有岛与陆军中将神尾光臣的二女儿安子结婚，新婚生活使他饱享肉体的欢欣，自然本性的欢歌使他进一步认识到宗教禁欲主义的虚幻。1910年，《白桦》创刊，有岛与弟弟一起应邀加入同人的行列，三十二岁的他终于确定了自己终身为之奋斗的事业——文学创作。加入白桦不久，他就悄悄地退出了基督教会，摆脱了基督教的影响，这是他生活与思想上的一大转变。

《白桦》创刊以来，有岛几乎在每一期上都发表作品，如《除锈工》、《阿末之死》等，还连载了《一个女人》的前篇，但在当时《一个女人》这部作品并没有引起人们的广泛注意。

1918年年底，在哈维洛克·爱利斯《性的心理学研究》的影响下，有

岛着手修改《一个女人》。1919 年 3 月，出版了《一个女人》前篇，同年
6 月出版了后篇，《一个女人》成为有岛作品中最长的一部。他谈到创作动
机时说：

> 我是想在那部书中把叶子的肖像描绘成为一个开始自我觉醒
> 而自己又不知道方向，出生于社会还不懂得如何对待这种人的时
> 代，任性、敏感、激进的女性。……真正爱自己、尊重自己的本
> 能、而又痛感到女性现在处于怎样不恰当地位的人们，我想会对
> 主人公的那种盲目的叛逆、执著与挫折有所感动的。

《一个女人》的主人公早月叶子是一个有个性的女人，她追求恋爱自
由，但不为社会所接受，虽然孤立无援，但依然坚持按爱的本能行事。她
不顾周围人和家里人的反对，与著名作家木部恋爱结婚，但很快发现木部
是个把女人当做附属物的自私男人，仅两个月二人便离了婚。她遵照父母
的意愿前往美国与未婚夫结婚，航海途中，爱上了粗犷的仓地，与之回到
日本同居，仓地由于出卖情报被通缉，叶子身心憔悴，在临终时她说："我错
了……我不该这样生活在人世。但这又是谁的罪过？不知道。"小说淋漓
尽致地展现了一个女性的性格和命运，应该说她的悲剧根源是近代日本社
会本身，同时也应该记住作者本人说过的一句话这是一部表现"自己的生
之痛苦"的作品。《一个女人》是日本现实主义文学的代表作之一。但作
品在当时并没有引起什么反响，直到作者去世，在正宗白鸟的极力推荐之
下，这部作品才得到公正的评价。

早月叶子是有原型的，在札幌农业学校有岛有一位同学叫森广，森广
后来赴美创办贸易公司。他的未婚妻是佐佐城信子，1901 年 9 月，有岛亲
自送信子到横滨港口坐船去找森广，叶子的原型就是信子。而信子在几个
月前与国木田独步结婚，并怀了孕，但她很快从独步那里逃了出来，大概
是迫于家人的压力而去与未婚夫森广结婚。但她并不爱森广，在赴美途
中，与船上的事务长武井堪三郎发生肉体关系，没有下船，又随原船回到
了日本，把孩子寄养在亲戚家，与武井同居，后来结婚。有岛是在送走信

子两年以后，在美国与森广重逢，森广向他讲述了信子的故事，它触发了有岛的灵感，创作了这部作品。但小说当然不是事实的照搬，女主人公最后因手术失败，痛苦死去，而生活中的原型还活着，直到 1949 年，七十一岁的信子才去世。从《除锈工》、《阿末之死》到《该隐的末裔》、《一个女人》，有岛武郎的文学追求与其他白桦派的同人迥异，他以人类爱为基点，将创作的焦点放在下层民众、劳动者的悲苦生活和社会地位低下的女性的觉醒上，成为白桦派文学中独特的存在。

到了 1920 年，有岛的创作力开始衰退。有岛陷入困境的原因是复杂的，但其中最重要的原因还是与当时的社会形势有关。1920 年左右早期的社会主义运动开始兴起，1921 年宣传无产阶级的文学刊物《播种人》创刊。关注底层人民生活的有岛一方面为劳工运动的兴起而高兴，但另一方面，却为自己寻找不到道路而苦闷。在《一篇宣言》中，他承认和肯定了无产阶级文学，但又认为自己受出身的限制，"不论今后我的生活发生怎样的变化，而我归根结底肯定是原来的统治阶级的产物"。无力背叛自己的阶级，他无法成为无产阶级的艺术家，所以感到生活的虚无与绝望是不可避免的。

有岛是执著于生的，所以他还试图按照自己理想主义的生活原则，探索生活的道路。他放弃了父亲给他的财产，"解放"了有岛农场的土地，无偿地转交农民集体经营，与农民们共同建立"共产农园"。虽然他没有给《播种人》写过稿，但他曾从精神和物质两方面援助过《播种人》。然而，他的共产农园也如同他曾批判的新村一样在尖锐的阶级斗争中破灭了。

有岛曾创办了一个个人杂志《泉》，作品基调非常阴暗。1923 年的时候，他终于写下了"死一般可怕的空虚，开始腐蚀生命"的字句，死的诱惑抓住了有岛的心。最终将有岛引进死亡大门的是《妇女公论》的女记者波多野秋子。秋子是一个有夫之妇，有着"像磁石一般美的力量"。秋子的丈夫是个无耻之徒，他不仅是个情场老手，还向有岛勒索万元巨款，作为"出让"秋子的条件，深感受辱的有岛当即严辞拒绝。事后第三天，即

1923 年 6 月 9 日，两个相爱的人在轻井泽净月庵别墅一起自杀。有岛武郎在绝命书上写道："切切心头记：世上本无路，茫茫荒野地，空空置君足。"有岛最终用生命实践了自己的生活理想。

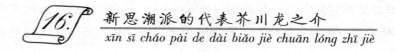

16. 新思潮派的代表芥川龙之介
xīn sī cháo pài de dài biǎo jiè chuān lóng zhī jiè

芥川龙之介（1892 — 1927）是新思潮派的主要代表作家。新思潮派是继白桦派之后兴起的又一个文学流派，代表作家还有菊池宽、久米正雄、山本有三、丰岛与志雄和室生犀星等，他们对自然主义的"暴露现实的悲哀"、对白桦派追求的理想主义和人道主义，以及永井荷风为代表的唯美派，都不以为然，他们试图以近代理性为基础，在描绘历史和平凡的日常生活中，对旧社会和旧道德进行批判，这一流派既有浪漫主义的特点，又有现实主义的倾向。

芥川龙之介像

在 1916 年《新思潮》第四次的创刊号上芥川发表了《鼻子》，这时候他接到了他仰慕已久的文学大师夏目漱石的来信，漱石在信中评价他的作品"文笔凝练，朴素平易，诙谐自然，情趣雅致，而且材料新颖，立意精到，构思谨严，令人钦佩"，漱石还对他说："你再写十篇这样的作品，则不但在日本，即在世界文坛上也将成为一位有特色的作家了。"文学大家的赞赏带来了文坛对他的承认，这自然使处境凄凉的芥川欣喜，从此他确立了当专业作家的人生目标。他常去拜访漱石，把漱石看做是他的人生导师，因此也成了漱石晚年最喜爱的弟子。可惜好景不长，1916 年 12 月 9 日，年仅四十九岁的漱石去世，芥川悲痛不已。《罗生门》

是芥川的代表作之一。小说写的是，古代平安朝末期，灾难频生，一片荒凉。一个被解雇的家将在京城的南门——罗生门下避雨，无路可走，是饿死还是当强盗的念头始终在他脑际盘旋。这时他发现楼上的死尸堆里有一个瘦得像猴子似的老太婆在拔死人的头发。他义愤填膺，抽出刀来抓住了老太婆。老太婆颤抖着告诉他，拔死人头发是为了做假发，"拔死人头发，是不对，不过这儿这些死人，活着的时候也都是干这类营生的。这位我拔了她头发的女人，活着时就是把蛇肉切成一段段，晒干了当干鱼到兵营去卖。要不是害瘟病死了，这会还在卖呢。她卖的干鱼味道还很新鲜，兵营的人买去做菜还缺少不得呢。她干那营生也不坏，要不干就得饿死，反正是没法子嘛。你当我干这坏事，我不干就得饿死，也是没法子呀！……"家将听了这一席话不再犹豫，他对老太婆狠狠地说："那么，我剥你的衣服，你也不要怪我，我不这样，也得饿死嘛。"他夹着抢来的衣服扬长而去。《罗生门》中，作家很显然将现实置于历史之中，人的善恶取决于人的境遇，在个人生存受到威胁的时候，损人利己是人的本能。小说强调了环境对人的制约。在小说的一开头作者就渲染了一个鬼气森然的特殊的环境：灰蒙蒙的夜，布满尸体的罗生门，凄厉惨叫的乌鸦，幽灵一样的老太婆。在这种环境中，所谓的正义的信念、道德的防线刹那间崩溃，好与坏、善与恶紧密相连。

种种人生经历，给芥川带来巨大的精神痛苦，使他的神经和体力严重衰弱。尤其是1921年中国旅行归来后，他疾病缠身，创作力下降。他感到命运的不公，觉得自己是在孤独的地狱里受苦受难，受着一个又一个的惩罚，他深深苦恼于自己的命运，他认为决定命运的是血统、境遇和偶然。而决定他的命运的，"四分之一是我的血统，四分之一是我的境遇，四分之一是我的偶然——我的责任只是四分之一"。这种想法无疑给芥川的生活和文学观留下了巨大的阴影，在他看来，人生和周围现实都是丑恶的，人在丑恶中痛苦地生活着，无法逃避，于是他的生活和文学创作充满着"漠然的不安"。

芥川生活的时代也是动荡不安的，无产阶级文学创作日益活跃，无产

《罗生门》电影海报

阶级作家对包括芥川在内的资产阶级作家发起进攻。芥川写了《无产阶级的可否》，肯定无产阶级文学的存在，他说："我惟一希望的，不论无产阶级还是资产阶级，不能失去精神的自由，要识破敌人的个人主义，也要识破自己一方的个人主义。"芥川既对无产阶级抱有一丝希望，但又认为自己属于资产阶级，没有办法超越本阶级，对未来怀有"莫名其妙的不安"，他甚至敏感地怀疑起自己作品的艺术价值。他似乎已经无法主宰自己的命运了，在阴暗的心中，他一边不断地同"漠然的不安"作着斗争，甚至想通过信仰基督教来寻找心灵的寄托，一边坚持写出了《水虎》（又译《河童》）以及遗稿《某傻子的一生》、《西方人》。

鲁迅先生指出："他（芥川龙之介）的作品所用的主题，最多的是希望已达之后的不安，或者正不安时的心情。"也许正是这不安使他对人生和世界越来越绝望。也有人认为是因为他不能赶上时代的脉搏，才走上自我毁灭的道路，当然他的身体状况不佳，神经衰弱、胃肠病和失眠症日益严重，以及对精神遗传病恐惧的日益加剧，恐怕也是他走上绝路的原因。1927年7月24日，芥川写完了《续西方人》之后，在家中服食了大量的安眠药，结束了本该风华正茂的三十五岁的生命。

芥川的自杀，在当时的日本引起了巨大的震动，有人甚至说，他的死亡标志着一个文学时代的结束。日本文学界为了纪念芥川，《文艺春秋》杂志在1935年设立纯文学奖"芥川文学奖"，每半年一次奖励有重大贡献的文学新人。评选委员会由与《文艺春秋》有很深渊源的作家和评论家担任，每半年从各种刊物中选取新作家或无名作家的一到两篇作品发表在《文艺春秋》上，并加以评选。这个奖至今仍是日本上百种文学奖中最重要和最有影响的文学奖之一，它培育了大量的文坛新人。

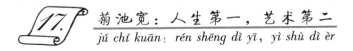

17. 菊池宽：人生第一，艺术第二
jú chí kuān: rén shēng dì yī, yì shù dì èr

菊池宽（1888—1948）是芥川龙之介的挚友和文学上的同事。菊池宽家境贫寒，但他聪明早熟，从小学起就阅读了《文艺俱乐部》等杂志，尾崎红叶和幸田露伴是他喜欢的作家。在高松中学读书时，他的作文《博览会》还被《日本新闻》选中，被奖励去东京参观。中学毕业后，在东京高等师范学校学习，因为有"不像学生"的行为，被勒令退学。后来又进入第一高等学校。学习期间，他有了将来从事文学创作的念头，他的同班同学有芥川龙之介、久米正雄、山本有三等人。在离毕业还有三个月的时候，他因为替偷别人斗篷的朋友受过，再一次被勒令退学。1913年，他入京都大学英文科的预科学习。1916年，二十八岁的菊池宽结束了他坎坷的求学生涯，好不容易找了一个《时事新报》记者的职业，月薪只有六七十元，与当时大学出身的学士的时价相比，也低得多。当芥川龙之介的小说《罗生门》第一版发行时，朋友们聚集在一起开了一个纪念会，作为芥川知己的菊池宽，却因为没有两元的大会费，而不能赴会，他在经济上的捉襟见肘由此可见一斑。

在大学学习期间，他在远离东京的京都参与了芥川、久米等人创办的第三次、第四次《新思潮》，成为《新思潮》的同人，这是菊池宽人生中的重大事件，他说："我想这次如果没有成为同人，下一次的'新思潮'也不会成为同仁，结果我就会失去登上文坛的机会。"

菊池宽以剧作家的身份走上了文坛。他吸收了外国剧作家萧伯纳、辛格、格雷戈里夫人和丹塞尼等人的文学精华，1914年发表了他的第一部剧

本《玉村吉弥之死》，但没有引起文坛的注意。他还创作了《屋顶狂人》（1916）、《海上的勇士》（1916）、《父归》（1916）等剧作，这几部作品实际是他的代表作，但在当时也没有引起足够的重视。

怀才不遇的菊池宽终于时来运转，《中央公论》邀请他写小说。在1918年和1919年，他由戏剧创作转向小说，在《中央公论》上连续发表短篇小说《无名作家的日记》、《忠直卿行状记》等作品，获得好评，他首先以小说家的身份成为新晋作家。接着他发表了短篇小说《恩仇之外》（1919）、《藤十郎之恋》（1919）、《兰学起源》（1921）等，进一步稳固了他在文坛上的地位。1920年，日本著名演员市川猿之助上演了《父归》，获得很好的舞台效果，引起人们的注意，菊池宽的剧作家地位因此而确定，他的旧作也得到了重视，并成了近代戏剧创作的第一人。菊池宽的初期创作，就其理智地分析现实和历史而言，与芥川是相似的，所以他的独幕剧和芥川龙之介的短篇小说成为新思潮派的"双雄"。

菊池宽的剧作和小说的最大特色就是经过精心设计、巧妙安排，准确无误地把读者引导到人类兴趣的核心。因而，菊池宽的作品主题明确，甚至有时是露骨的，作品重点也不在如实描写，而是以明确的近代自我主义作为主题思想，或者以历史题材为核心对人生做出近代的解释。菊池宽认为作为一个作家，他的人格和作品的价值是成正比的，作家的为人很重要。作家首先要形成自己的人生观，对人生要有自己的看法，要思考人们感兴趣的核心问题，他甚至还说只要人生观形成了，作品自然而然就形成了。创作当然不是这么简单的事，但这说明了菊池宽对作品主题内容的强调。菊池宽的理论信条是"人生第一，艺术第二"，他努力为读者服务，创作的重心也放在一般大众所喜欢、关注的人性问题上，这是他与芥川截然不同的地方。

独幕剧《父归》1917年1月发表在第四次《新思潮》上，主人公黑田宗太郎抛弃妻儿，与情人私奔，二十年后落魄归来。妻子不计前嫌，小儿子、小女儿不知前情也接纳他的归来。只有长子贤一郎无法忘怀母亲想自杀和自己含辛茹苦支撑这个家的往事，拒绝父归。当弟弟去追回父亲未果时，贤一郎翻然悔悟，和弟弟疯一般跑去找到父亲，一家人团圆。两年以后市川猿之助首次公演该剧，江口涣回忆当时的情况时说："幕落下不久，电灯一齐亮了起来。看了看坐在旁边的芥川，芥川也在用手帕不停地擦眼睛。久米的面颊上也不停地流下泪水。小岛政二郎和佐佐木茂索的眼睛也是红红的。我擦去泪水站起来，回头看了看坐在我身边的菊池宽，这一瞬间我看到了意想不到的情况，又引起我一阵新的感动，作者菊池宽也在哭泣。"

《父归》并没有高深的哲理，但却出色地表现了骨肉亲情的无法抗拒，富有鲜明的人伦色彩，朴实无华而又亲切感人。菊池宽在建立日本近代写实主义戏剧方面功不可没，这部剧作成为日本近代剧的经典之作。

菊池宽的小说一般分为自传小说、历史小说和现代小说。《无名作家的日记》发表在《中央公论》7月号上，是一部自传体小说。以日记的形式坦率地记录了自己在京都大学上学期间在文学创作上的烦恼和痛苦。主人公"我"即菊池宽本人，他的朋友山野即芥川、桑田即久米。"我"考入京都大学学习，对自己充满了自信，狂热地希望自己得到文坛的承认。当看到在东京的文学伙伴一个个扬名，而自己依然默默无闻，十分嫉妒，甚至希望对方遭到不幸。但很快意识到自己只是一个平凡人，也许就是天才作家背后无名的牺牲品罢了。菊池宽在小说中既坦呈自己的灵魂，又冷静客观地剖析内心世界，他的这种叙述方式成为"以启吉为主人公"的二十多篇以自我为题材的私小说的共同特点。

菊池宽也和芥川一样，创作了很多以历史为题材的小说。在题材的处理上，也像芥川一样借助历史事件或人物来表达自己对人生的态度，他的小说是披着历史外衣的近代小说。《忠直卿行状记》是菊池宽的成名作，也是他历史小说的代表作之一。历史上的忠直是一个暴君，因为叔叔继承了将军的职位，父亲被冷落，忠直为了发泄不满和反抗的情绪，沉湎于酒色，行为凶暴，杀人不眨眼。在《忠直卿行状记》中菊池宽不顾历史的真实如何，他试图对暴君产生暴行的原因作出自己的解释。忠直性格暴躁、猛武英勇，同家里年轻的武士比武，总是把对方打得惨败。但他突然意识到自己的胜利可能是虚假的，是家臣们让他的。他急于知道真相，要同家臣真比武。家臣意识到他的意图，就把枪扎进自己的身体。忠直侮辱家臣的未婚妻，企图激起家臣的愤怒，而家臣却自杀身亡。忠直想过真正人的生活，却无法消除孤家寡人的寂寞，他不断犯下罪行，最后被流放。这时候他的心情反而平静下来，谨慎从事，和人们友好相处。菊池宽力图说明暴行的直接原因是因为忠直受到彻底的非人对待而产生的孤独感，封建制度不仅给民众带来了深重灾难，也使封建领主的人格扭曲，从而曲折地批判了封建制度，宣扬了现代人生哲学。

菊池宽以"人生第一，艺术第二"的信条指导和规范自己的创作，跳出了纯粹文学的狭小田地。以 1920 年新闻小说《珍珠夫人》的连载为标志，他的创作从纯文学的短篇小说转向大众文学的长篇小说。他的作品在大众文学中独领风骚，菊池宽因此有"文坛天皇"之称。

1923 年开始，他逐渐把精力放在社会活动方面。1 月，针对无产阶级文学的抬头，他自费创办了文艺杂志《文艺春秋》，并亲任社长，与无产阶级文学相抗衡。《文艺春秋》培养了横光利一、川端康成等许多青年作家，组成了所谓的"文艺春秋"派，这是文坛的帮会性组织，菊池宽是其中的核心人物。1926 年他创立文艺家协会，担任理事长，1935 年设立纯文学奖芥川奖和大众文学奖直木奖，这两项文学奖今天已经成为日本最有代表性的文学奖。1939 年，他又设立菊池宽文学奖，奖励文学新人，培养新生力量。

菊池宽主张以个人主义和封建伦理道德相抗衡，他的作品虽然风格明朗，但远未达到芥川的深度。他也没有彻底的批判现实的态度，所以第二次世界大战中他公然支持战争，发表军国主义小说，还以日本使节的身份前来中国出席汪精卫政权的成立庆祝大会。他在战后被开除公职。

1948 年，菊池宽去世时，有七千人参加了他的葬礼，这表明了菊池宽在文坛上的泰斗地位。

佐藤春夫：一朵病蔷薇
zuǒ téng chūn fū：yī duǒ bìng qiáng wēi

《新思潮》培养了芥川龙之介和菊池宽等作家，由永井荷风创办的《三田文学》作为唯美派的阵地也集结了一些作家，佐藤春夫就是其中一位。佐藤春夫（1892 — 1964）是兼具新浪漫主义和新思潮派两方面因素的作家。如果说永井荷风、谷崎润一郎是古典风格、官能享受型的唯美主义者，那么，佐藤春夫则是具有现代风格、精神忧郁型的唯美主义者。

佐藤春夫，日本著名诗人、小说家、评论家，生于和歌山县。他的父亲是一位医生，同时也是一位俳句诗人，春夫出生时，他吟咏道："笑吧！不管你面向何方，都是春天的山。"所以他就有了"春夫"的名字。受父亲的影响，佐藤春夫自幼爱好诗歌，早在中学时代就学作和歌。当时日本最引人注目的短歌刊物就是与谢野宽、晶子夫妇主办的《明星》，他常向《明星》杂志投稿。

1909 年，春夫十七岁的时候，在《明星》上首次发表了短歌作品。文学上的第一个成功使他坚定了走文学之路的决心，正当他踌躇满志的时候，一件意想不到的事情发生了。当时一个名叫大石诚之助的人在市民中间传播社会主义思想，办了一个报刊阅览所，春夫常去那里读报，接受了思想启蒙。在一次文艺讲演会上为了填补时间，在报告人讲话之前，春夫上台讲了几句话，内容是关于自然主义文学的，结果保守的校方认为他在宣扬社会主义，给了他永远停学的处分。而大石诚之助也在第二年又被牵扯进"大逆事件"，最终被处以死刑，这一事情激起了春夫的叛逆精神。

佐藤春夫离开学校后，来到东京。于是，他便装扮成书仆住在评论家生田长江家里。还不到一星期，他以前的中学发生了纵火案，春夫被当成了最大的嫌疑人。他被迫回去接受警察盘问、调查，结果证实他与案件无关。春夫还因此复了学，完成了中学学业。

1910 年，他从中学一毕业，就又来到东京，拜在生田长江的门下。他受到与谢野宽夫妇诗风的熏染，加入新诗社，还结识了堀口大学，二人结为终生好友。同时他也受到著名文学家、理论家森鸥外的影响，成为鸥外文学的知音。这一年9月，他考入庆应义塾大学预科文学部，受教于永井荷风。他在庆应大学专攻诗歌，开始为《三田文学》等刊物写诗和小品文，并成为后期《昴星》的主要撰稿人。春夫的诗歌创作独具匠心，他运用传统的诗歌形式来表现崭新的思想感情。他的抒情短诗时而明快舒畅，时而深沉厚重，很有艺术感染力，有时还呈现出一种淡淡的忧郁，例如"为了你那秀曼的眸子，我的忧愁比蓝天还蓝"。庆应义塾大学预科文学部其实只有三个学生，学风又特别自由，佐藤春夫认为那段时光是最快乐自由的，就像人间的乐园。不过三个学生对上课并不热衷，三人几乎不曾一同出现在课堂上。春夫的大学生活实在悠哉游哉，但他在大学待了五年，只升过一次级，其他时间都在留级中度过，最后还是他自动退学，结束了"乐园"生活。他才华横溢，大学退学后，曾从事绘画，还参加过两次画展，但没有引起人们的注意。他转而创作诗歌，并拜森鸥外、永井荷风为师。

1916年，佐藤春夫带着两条狗和一只猫，远离城市，和不出名的女演员、情人远藤幸子来到神奈川县都筑郡中里村字铁。在母亲的帮助下，他买了一大块土地，准备在乡间专心写作。在这里，他创作了小说处女作《养西班牙狗的人家》，发表在江口涣办的同人杂志《星座》上。作品充满梦幻色彩，虽然没有引起轰动，但同人都纷纷表示喜爱这部作品，芥川龙之介还给他来了信，他和芥川、谷崎因此成为知己。

佐藤春夫的田园梦只持续了八个月，他和远藤幸子分手后，又回到了东京。此时正值第一次世界大战爆发之际，战争的阴云沉重地压抑着人们的心灵，与乡间时空的距离，更让他倍加思念乡村。他回忆起田园生活，经反复构思开始着手小说创作，小说的前半部以《病蔷薇》为名在1917年6月的《黑潮》上发表。1918年年底只用了两周时间春夫完成了一部完整的作品《田园的忧郁》，9月发表在《中外》杂志上。《田园的忧郁》是他的成名作。小说完全从感觉上描绘了一个知识分子的内心和外部的生活，主人公和妻子来到农村，他在院子一角发现了一株蔷薇。蔷薇开了一朵小花，他感动了。然而，连绵不断令人心烦的阴雨、把青蛙带进家里的猫、在锁链束缚下狂叫着的狗、向往城市的妻子，这一切让他焦虑不安，开花的蔷薇也终于被虫子蛀蚀了，小说结尾写道："啊！蔷薇，你病了！"

这声音究竟来自何方？是天启？还是预言？总之，这声音在追逐着他，不论到什么地方，不论到什么地方……

日本学者中村新太郎评价说："这部作品甚至不能特别称之为小说。它从感觉上来观察身处田园的知识分子内心和外部的世界，以病态的敏感描写了近代人的心情的忧郁。"小说中"病了的蔷薇"是近代人病态心灵的象征，作品展现了日本文学中前所未有的世纪末情调，表明日本近代文学已经向现代文学转化。

1918 年以后，佐藤春夫相继发表《阿娟和她的哥哥》、《美丽的城镇》、《城市的忧郁》和《过于寂寞》，其创作倾向已经接近于现实主义。他越来越关注现实，《阿娟和她的哥哥》是他根据在乡间隐居时的所见所闻写成的，作品以朴实无华的形式真实描写了底层人们的生活。《城市的忧郁》可谓《田园的忧郁》的姐妹篇，是一部自传式的作品，小说描写一个在东京居住的文学青年过着寂寞无聊的城市生活，由于生活的呆板，主人公甚至对自己的才能和妻子的贞操产生了怀疑，为了重新生活，他和妻子只好分居。这部作品更具有现实性，春夫说："我就如一头负矢逃进森林的猛兽，愤世嫉俗，自己舔着心灵的创伤，因为我热爱自己的生命……"

谷崎润一郎比佐藤春夫年长六岁，是他的前辈。谷崎不仅写信鼓励他，而且还向杂志报刊推荐春夫的作品。1916 年，二人结为至交，佐藤说他们的关系比亲兄弟还亲，这种交往对佐藤后来的创作和生活产生了非常大的影响，他曾表示，"由于有了润一郎，我那濒于枯竭的文学才能才稍微复苏起来，我才能开始自己的文学生涯。我经常感慨，如果没有润一郎，恐怕就没有我的文学生涯"。而在这种密切交往的过程中，佐藤爱上了谷崎已经疏远了的妻子千代子，两个人的恋爱自然不为世人所容。1921年3月春夫与谷崎绝交，此间还出版了他的处女诗集，也是他最为重要的一部诗集《殉情诗集》，抒发他失恋后的悲伤。直到十年以后，1930年8月，谷崎与千代子离婚，并与自己的女学生结婚后，痴心等待的佐藤才如愿以偿地与千代子结了婚。

佐藤春夫的创作一直很活跃，到1964年去世的时候，他写作的小说、随笔、评论集近七十部。他的作品有着浪漫主义的风韵，但又不拘泥于逃避现实的浪漫主义，也描写了现实生活，尽管这种现实生活并不深刻。1948年，春夫当选为日本艺术院会员，1960年荣获了日本文化奖章。

19. 高村光太郎和永远的智惠子
gāo cūn guāng tài láng hé yǒng yuǎn de zhì huì zǐ

1911年11月，北原白秋创办了诗文杂志《朱栾》，以该杂志为阵地培养了荻原朔太郎、室生犀星、高村光太郎等一批象征派诗人。他们的诗法不尽相同，但他们的创作共同拓展了新的诗风，诗歌形式也由初期象征诗的文语定型体完全转向了口语自由诗体，并在高村光太郎的《路程》中得到完全确立。高村光太郎和荻原朔太郎是大正时期诗歌的两个高峰。

高村光太郎（1883 — 1956）的本职是雕刻家。他的父亲光云是著名的雕刻家，东京美术学校的教授。光太郎七岁学习木雕，高小四年级进入预备学校学习中学课程。1896年考入东京美术学校，五年后毕业于该校的木雕专业。但他不满足于木雕，由木雕转入雕刻专业，1904年考入雕刻研究科。同时他还是个文学爱好者，加入了《明星》诗派并发表诗歌。

1906年，他到外国留学，先到美国纽约，后转赴英国，一年后到巴黎。近四年的国外生活对他一生的艺术创作产生了巨大的影响，他一边研究雕刻艺术，一边研读波德莱尔、魏尔伦的诗歌。他在巴黎与著名诗人里尔克（曾任罗丹的秘书）住在同一座建筑物里，而罗曼·罗兰也住在附近。罗丹是他最崇拜的艺术家，罗兰的文学创作也曾给他以很大的影响。

这种种经历都促进了他作为一个近代人的觉醒。值得一提的是，在光太郎的一生中，诗歌方面的成就超过了雕刻艺术。

回国后，他没有走父亲给他安排好的道路，而是成为一个自由艺术家，加入了北原白秋等人发起的"牧羊神会"。但光太郎与白秋不同，他不因为享乐耽美而欢愉，却为享乐之后接踵而来的痛苦而苦恼。他试图摆脱自己的颓唐心绪，曾迁居北海道以养牛为生，但很快就失望地回到了东京。这是他精神上最为颓唐的时期，但却没有妨碍他扎扎实实地做事，他不断地有新诗问世，还写小说、散文，翻译诗和小说，发表绘画评论。这一时期，他和白桦派的交往也很密切，另外还画了许多油画。他渐渐告别了浮躁享乐的青年时代，以更加真实和诚实的态度生活。

光太郎之所以有如此大的变化，是因为有一个人起了很大的作用，她就是长沼智惠子。1911 年，二十九岁的光太郎在朋友柳敬助夫人的介绍下，认识了二十六岁的智惠子。智惠子毕业于日本女子家政大学，立志要作一名女画家。光太郎对她虽不能说是一见钟情，但可以说是留下了深刻的印象。第二年夏天在写生旅行途中和智惠子再次偶然相遇，为此他写了一首《致某人》的爱情诗。

1914 年，对于光太郎来说，是他最幸福的岁月。在这一年，他自费在抒情诗社出版了第一部诗集《路程》；同年 12 月，他与智惠子结了婚。《路程》收录了他 1910 年到 1914 年所写的七十三首诗和三十篇小曲。他的诗歌采用了不加雕饰的白话自由体。在《路程》中他写道：

> 我，面前没有路，
>
> 我，身后道自成。
>
> 呵，大自然，
>
> 呵，我的慈父！
>
> 使我独立的伟大慈父！
>
> 愿您日夜为我守护。
>
> 愿您赋予我父亲的气度。

为了这遥远的路程。

为了这遥远的路程。

光太郎在诗歌中表现了现代人巨大的勇气，与鲁迅先生的"世上本没有路，走的人多了，也便成了路"有异曲同工之妙。他的这部处女作使他名噪诗坛，诗集集中反映了他思想上的三次转折，即探求自我意识——人的真实——社会的真实的过程，从个人伦理道德转向社会现实，表现了他的人道主义和理想主义精神。《路程》使他荣获第一届日本艺术院奖。

光太郎与智惠子共同走过了二十四个春秋，这二十多年的生活足以让光太郎回味一生。智惠子向来体弱多病，1931年的时候已经神经错乱，1938年病逝。她在去世的前一年还在医院里创作剪纸画，留下了一千几百幅的作品。光太郎后来回忆说："我在这个世上有着与智惠子邂逅相遇的经历，她的纯洁的爱情净化了我的心灵，把我从以前的颓废生活中挽救出来，我的精神完全是由于她的存在而得到支持，所以智惠子的死给我带来的精神打击是十分厉害的，一度甚至失去了自己的艺术创作的目标，在空虚感中度过数月的光阴。"

1941年，光太郎出版了诗集《智惠子抄》，这是他的另一部代表作，是写给妻子智惠子的爱情诗集。《智惠子抄》以《致某人》开头，收入了关于智惠子的诗歌三十四首，短歌六首，另外还有数篇散文。他用抒情的笔调，追忆了从他们恋爱时期到智惠子病逝的智惠子的面貌，抒发了自己对不幸死去的爱妻的纯真而炽烈的爱情。在《致郊外的人》中他深情吟唱：

我的心，像一阵大风向你扑来

呵，我的爱人

在寒浸鱼肌的夜里

愿你在郊外的归宿安眠……

呵，我的爱人

你是无以伦比的生命的灵泉

愿你在此安然入眠

冬天的夜晚恶人般冷酷

安睡吧，在郊外的归宿

如同孩子一样梦酣

　　智惠子死后，光太郎走进了战争的迷途，"二战"中成为所谓的"爱国诗人"。日本战败，他自我流放，住进了山中小屋反思自己的一生。光太郎后来被推选为日本艺术院会员，他坚辞不就。他把自己六十年的精神变化写进系列组诗《昏庸小传》，自称是"昏庸的典型"。在小屋里，他又回想起与智惠子度过的美好岁月，在无尽的思念中写下了《元素智惠子》。

20. 岛村抱月：花落人亡两不知

dǎo cūn bào yuè：huā luò rén wáng liǎng bù zhī

　　明治维新后，日本文学走向近代。但戏剧的改良要比小说和诗歌等文学体裁复杂得多，因为在明治初期，传统的狂言、歌舞伎仍然占有优势。近代戏剧改良的先驱是坪内逍遥，逍遥为了进一步促进近代戏剧的发展，1906 年，他让自己的弟子、从欧洲留学回来的岛村抱月组织了文艺协会。这个协会的目的是为了更广泛地开展文学、戏剧、美术等各种文艺活动。

　　岛村抱月（1871 — 1918）生于岛根县，就读于东京专门学校（后来的早稻田大学）。毕业后从事新闻工作，担任过母校的讲师，后来留学欧洲。1905 年回国后，担任早稻田大学文学部讲师和文艺协会干事。《早稻田文学》复刊后，他还从事过文学评论工作。他是一位美学家，曾在自然主义文学创作的上升期，发表了《文艺上的自然主义》、《艺术和现实生活之间划一线》、《代序·论人生观上的自然主义》、《自然主义的价值》等文章，认为"作为真正的自然派的精神，就是要作内面的写实"；主张将人的本能作为中心概念，把本能作为"贴近自然"的重要内容。同时他又

批评将自然主义视作只描写兽性、本能满足的谬见，他的文论推动了自然主义思潮的发展。

岛村在文艺协会时，教授西方近代戏剧的创始者易卜生的戏剧。易卜生的社会问题剧的表现自我完善和个性解放的主题，具有较高的艺术和社会价值，在当时深受观众的欢迎。1906 年，易卜生去世，日本戏剧界掀起了一股"易卜生热"。文艺协会第二次公演的就是由岛村抱月导演的易卜生的戏剧《玩偶之家》，松井须磨子扮演娜拉，她演技高超，大大提高了近代剧的声誉。

《玩偶之家》是抱月第一次担当导演的剧目，他在其中倾注了自己全部的心血，而须磨子也全情投入，充分揣摩、理解了导演的意图。在演出中，须磨子塑造的娜拉形象惟妙惟肖，令全场观众为之动容。川村花菱在《随笔松井须磨子》中生动地描绘了这次演出的盛况："甚至想到这位导演和这位女演员至死也不会分开。"这倒有几分谶语的味道。

松井须磨子是一位新女性，但比较任性，不愿受到束缚。须磨子生于长野县松代，小学毕业后来到东京，进缝纫学校学习，结婚后不久离婚。她参加了文艺协会招考女演员的考试，在文艺协会研究所专门学习女演员技巧，成为真正的话剧演员。她初次登台，是在第一次公演的《哈姆雷特》中扮演奥菲莉娅。这次出演娜拉，大获成功，使她从一个无名小卒一跃而成为光彩夺目的明星，当时有人赞誉说："日本也终于产生了这样的女演员，不论什么样的近代剧都不是不能演的。"须磨子以后在舞台上继续大放异彩，被公认为是最优秀的新时代女演员。

然而，随着剧团在大阪、京都、名古屋等地的公演，随着须磨子的声望与日俱增，绯闻也不约而至。须磨子和抱月恋爱的传闻愈演愈烈，加上须磨子越来越任性，经常和同事们发生争执，令逍遥烦恼不已。逍遥无奈只好忍痛割爱，在 1913 年 5 月，对须磨子作出了劝告退会的处分，抱月也主动离开了协会。6 月，逍遥解散了文艺协会，应该说协会的解散使逍遥的戏剧改良运动遭受到了重大挫折。

就在差不多同一时间，抱月抛弃了恩师逍遥、教职和家庭，与须磨子交换了结婚誓言。1913年7月创立了以须磨子为台柱子的艺术座剧团，二人同心协力为话剧献身。艺术座上演了莎士比亚、易卜生、托尔斯泰、王尔德、梅特林克等近代巨匠们的代表作，把欧洲近代剧的精神移植到日本的剧坛。抱月不仅积极介绍欧洲近代作品，而且还团结了一批剧作家、小说家，秋田雨雀、森鸥外、谷崎润一郎、有岛武郎、小山内薰等人纷纷翻译西方剧和创作新剧，支持抱月的戏剧演出。抱月还抱着"谋求改善和普及文学、美术、演艺，以提高社会风尚"的美好愿望，在戏剧领域大力推动新剧的"大众化"，以振兴新剧运动。艺术座在抱月的领导下，坚持经济上的独立和高度民主艺术性的方向，对新剧的发展产生了积极影响，成为当时新剧运动中新的指导性剧团。

　　1914年3月，抱月把托尔斯泰的《复活》搬上了舞台，在帝国剧场上演时获得空前的成功。尤其是须磨子演唱的"喀秋莎真可爱，别离多悲伤"的插曲，风行一时。但是须磨子的任性在抱月的纵容下愈演愈烈，剧团成员也越来越对此不满，一些著名的成员如泽田正二郎、秋田雨雀相继退出艺术座。

　　随着《喀秋莎之歌》的走红，艺术座的影响也越来越大，剧团开始巡回演出。短短的五年时间，他们的足迹远至朝鲜、海参崴以及中国的台湾、东北地区，为人们播下了话剧的种子。但是，由于频繁的舞台演出，密切的经济利益，使得戏剧演出出现了庸俗化的倾向。抱月在不停歇的巡回演出中，并没有放弃他早年的文学评论和翻译工作，还创作了剧本《命运之丘》等作品。

　　由于《复活》演出的成功，抱月建立了梦寐以求的带有舞台的艺术俱乐部，他和须磨子也开始了同居生活。然而，好景不长。1918年7月，须磨子感染上了流感，抱月在她身边精心护理，结果抱月也感染上了病毒，发起高烧。他们万万没有想到，一场实在普通而轻微的疾病向他们的幸福伸出了黑手，死神的阴影已经向他们袭来。须磨子病愈后，就外出参加了与市川猿之助剧团在明治座联合演出的彩排，而此时抱月并发了肺炎，身边没有人护理。11月5日，在艺术俱乐部的二楼抱月孤独地结束了他四十

七岁的生命。这样一位为日本近代文学殚思竭虑的作家和理论家，这样一位富有激情的人就这样寂寞弃世，临终时没有人陪伴在身边。他的墓志铭上雕刻着他在《近代文艺之研究》封面上所写的话："按照真实之现实，体现全部存在之意义，乃直观世界也，参透妙趣之人生也，此种心境谓之艺术。"

抱月的突然去世无情地打击了须磨子，怎样的言语都无法表达她的悲痛之情。但她还是在明治座完成了演出任务，然而也出现了她从来没有过的忘词、漏词现象。就在抱月逝世两个月的祭日，1919 年的 1 月 5 日，须磨子在艺术俱乐部舞台后面的小道具间里悬梁自尽。他们终于在人生的大舞台上共同演出了一幕"花落人亡两不知"的凄美悲剧，让后人慨叹不已。随着岛村抱月、松井须磨子的相继辞世，艺术座也解体了。

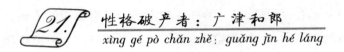

21. 性格破产者：广津和郎
xìng gé pò chǎn zhě : guǎng jīn hé láng

1912 年 9 月，广津和郎、葛西善藏、舟木重雄、相马泰三等人创办了同人杂志《奇迹》，后来由于经济原因，该刊物于第二年 5 月停办。《奇迹》的同人们主要以《早稻田文学》为发表园地，同人中除了葛西善藏外，都是早稻田大学出身，后来又加入了宇野浩二、细田民树等人，形成"新早稻田派"。

广津和郎是砚友社作家广津柳浪的第二个儿子，据说他的父亲极力反对他从事文学创作，但广津和郎还是就读于早稻田大学的英文科，走上了文学道路。大学毕业后，他入伍、退伍，进《每夕新闻》社工作。这期间与宇野浩二结识，成为终生挚友。他先是从事翻译和评论工作，翻译过契诃夫的小说，他的文学观深受二叶亭四迷和俄罗斯 19 世纪现实主义作家的影响。而后，在《洪水以后》杂志上发表了文学评论《愤怒的托尔斯泰》，立即为文坛所瞩目。所以广津首先是作为一个文学评论家为文坛所接受的。在寄寓生活中，青春年少的他与房东的女儿朝夕相处，很自然地恋爱、结婚，然而，事实证明，这实在不是一场美满的婚姻。也许正是这不幸的个人生活让他思考一些东西，感触到了什么，所以在 1917 年 10 月，二十七岁的他在《中央公论》上发表了小说《神经病时代》，这部作品使他一举成名。

《神经病时代》是作者心情暗淡时期的作品，描写的就是他自己的生活。小说主人公定吉是个二流记者，正直，有正义感，具有人人平等的人道主义精神，并不甘心平庸地混日子，但他性格软弱，过于敏感，在冷酷的现实面前思想和行动总是处在分裂状态，一切美好的、甚至是卑微的愿望都无法实现，所以作者把他叫做"性格破产者"，这个词汇很快成为流行语。

新闻社里定吉的工作压力很大，而社里其实是乌烟瘴气，记者用一条新闻就可以草草处理别人的不幸，社长又为政府所收买，命令停止刊登国民批评政府的报道，这儿的空气沉闷压抑，定吉觉得，这份工作实在"不适合自己"。定吉家庭的包袱也很沉重，虽然与妻子生了三个孩子，但和妻子之间却没有什么爱情可言，屡次想离婚，可看到孩子，又不忍心。一次定吉在社里被社长一顿臭骂，他怒不可遏，又无处发泄，殴打了仆役；为了帮助朋友，他当了手表，妻子却把这件事说了出去，他忍无可忍，第一次动手打了妻子。但打过之后，他又非常懊悔。他既对这个虚伪无耻的社会不满，又为自己无力改变自己的命运而苦恼。他痛下决心，要摆脱这种软弱无力、摇摆不定的生活，辞去新闻社的工作，跟妻子离婚。他回到家里，正想付诸实施，妻子却出乎意料地告诉他，她又怀孕了。"离婚"二字再也说不出口，他无奈地仰面躺下，想着应该为妻子雇个女佣了。生活没有任何改变，也没有任何出路可言，小说就这样结束了。

为什么这样一个"性格破产者"会引起人们的共鸣呢？当时日本的资本主义社会已经进入到垄断资本主义时期，社会矛盾激化，在这样的社会里，相信美好事物的存在，却没有勇气去争取的性格破产者到处都是，可以说定吉是这一时期知识分子形象的一个典型。作者在谈到这个人物的时候说："它不仅是从那个时代挑拣来的，而且是通过自己的内在的反省创

作的。"这个人物有一点二叶亭四迷《浮云》中内海文三的味道。而二叶亭四迷之后，还没有人对这样的人物进行深入的挖掘，广津结合自己的生活经历，抓住了"性格破产"，真实地表现了人自我的分裂和人的异化，表现了人要改变自己生活的难度。但定吉和作者本人都还没有自觉意识到自己生活中的矛盾决不是个人的矛盾，通过个人内心的反省是无法解决的。

《神经病时代》之后，广津又陆续发表了《师崎行》、《壁虎》、《波浪上》等一系列作品。这些作品也都是以"我"为主人公，描写没有爱情的婚姻的，继续探索着"性格破产者"的命运。广津在《新潮》1917年2月号《为了性格破产者》中写道："……他们不管怎样改变状况也无法得救。……我爱他们，觉得他们可怜，但对他们的状况感到相当失望。他们应当怎样才能得救，我至今还一点不知道解救的办法，因此我感到忧郁。"也许作者在不断塑造"性格破产者"形象的同时，也在不断地同自己身上的"性格破产"倾向作斗争，并终于在生活中付诸实际行动了：1920年年底，他与妻子离婚，结束了为之苦恼数年的婚姻。有意思的是，婚姻枷锁虽然解除了，他却并没有获得相应的创作自由和创作灵感，在以后大约三年的时间里，他的创作热情有限，没有什么出色的作品问世。

"性格破产者"如梦魇一般在他后来的作品中不断出现，如《薄暮的都会》、《将有暴风雨》、《狂乱的季节》等作品，主人公都是语言的巨人，行动的矮子，自我意识过剩而缺乏行动。

20世纪20年代末，广津在无产阶级革命高潮时期，思想发生了转变，他说，自己"要抛弃过去，迈出新的一步"。但广津并没有成为无产阶级作家，1933年8月到1934年3月连载的《将有暴风雨》表明他是"同路人"作家——革命文学的同路人作家。这部作品诞生于无产阶级文学运动遭到镇压，不得不瓦解的时期。主人公贯一在大学曾一度出入于学友的马克思主义研究会，后来因为得了病，就与该会的关系疏远了。在这些学友中，有一个叫春子的女学生深深吸引了贯一。而春子已经放弃了学业，和研究会的领导人八代结婚，但夫妻二人忙于革命，常常难得一见。在革命斗争中，八代和春子先后被捕。贯一虽然无法投身革命，但他有良知，绝不会转向右翼，可他又是一个缺乏实际行动的青年。春子因病被释放后，贯一前来看望，燃起了内心的激情，春子也感到了贯一的爱情。这时春子又得知在狱中的八代与别的女人同居，绝望之余，她决定与在汤岛的贯一生活在一起。然而就在前往汤岛的途中，偶然遇到过去的同志，阶级的良心使她又重新投身革命。失去了春子的贯一，准备过一种不伤害任何人的小市民的生活。在一次偶然的机会，贯一与春子重逢，春子的眼神中流露出坚定不移的革命精神。小说在结束的时候，出现了一个"将有暴风雨"的警告牌，它预示着生活无论是对革命者春子，还是对旁观者贯一，都将有一场暴风雨。

在战争期间，广津提出了"散文精神"，他说："不论碰到什么事情都不屈服，忍耐、执拗、不轻易地悲观或乐观。坚决地活下去，我认为这就是散文精神。""这种精神就是对不得不看的事物不怯懦，……要坚决看到底，同时要忍耐而又忍耐地活下去。"战后，广津站出来继续同社会政治的不合理性作坚决的斗争。从这里我们可以看出，广津和郎已经抛弃了"破产者"性格，在时代的洗礼下变得坚强起来了。

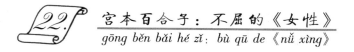

22. 宫本百合子：不屈的《女性》
gōng běn bǎi hé zǐ：bù qū de 《nǚ xìng》

在日本无产阶级女作家中，宫本百合子（1899 — 1951）是很突出的一位。她原名中条百合子，1899 年生于东京的小石川区。她的父亲中条一郎是著名建筑师，青年时代曾留学英国，受过较为自由的新型教育。母亲葭江是知名学者的女儿，有很高的文学修养。百合子在这样优越自由的家庭中长大，很小就表现出超常的文学才能，据说她十一岁就开始写小说。

1918 年，百合子抱着独立自由地在社会上生活的愿望，随父亲一起去了美国。她在哥伦比亚大学结识了研究古代东方语言的荒木茂，荒木茂长她十五岁，两人恋爱、结婚。1919 年岁末，百合子因为担心分娩的母亲只身回国。第二年春天，荒木茂也学成回国。因为母亲与丈夫不和，夫妻二人租房另住，建立起自己的小家庭。但小家庭的生活也并不幸福，百合子活泼好动，荒木茂阴郁沉稳。百合子意识到，"我自以为从双亲小市民式的、排他式的家庭中逃脱出来，总可以按自己的心愿好好生活了，可是一环顾四周，不禁发现，自己与对方现在跌入的不也是一个吝啬、狭窄、身上的光和热得不到充分发挥的家庭吗？我像被关在笼子里的野兽一样痛苦不堪，也使对方吃够了苦头。对方在美国苦学十五年，本想舒舒服服休憩一番"。百合子感到两人在年龄、思想、性格等方面存在着巨大差距，毅然抛弃了这个死气沉沉、闭塞的家庭生活，1924 年，与荒木茂离婚。

1924 年 9 月到 1926 年 9 月，百合子以《难辨的跫音》、《冬眠》、《雨后》等题目分十回连载了长篇小说《伸子》，这是她自传体小说的第一部，也可以说是她的代表作。后来百合子又花费一年的时间进一步润色，1928 年，才用《伸子》这个名字出了单行本。《伸子》是百合子根据自己到美国旅居以及离婚分手五年间的生活写成的，全面记录了尚处在无权状态中的日本妇女的婚后生活。百合子在《伸子》中坦言自己为什么结婚，"我之所以和他共同生活，互相帮助，一起奋斗，只是因为我希望在相互间爱情顺利发展的基础上，两人的生活更加丰富，前途更加广阔，步伐更加豪迈"。但她和荒木茂的婚姻使她对婚姻生活的理想破灭了，她思索着："摆在自己前面，越来越宽的道路是什么样的道路呢？就是一个女人将不被当做人看待的道路。"因此《伸子》这部小说并不是一部单纯的自传体小说，它比一般的自传体小说有更为广泛的社会内涵，作者通过作品展示了自我觉醒了的妇女所面临的种种问题和痛苦——家庭问题、婚姻问题、夫妇的生活与工作问题等，她在小说中倡导了妇女解放。

与荒木茂离婚后，她与朋友、俄国文学研究家汤浅芳子生活在一起。1947 年 1 月到 8 月在《中央公论》上连载的《两个庭院》描写的就是伸子和女友素子（汤浅芳子）一起度过的四个春秋。

1927 年年底，百合子在汤浅芳子的劝说下，二人结伴到苏联和欧洲旅行。此时，百合子的创作也正好处在转折期，她在莫斯科看到了革命后

"正在意气风发，向前迈进的苏联"，开阔了自己的眼界。在苏联的三年期间，百合子的思想发生了飞跃，她超越了她以前的人道主义立场，决心站在工人阶级一边做一名革命的知识分子。1947年10月到1950年12月百合子在《展望》上连载了小说《路标》，记叙了伸子和素子旅苏的三年生活。《路标》不仅是一部自传体小说，而且还是一部出色的游记，作者用真切、流畅的笔触带领读者一起漫游苏联、波兰、德国、英国，各地的风土人情、名胜古迹、社会生活栩栩如生地展现在读者面前。更为重要的是，《路标》展示了作家的思想转型，"日本有着百万失业者，有着为反抗政治权利而顽强斗争的人们的集团。伸子决心要做一个崭新的战士，回到这样的日本去"。正是怀着这样的决心，1930年11月，百合子回到了日本。

回国后，她加入了正遭受政府严厉镇压的日本无产阶级作家同盟，开始了她文学生涯的第二个时期。百合子和德永直、黑岛传治等人同赴大阪参加保卫战旗和纳普的讲演会，1931年年初，担任纳普的中央委员、妇女委员，主编《劳动妇女》，全力以赴投身于繁忙的革命工作。此时她结识了纳普中重要的文艺理论家宫本显志，还加入了非法的日本共产党。同年9月，爆发所谓的"满洲事变"（即九·一八事变），战事不断扩大，当局对文化运动的镇压也日益残酷。

1932年2月，百合子与宫本显志结婚，开始了新的家庭生活，从此成为宫本百合子。3月，开始了大镇压，百合子被警察署两次拘留，第一次在拘留所里关了八十一天，第二次被关了一个多月。同时宫本显志也转入地下，于1933年被捕，直到日本战败，他们两人才得以团圆。1934年，百合子被拘留长达半年之久，1935年，又一次被起诉，1936年，被处以两年徒刑，缓期四年执行，1942年，因重病暂时出狱。后来百合子回忆道："拘留所里总是那样阴森、寂静，我半裸着身体躺在铁栏杆里的地板上。满身污垢的皮肤上留着严刑拷打后的伤痕，在飞机的轰鸣中对虱子发动围剿战。帝国主义文明的野蛮、伪善和压迫竟构成如此生动的画面，深深教育了我。"尽管如此，她仍然没有放下手中那支犀利的笔，写出一篇篇评

论和小说。她在《1932 年的春天》和《时时刻刻》中记述了在拘留所的生活，在这些作品里跃动着她不屈服的顽强精神。

　　1945 年，第二次世界大战结束，显志从监狱释放，时年三十七岁，而百合子已经四十六岁。监狱的苦难生活并没有磨掉百合子的锐气，她马上又拿起了笔，与中野重治、藏原惟人等创立"新日本文学会"，发表了大量的小说、评论、随笔。还担任了许多社会工作，始终战斗在民主主义运动的第一线。1951 年，五十二岁的百合子因患败血症离开人间。

　　百合子曾写过这样的名言："可爱的蜂斗菜茎，是在严霜之下孕育而成的。"这句话应该说概括了这朵不屈百合的战斗一生。

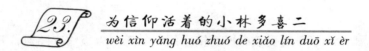

23. 为信仰活着的小林多喜二
wèi xìn yǎng huó zhuó de xiǎo lín duō xǐ èr

　　小林多喜二（1903 — 1933）是日本杰出的无产阶级革命作家，他一生短暂，真正从事革命文学创作的时间只有五年左右，但他却为我们留下了十多部中、长篇小说，五十余篇短篇小说，以及许多文艺评论、日记和书简等，其中的《1928 年 3 月 15 日》、《蟹工船》、《为党生活的人》已经成为日本无产阶级革命文学最具代表性的作品。

　　小林出生在贫寒的农家，在伯父的帮助下，就读于小樽高等商业学校，做了银行职员，生活安逸，但他很快对苟且偷安的职员生活进行了反省。他从少年时代起就非常喜欢文学，一直笔耕不辍，在写作过程中开始接触马克思主义。1928 年"三·一五"事件后，小林请假去东京访问了藏原惟人，当时藏原二十六岁，小林二十四岁，这次会面对小林影响深远。回去后他就创作了副题是"献给我们的无产阶级先锋战士"的《1928 年 3月 15 日》，经藏原删改后刊登在《战旗》11 月号和 12 月号上。这两期很快被禁止发售，但战旗社还是通过巧妙组织的发行网使人们能够在相当广泛的范围内阅读到了这篇小说。藏原在《改造》杂志上对这部作品作了以下的评介："连载在《战旗》11 月号和 12 月号上的小林多喜二的小说

《1928 年 3 月 15 日》，具有极其重大的意义。它取材于我国无产阶级最切身的问题——3 月 15 日的所谓共产党事件。在这以前，左翼的年轻作家也曾经写过两三篇取材于同一事件的作品，但是，这部作品是头一个把这一事件放在巨大的时代的规模中来加以处理的，而不是把它仅仅当做一个小插曲。这部作品以发生在北海道的逮捕共产党员事件为中心，描写了各种战士的类型和他们的生活状况。但它既没有过去那种常犯的概念化的毛病，也不是把他们单纯地看成是英雄，而是把他们当做具有各种缺陷和长处的人来加以描写。从这一点来说，这部作品也标志着处理这一类题材的作品向前跨进了一步。"

1929 年，小林当选为日本无产阶级同盟委员。1930 年 3 月，他从小樽迁居到东京，身处文坛和斗争的中心，有了更多的精力开创和发展无产阶级文学事业。刚写完的《工厂支部》（1930），被当局扣上了违反"治安维持法"的罪名，而《蟹工船》也因所谓"冒渎天皇尊严"的罪名被起诉。5 月，小林因为支持共产党财政事件被捕，1931 年 1 月才被保释出狱，10 月，加入日本共产党。

小林在小樽高商求学期间就曾向自己景仰的作家志贺直哉写信求教，成为无产阶级作家之后，有时还寄去自己的作品，请志贺指正，他一直对志贺怀有深深的敬意和感情。所以在 1931 年的 11 月初，他去奈良拜访了志贺。志贺眼中的小林是什么样的人呢？志贺回忆说："他很安闲地谈着话走了。……当时谈起他遭罪的事（指受拷打），我跟他开玩笑说，我的孩子现在还不懂这些话的意思，等我的男孩长大了，可不能随便让小林君到我们家来了，他抚摸着孩子的头，也开玩笑说，你孩子长大了，我还要来得更勤，把你们家搅乱。他来到我这里的时候，也只是默默地听我说话，一句话未加反驳，也未说出自己的主张，大体上肯定了我的谈话。我也明白他的肯定也只是站在我的立场上的肯定。从这一点上我也感觉到他的人品好。我感到他为人诚实，使我改变了自己过去对无产阶级作家所抱的成见。"

当时，日本无产阶级文化联盟（克普）高举"反对帝国主义战争"、

"反对法西斯"的旗帜,而统治阶级已经发动"满洲事变",正伺机全面侵略中国。为在国内扫平一切障碍,1932 年 3 月至 4 月,大肆逮捕"克普"的中央领导和活动家,小林侥幸逃脱了这次逮捕。从 1932 年的 4 月到第二年他逝世的十一个月里,在严酷的地下生活中,小林继续为无产阶级事业竭尽全力。

小林个子矮小,但身体强壮,总是大声地说话,大声地谈笑,喜欢开玩笑,很幽默。在街头联络的时候,经常穿着粗料子厚西装,鼻梁上架着一副宽边大眼镜,拿着手杖,口袋里装满了小说,摇晃着他那很有特征的肩膀,准时到场,所以同志们给他起了一个绰号,叫"无产阶级的巡洋舰"。一次一个同志说:"别再大声说笑了。"小林却说:"因为我总是大声嚷嚷,藏原说我要是搞地下工作,不出三个月就给抓起来了。可是你看!"他高兴地笑起来,掐指计算着:"是 4 月转入地下的吧? 5 月、6 月、……11 月、12 月、1 月、2 月,你瞧! 不是十一个月了吗? 怎么样!"

1932 年 6 月,小林和伊藤结婚,伊藤不是党内同志。为了安全起见,他们不断搬家,甚至在壁橱里,还放了一双草鞋,万一出了事,可以顺着晒台跳到对面的房顶逃跑。不料,还是出事了,伊藤在 10 月突然被捕,第二天早晨,几个特高的警察袭击了小林的秘密住所,搜查了他的房子。由于小林早有周密准备,他们没有发现什么可疑的地方。十天之后,秘密住所的斜对面搬来一家警察,小林警觉地睡在别的地方,当他回家时,知道警察刚走,不禁大吃一惊,提起特高们没有发现的装满了革命书籍的大皮箱不顾一切地跑了出来,一边走路一边紧张地自言自语着。伊藤在两个星期后被释放,公司马上解雇了她。特高可能会根据伊藤的线索搜捕小林,所以他们以后再也没有在一起生活。伊藤把自己很少的一点解雇津贴托人带给了小林,小林和同志谈起这件事的时候,眼里闪着泪花。

在接连不断的暴力镇压下,作家同盟内部出现了分裂和崩溃的征兆,小林作为文化团体的负责人,日常工作十分繁忙,经常一天要进行十来次的联络。他用崛英支助和伊东继等笔名,不断发表评论,同失败主义的逆流作斗争。他一面积极投身革命运动,一面坚持文学创作,写下了中篇小说《为党生活的人》、《地区的人们》、两三篇短篇小说以及长篇小说《转型期的人们》的部分手稿。小林渴望对自己以前的作品有所超越，他曾经说过："我打算在作品中更深更广地写出一个时代，因此我打算快一点完成《转型期的人们》，但是在这样的生活中，写长篇是非常困难的。"小林拼着性命把自己的生活真切地写进了小说《为党生活的人》。

《为党生活的人》是小林本人生活的生动写照，有人认为它"在日本文学中第一次塑造了共产主义的人物形象"。小林把小说的稿费，都请杂志社寄给了他的老母。他给和母亲住在一起的弟弟的信中说："附信寄上的钱，请把它当做我的赠礼（我是像爱护生命一样爱护钱的，要知道，有时候，我光靠腌茄子过上三天的呀！），用它把我们那在盛夏之下艰苦度日的母亲带到凉爽的地方去玩上一天吧！"

1933 年 2 月 20 日，小林在街头联络，由于叛徒的出卖被捕，小林坦然说道："喂，事已至此也没有办法了，咱们彼此都打起精神挺住吧！"在三个多小时的严刑拷打中，他一言不发，下午 7 点 45 分停止了呼吸。警察迫使医生开出了一张"心脏麻痹"的死亡证明，而小林被打得遍体鳞伤，浑身都是黑紫色的斑痕，脖子上有一圈深深的细麻绳勒痕，腿肿得足有平常人的两倍粗。

尸体运到阿佐谷小林的家里时，他的母亲抚摩着他蓬乱的头，脸贴脸哭喊着说："说是心脏不好，心脏哪里不好？……完全是撒谎！明明是勒死的！……你就不能再站起来吗？不能为大家再站起来一次吗？"

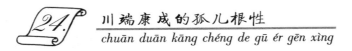

24. 川端康成的孤儿根性
chuān duān kāng chéng de gū ér gēn xìng

"新感觉派"是 20 世纪 20 年代在日本开始出现的第一个现代主义流派。横光利一和川端康成（1899 — 1972）是新感觉派文学的骁将。1947 年 1 月，横光去世时，川端康成在他的灵前致辞时说："人们总是伴随着你的名字之后来叫我的名字，这种习惯回想起来已经超过二十五年了。这

几乎始终贯穿于你的作家生涯。"横光的作家生涯从此停止了，川端却进入到一个更加炉火纯青的艺术世界。

川端康成像

1916 年川端在大阪《团栾》杂志上发表《肩扛老师的灵柩》一文，同时给《文章世界》写小品文。《文章世界》曾举办过投票选举"十二秀才"的活动，川端排在第十一位。第二年他考取了东京第一高等学校，此间在《校友会杂志》上发表习作《千代》。1920 年到 1924 年的大学时代，作为第六次《新思潮》的同人，在创刊号上发表作品，其中《招魂节一景》被菊池宽赞誉为"具有光彩夺目的吸引力"。川端开始在文坛崭露头角，和横光利一共同成为《文艺春秋》的同人。他从《文艺时代》创刊伊始，就参加了新感觉派运动。1925 年发表的论文《新晋作家的新倾向解说》，在某种程度上指导了新感觉派作家的创作方法和运动方向。在艺术实践上，也写了《感情装饰》、《梅花的雄蕊》、《浅草红团》等少数几部具有新感觉派文学精神和技巧的作品。他的新感觉作品，依然是从主观感情出发，显示出其一贯的抒情风格。另外，他在吸收西方文学新的写作技法的基础上，又力求保持日本文学的传统色彩，开辟了一条远比新感觉派更为深广的文学道路。

作品反映的是作家本人的整体形象，因此作家的人格状态与作品密切相关，孤儿根性贯穿了川端全部的人生和创作。1899 年 6 月 14 日（还有 11 日的说法）川端康成生于大阪府三岛郡丰川大字宿久庄，父亲荣吉，母亲阿玄，川端是他们的长子，家中还有一个先于川端出生的的姐姐芳子。川端是个七个月的早产儿，得到了父母亲的精心养育。川端的父亲是一个开业医生，但患有肺病，身体虚弱，在川端一岁多的时候，因肺结核去世，川端的母亲也因为感染了肺病，在川端两周岁时去世。所以后来川端在《父亲的名字》中写道："我没有任何关于早亡父母的记忆。出现在梦里的骨肉亲人也只有活到我十六岁的祖父一人。"

祖父母带着川端康成回到了阔别十五年的故里，这一年祖父六十岁，祖母六十三岁。姐姐芳子则被寄养在秋冈义一姨父家。川端由于先天不足，从小体质十分孱弱。祖父母两位老人又非常溺爱他，他在《祖母》中写道："在这所大房子里，三个人的生活似乎颇为阴郁，但又颇为快乐。失掉儿子的祖父母盲目地爱着我。祖父知道祖母的爱是盲目的，自己仿佛时常想要逃脱出去，然而总是被它紧紧抓住。"祖父母把他封闭在狭小的农舍里，与外面的世界几乎没有什么接触，甚至因为害怕孙儿得感冒，竟给他留起了女孩子一样的长头发。直到上小学之前，他"除了祖父母之外，简直就不知道还存在着一个人间世界"。这种闭塞的生活，倒让川端从小就具有了比其他孩子更为敏锐的感觉。

川端好不容易长大了，但死亡再次降临这个家庭，七岁时，疼爱他的祖母去世了。在川端的印象中和两岁时就分离的姐姐总共只见过两次，一次是在祖母的葬礼上，另一次是其后不久由姨母（或舅母）带着川端去访问亲戚（秋冈家）时，当时川端八岁，但成年以后他依然无法忆起那位姐姐的面庞，这样见过两次面的温顺的姐姐也在川端十岁时突然死去了，从此他与年迈半盲的祖父相依为命，他的"幼小灵魂的新芽是纸灯笼的寂寞火光"。

祖父又聋又瞎，终日一个人孤单地呆坐着落泪，并常常对川端说：咱们是"哭着过日子啊"！这不可避免地在川端心灵深处留下了寂寞悲哀的阴影。他后来描绘说："只要长期盯着祖父的脸，我这个少年便会被一种难以名状的寂寞思绪所感染。我养成了目不转睛地盯视别人脸的习惯，或许是与盲人单独生活多年养成的习惯吧。"在十四岁的时候，惟一的亲人祖父也辞世而去，当时川端的虚岁为十六岁。被称为"真率的自传"、"实话实说的处女作"的《十六岁的日记》写于1914年，1925年发表。这部作品以纯朴的笔调描写了中学三年级的少年护理卧床不起的祖父时的情景：

> 茶水煮开了，让爷爷喝。那是粗茶。一口一口地喂他喝。颧骨突出的脸，秃顶白发的头，哆哆嗦嗦地颤抖着的皮包骨的手，仙鹤般的细脖子，每喝一口喉结就一个劲地蠕动。喝了三杯茶。

而给七十五岁的祖父接尿的情形，川端是这样写的："随着痛苦的叹息声停止，在尿壶的底部发出了山谷清泉的流淌声。"从这种表现手法已经能够看出川端文学的风采了，同时我们也能够感受到川端那独有的清彻、冷酷的目光——他自己所说的"临终的目光"。

在祖父的葬礼之后，他仰卧在院子树荫下的石头上，"在石头上，是祖父死后第三天自己第一次得到安静的时间。这时，一股茕茕孑立的孤独情绪隐隐约约涌上心头。"

祖父的去世，使川端的孤儿根性达到了顶点。川端自己说过，"这种孤儿的悲哀成为我的处女作的潜流"，"说不定还是我全部作品、全部生涯的潜流吧"。深刻的无法消除的忧郁、悲哀，对人生的虚幻感、对死亡的恐惧感都渗入了他的灵魂。这种生活境遇，使他形成了比较孤僻、内向的性格和气质。死神的阴影始终缠绕着他，而他那父母遗传的虚弱的体质又加剧了他对死亡的恐惧。他曾在《五月手记》中写道：在征兵体检表上，体重才四十公斤多一点。而他当时为了增加体重，在体检的前一个月还到过伊豆的温泉疗养，直到体检前两天每天还一直要喝上三个生鸡蛋，即使做了这番准备，仍然没有摆脱在郡公所体检时所受的屈辱。

据他祖父说他们家是世家北条氏的后代，祖父对中医、易学等都很精通，父亲对汉诗、文人画也有相当的修养。川端因此说："我认为艺术家不是一代人所能诞生的，是承继前辈几代人的血脉而开出的花朵。作家的产生是承继了世家相传的艺术素养的结果。"尽管川端知道正是由于血缘关系带给了他某些艺术天分，但他的孤儿根性却使他意识到了其中所蕴涵的另外一个层面，他说："世家的后裔一般又是体弱多病。因此也可以把作家看做是行将灭绝的血统临终前的回光返照，残烛复燃，这本身已是悲剧了。" 他在《谎言与颠倒》中继续印证了自己的观点："除了祖父，我不记得其他亲人的容颜。一个血统就要泯灭——犹如拂晓隐去的月光式的花朵，这就是我的命运。为此我不想留下子孙。与其养育孩子莫如养条爱犬。"

《古都》电影海报

　　川端的孤儿根性使他倍加渴望人生的温情，在川端的现实生活中，他曾得到了菊池宽等前辈热忱的照顾，他在《文学自叙传》中这样叙述："我总是没出息向他要钱花，在这以后数年，几乎等于是菊池氏所供养。"他还结交了横光利一这样的好友，得到了横光的真切关怀，所以川端说这是自己的幸福。

　　与此幸福相对照，他在作品中却不断地把自己的孤儿根性所产生的悲哀扩大化、无限化。《十六岁的日记》、《葬礼的名人》、《孤儿感情》、《伊豆舞女》、《篝火》、《给父母的信》、《故园》等作品从不同层面反映了他的孤儿面貌，有的是他自身的孤儿生活，有的是他对孤儿心灵的慨叹，有的是作者无法觉察的潜意识的自然流露，这种在儿童时期养成的不可磨灭的孤儿根性执著地以各种各样的方式在他的作品中或隐或显地闪现着。不记得父母容颜，面对病榻上年迈的祖父而产生的发自内心的悲哀，这些都

是刻在作家心灵深处的印记。而一颗被扭曲的心，越发企盼爱与幸福，可以说对爱的憧憬与渴望是川端文学的本质所在。

倔强的川端在茨木中学努力学习，终于考上了著名的东京一高。在茨木中学，他过着寄宿生活；在一高时代他度过了三年的住宿生活。在一高的同学中有石浜金作、酒井真人、铃木彦次郎、守随宪一等，除了守随宪一是国文学者外，其余人后来都是新感觉派作家。川端也从这里踏上了文学之路。

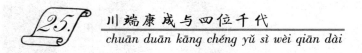

25. 川端康成与四位千代
chuān duān kāng chéng yǔ sì wèi qiān dài

川端在一高文艺部的机关刊物《校友会杂志》1919 年 6 月号上发表了第一篇习作《千代》，他以淡淡的笔触描写了他与三个名字都叫千代的女孩的故事。而实际上，川端成人以后，一连接触了四个名叫千代的女性，对她们都在不同程度上产生过感情，尤其是伊豆的舞女千代和歧阜的千代，曾激起他巨大的情感波澜。

《千代》中写道，山本千代松曾两次到"我"念书的宿舍来找"我"，他让"我"把祖父借款凭证换到我的名下，连本带息必须在 12 月还清。这个向没有亲人的孤儿要钱的家伙，被村里人说成是魔鬼。千代松临死之前痛悔前非，好像换了一个人似的，立下遗言，死后要将五十元钱还给"我"。"我"还受到千代松家人的款待，千代松的女儿千代说："你就把这里当成自己的家吧，愿意什么时候回来就什么时候回来。""我"把这句话理解为另一种意思，所以用询问的眼光看着少女的脸，但是，在她天真烂漫的笑颜里，没有任何特殊的含义。"另一种意思"在川端看来，就是在向"我"这个无依无靠的孤儿提供家庭温暖，甚至蕴涵着与千代松的女儿结婚的意思。当没有看出什么"特殊含义"时，"我"对自己瞬间的情感波动感到可耻。这是川端生命中的第一位千代，他对千代的微妙感觉并非是什么恋情，而是千代松的遗言和少女的笑靥在渴望家庭温暖的少年心中激起的层层涟漪，一瞬间使得川端把自己与千代的命运联系在了一起。

《千代》中"我"拿着千代松的这笔钱，去伊豆作了一次旅行，并且和巡回演出的艺人发生了恋情，她也叫千代，这是第二位千代。回到东京后，"我"又经历了一场恋爱，这个少女还叫千代。"我"从这位少女美丽的肩膀后面似乎看见了千代松在用苍白的手向我招手。为此"我"产生了今生注定逃不出千代的符咒的宿命感。由此看来，"我"所看到的千代已不是活生生的少女了，而是由命运摆布在心灵迷雾中失去了具像的虚幻而已。

第三位千代的模特儿是白木屋饭馆的十六号服务员，她叫古村千代子。当时一高的文科学生有一种风气，都到三越和白木屋饭馆去会那里的女服务员。古村千代子有一双大而湿润的眼睛，是一位质朴的少女，也是他们最喜欢的女服务员之一。川端的朋友和他一样也喜欢这位千代子，并向千代子求过婚，但结果因为她有了未婚夫而遭到拒绝。

在《千代》中没有出现的第四个千代，真名叫伊藤初代，初代在地方语音中读作千代，所以人们把伊藤初代也称作伊藤千代。他在《处女作之祟》中不仅写进了三名千代，而且还写了这第四位千代，这是四位千代中唯一一个与他有过婚约的少女。在东大学习期间，朋友们很关心他，就给他介绍了这位少女，初代家境贫寒，为减轻家庭负担，她只身在东京当女招待。后来初代去了歧阜，川端和同学在 1921 年 9 月 16 日曾在歧阜停留，初代表示了对川端的爱意。川端怀着初恋的喜悦回到东京，又在 10 月 8 日重返歧阜，定下婚约，两个人还拍了订婚照片。川端把这件事告知在大阪的亲戚，不料这位亲戚从门第观念出发，反对这门婚事，为人随和的川端愤怒异常地说："不能说大学秀才娶大家闺秀就幸福，娶贫家姑娘就不幸福嘛！"他又与朋友去东北农村征得了初代父亲的同意。川端到菊池宽家拜访时，告诉菊池他要娶一位女孩，现在很需要钱，如果有什么翻译的活，请介绍给他。菊池听后只是问了问女孩的年龄和住所，没有多说什么，其实他对川端的婚事是持赞成态度的，并表示一定要帮忙。菊池说，他准备到国外居住一年，他的夫人想回娘家住，这期间房子可以借给川端

住，房租由他来承担。至于川端以后的生活，他已经托芥川把川端的小说向杂志社推荐，就是他不在，也不会有什么问题。川端听了这些话，好像在梦中，一时之间激动得说不出话来。

川端为接初代来东京还准备好了家庭用品。然而这天真幼稚的恋爱，在菊池还没有去欧洲之前就破裂了。1921年11月24日，初代寄来了最后的绝交信。1922年3月，听说初代来到了东京，川端又去找过她一次，但无济于事。初代单方面毁约的原因川端始终不得而知，而初代的毁约对于他来说，恰似晴天霹雳，在他心灵深处留下了难以磨灭的伤痕，他承认他得了"千代病"，一提起千代的名字，他就涌上一种特别的难以名状的感情。在《川端康成全集》第二卷的《后记》中写道："大正十年，我是二十三岁的学生，对方是十六岁的少女，正如这四篇作品所述，其实算不得什么真正的恋爱，甚至叫一个事件也不够格。在《篝火》里写了10月8日于歧阜定了婚约，在《非常》里写了收到信仅仅一个月。不是什么故意坏我，是莫名其妙的破裂，但我内心却掀起很大的波澜，几年中仍然难以忘却。"

由于"千代"的符咒，他在《处女作之祟》中深深地感怀了这第四位千代。文中写到两人定婚后两个月期间所出现的种种不祥的灾难：先是打算去定婚坐的那趟火车轧死了人；与千代见面的那家旅馆被暴风雨摧毁了二楼而被迫关门了；订婚后返回当日，"我"吃了过量的安眠药从东京站的台阶上滚了下去；前往小镇以期求得千代父亲的同意，结果镇上爆发了可怕的胃肠伤寒，连小学都停了课；回来的路上看到政治家原敬被暗杀的号外，而原敬夫人的故乡就是千代父亲所在的镇子；千代在信中告知他，她家门前店里的一个年轻男人突然死去，与之相恋的小姐发了疯，最后也死掉了；歧阜市的六名男中学生和六名女中学生集体私奔；还有……尽管有这种种不祥之兆，"我"的恋情依然不减，但千代本人却逃跑了。后来"我"几次在惊恐慌乱的场合中邂逅了千代，她总是在不可思议中突然出现然后无声地消失。而《处女作之祟》原来的开头是"这像是传闻，其实是真的"，这句话后来被删掉了。

虽然川端与初代有过婚约，但他和少女之间的关系非常纯洁，所以后来回想起来，依然充满温馨："虽然是口头应允要结婚，但是我对这位少女连个手指头也没有碰过。她与《伊豆舞女》中十四岁的少女非常相似，而且至今仍然如此。"尽管川端十分珍视这段情感经历，在早期作品中也总有涉及，但正如川端本人所说的那样，他并没有充分发挥这一材料的作用，因为他从来没有把它写成一部完整的作品。

《伊豆舞女》塑像

《伊豆舞女》故事的雏形在小说《千代》中已有所体现。《伊豆舞女》中少女的名字叫熏，"千代"是她嫂子的名字，"千代松"也没有出现在这部小说中。《千代》中关于伊豆舞女和伊豆的印象还是淡淡的，但三年后川端在《伊豆舞女》中再次写到这段旅行时，伊豆不仅成了他的第二故乡，而且他也摆脱了"千代之祟"，小说以清新的伊豆为背景，用诗情画意的笔调谱写了朴素自然的人性爱。《伊豆舞女》的主人公是一个二十岁的高校学生，正处于青春彷徨时期，为排遣孤独，去伊豆半岛温泉作休假旅行。他在旅途中遇到了一个十四岁的舞女和巡回艺人一行，他们之间相互真诚相待，在五天短暂的旅程里，男青年和那位十四岁的舞女产生了朦胧的恋情。这部小说有自叙传的成分，他后来在很多作品和文章中追忆过这件事，如长篇小说《少年》中写道："我二十岁，同巡回演出艺人一起旅行的五六天，充满了纯洁的感情，分别的时候，我落泪了。这未必是我对舞女的感伤。就是现在，我也以一种无聊的心情回忆起舞女，莫不是她情窦初开，作为一个女人对我产生了淡淡的爱恋，不过，那时候，我并不这样认为。我自幼就不像一般人，我是在不幸和不自然的环境下成长的。因此，我变成了一个顽固而扭曲的人，把胆怯的心锁在一个渺小的躯壳里，感到忧郁和苦恼。所以别人对这样一个人表示好意时，我就感激不尽了。"小说因此也绝非是一部简单的恋爱小说，其主旨依然在表达作为孤儿的他对爱的渴望与追求。

川端的书斋

小说里写到，那是一个"乞丐、巡回演员禁止进村"的时代，尽管他也曾萌生过"今天晚上就让这位舞女到我房间睡吧"的邪念，但对于孤儿的川端、对于刚刚饱尝婚约破裂痛苦的他来说，更希望给所有生来不幸的人们带来温暖和抚慰。"我"丝毫没有瞧不起那些巡回艺人，而他的"爱"也得到了艺人们更加无私的"爱"的回报。巡回艺人们在说悄悄话的时候，真诚地说："是啊，是个好人"，"真是个好人啊，好人就是好嘛。"小说接着写道："这言谈纯真而坦率，很有余韵。这是天真地倾吐情感的声音。连我本人也朴实地感觉到自己是个好人。我心情舒畅，抬眼望了望明亮的群山。眼睑微微作痛。我已经二十岁了，再三严格自省，自己的性格被孤儿的气质扭曲了。我忍受不了那种令人窒息的忧郁，才到伊豆来旅行的。因此，有人根据社会上的一般看法，认为我是个好人，我真的感激不尽。"川端听到舞女那句平凡的"好人"评价，让他反复自省，令他陶醉不已、感激不尽。川端在成长过程中不断得到人们的关怀爱护，长大后的川端也想把人类的爱回报给所有的人，川端在他孤儿根性中培养出一种对纯粹的、温暖的、美的生命关注的心态，他在对女性的爱中追求超越性别之上的爱，而他又在这种爱中将自己净化，将自己融化在这种爱中，于是《伊豆舞女》所展现的情怀超越了异性的爱恋，而成为人类灵魂的直接交融。

川端在谈到自己的作品时说："我写过很少一部分接近事实的小说。第一卷和第二卷中有《十六岁的日记》、《伊豆舞女》、《葬礼的名人》、《南方的火》、《米雪》等，这样的作品早期居多，第二卷以后几乎不再写了。"然而，随着时光的流逝，他对四位"千代"的怀恋之情早已经化成了笔下众多的女性形象，那如"千代"们一样天真、纯洁的少女形象成为川端文学中一种永恒的美好意象。

1972年4月16日六点左右，川端康成在自己的工作室口含煤气管自杀，没有留下遗言，自杀原因不明。如果说川端文学受过"临终的目光"的洗涤，那么，川端本人在临终瞬间的目光，可以说是以自身生命来表现艺术，来超越现实世界中无法超越的生与死、有与无、实与虚。因此川端的死是不需要理由的。

26. 走进雪国的川端康成
zǒu jìn xuě guó de chuān duān kāng chéng

1934年5月《文学自叙传》发表后不久，川端开始着手写作他的小说——《雪国》。如果说《文学自叙传》是他进入文学创作新时期的宣言，那么《雪国》就是他进入新时期的创作实绩。《雪国》是川端的第一部中篇小说，也是他的代表作之一。

1945年，震惊世界的战争结束了，《雪国》在川端的精雕细刻中也终于完稿了。他把《雪中火场》和《银河》这两章做了重大修改，用《雪国抄》和《续雪国》的名字重新发表在1946年5月号的《晚钟》和1948年10月号的《小说新潮》上。1948年12月，创元社出了《雪国》的新版

获诺贝尔文学奖时，川端康成与三岛由纪夫一起接受采访。

本，取消了原有的各章标题，将一些不连贯、不和谐的地方加以修改，形成了今天我们所看到的《雪国》的定稿本。从 1934 年到 1948 年作品最终完成，历经十四年时间，这是作家所有作品中创作时间最长、花费精力最多的一部作品，这在现代日本文学史上也是非常罕见的。功夫不负有心人，这部作品成为了世界名著。

川端对伊豆这个地方有着深厚的感情，他经常去伊豆半岛旅行，早期作品也常常以伊豆和浅草两地作为背景。后来他的朋友向他推荐说，北国的越后汤泽也是一个风景秀丽的地方。于是 1934 年，他乘车来到了北国。在下榻的旅馆中川端结识了十九岁的艺妓松容。松容本名小高菊，是一个贫寒农家的女儿，她是家里的老大，下面还有六个弟妹，因为生活困难，小高菊十一岁时被迫告别家人，被转卖到汤泽温泉当了艺妓，从此沦落风尘，备受生活的折磨。后来经过几年的挣扎，她才跳出火坑，回到家乡，嫁给了一个裁缝匠，做了家庭主妇。小高菊为川端打开了生活的另一扇窗，这位饱受生活磨难的少女的辛酸经历，在川端心头掀起了情感的波澜，同情之心油然而生。这位少女清秀美丽，温柔娴静，而且勤奋好学，这些都给他留下了深刻的印象，激发了他的创作灵感。《雪国》的最初构思就是产生于与这位少女的邂逅。

川端从选择题材到定稿的三年时间里，春秋两季都要来越后汤泽，和小高菊见面交往，详细地向小高菊了解艺妓的生活、制度，还收集了雪国的生活习俗、自然景观等作为作品的素材。小说中有些章节就是在那儿的温泉旅馆里写成的。《雪国》中驹子的原型应该说就是小高菊，川端为了避免给小说的模特带来麻烦，他在《独影自命》说："在创作的原型的意义上，驹子可以说是真实存在的，但小说中的驹子和创作原型有着明显的差异，说驹子并不存在可能更为正确。……驹子确有其人，而叶子却是虚构的。"他曾一再强调岛村决不是他本人，对于小说的地点，他也只是模糊地指出在"雪国的温泉"，直到 1949 年新潮社出版他的全集，他才在全集第六卷第一次明确说明："《雪国》的地方是越后汤泽温泉。"

川端康成创作《雪国》时下榻的"高半旅馆"

　　但仍然发生了让川端啼笑皆非的事。在《雪国》被授予文艺恳谈会奖的大会上，著名作家宇野浩二坐在川端的旁边，谈到驹子的时候，总是以驹子是川端的朋友的语气使用敬语，称之为"那位小姐"之类，他还热情地让川端转告"那位小姐"："你与其让驹子演奏杵家弥七的乐谱（小说中的情节），倒不如让她演奏研精会的乐谱好。"此外，有些评论者认为，叶子的形象比驹子更接近生活的原型，这番话让川端着实大吃一惊，因为叶子完全是他虚构的一个人物。不知那些评论者所看到的叶子姑娘究竟是谁呢？1957 年，当东宝公司把《雪国》改编成电影的时候，扮演驹子的演员

岸惠子和饰演岛村的池部良一还特地邀请小高菊合影留念，这张照片至今还挂在川端当年下塌的高半旅馆，作为招揽生意的广告。

可以肯定地说，《雪国》中的故事和情感来自作家在汤泽温泉的实际生活体验，它以真实的生活为基础，对原有的生活素材加以提炼、浓缩，进行了高度的概括，想象远远超出了生活真实。关于真实性的问题，川端曾经这样谈过："真实呀现实呀这些话，在进行文艺批评时因为便利，我也经常使用，但我总觉得难为情，我也有意识地想了解它和接近它。但是我想的是在虚幻的梦境里游荡和走向死亡。"唯有如此，才能有川端文学特有的清澈纯洁的基调，《雪国》才能被称为抒情的雕像、理智的舞蹈。

《雪国》不是情节小说，小说是由驹子、岛村、叶子三个人物来支撑的，其中驹子是小说的中心。驹子沦落风尘，历尽人间沧桑，但仍然对生活、未来抱有希望，她苦苦挣扎，坚持不懈地写日记、学歌谣、习书法、读小说、练三弦琴，驹子憧憬"正正经经的生活"，只要环境允许，她"还是想活得干净些"。作品中不止一处从官能感受的角度描写她的洁净："使人觉得恐怕连脚丫缝儿都那么干净。"她还热切地渴望纯真的爱情，她把全部身心都倾注在岛村身上。而驹子的追求在现实中是无法实现的，她得到的只能是哀伤虚幻，岛村把她认真生活的态度和真挚的爱恋，都看做是"美的徒劳"。驹子的情感世界是丰富复杂的，作家曾说："从感情上讲，驹子的哀伤，就是我的哀伤。"岛村是个悲观颓丧的虚无主义者，他事业无成，坐食祖产。他已有妻室，却爱恋驹子，三年中三次来到雪国与驹子见面，同时又单恋着叶子。他把驹子倾注在他身上的爱看作是"单纯的徒劳"，乃至认为"生活本身就是一种徒劳"。叶子这一人物，川端着墨不多，但性格完整，她淳朴善良，与驹子有着同样悲惨的身世，最后坠身大火。小说从描写叶子超凡脱俗的美开始，又以叶子超凡脱俗的美而告终，在雪的纯洁、火的花朵、银河的壮丽中，把叶子的死烘托得凄美无比。在川端看来，死不是终点，死只是新生命的开始，也是美的另一种表现形式。所以死是至高的艺术、至圣的美，有限与无限、现实与虚无、生与死，在精神的体悟中得到了贯通。

　　《雪国》的世界是主观感觉的世界，是用意识流动和自由联想的方式表现人物的主观感受和作者的微妙感觉的世界。同时《雪国》又借鉴了日本民族文学的传统，重情排理，在自然景物中表现人的情感美。《雪国》中着重描写的是人物的情绪、精神和心灵世界，如在驹子外在的妖艳下表现她内在的悲哀。文中的景物描写不是孤立的，川端想表现的也不是简单地触景生情，而是试图将人物的情感与自然风光相融合，达到物我合一的境界。正因为如此，当川端获得诺贝尔文学奖的时候，瑞典文学院在《授奖词》中说道："和已经去世的谷崎润一郎一样，川端也受到欧洲近代写实主义的影响，这是显而易见的事实。不过，川端也深入到日本古典文学中，明显地表现出希望维护日本传统模式的倾向。在他的叙事技巧中可以看出纤细的诗情，其起源可追溯到 11 世纪紫式部所勾勒出的人生风俗画面。""川端先生，这奖状乃在于表扬您的小说艺术——它以充满高超技巧的敏锐表达了日本的民族精神。"

　　也许任何评说对于《雪国》来说都是黯然失色的，让我们还是在小说中体会川端文学的美吧，小说是在岛村第二次乘火车去雪国的途中，偶然窥见夕阳映照的火车玻璃窗上的叶子的面容开始的：

　　在遥远的山巅上空，还淡淡地残留着晚霞的余晖。透过车窗玻璃看见的景物轮廓，退到远方，却没有消逝，但已经黯然失色了。尽管火车继续往前奔驰，在他看来，山野那平凡的姿态越是显得更加平凡了，由于什么东西都不十分惹他注目，他内心反而好像隐隐地存在着一股巨大的感情激流。这自然是由于镜中浮现出姑娘的脸的缘故。只有身影映在窗玻璃上的部分，遮住了窗外的暮景，然而，景色却在姑娘的轮廓周围不断地移动，使人觉得姑娘的脸也像是透明的。是不是真的透明呢？这是一种错觉。因为从姑娘面影后面不停地掠过的暮景，仿佛是从她脸的前面流过。定睛一看，却又扑朔迷离。车厢里也不太明亮。窗玻璃上的映像不像真的镜子那样清晰了。反光没有了。这使岛村看入了神，他渐渐地忘却了镜子的存在，只觉得姑娘好像漂浮在流逝的暮景之中。

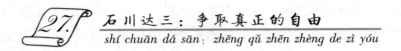

27. 石川达三：争取真正的自由
shí chuān dá sān: zhēng qǔ zhēn zhèng de zì yóu

　　1938 年 2 月下旬或 3 月的一个寒冷的清晨，两个警察来到了石川达三（1905 — 1985）家："我们想了解一下您最近写的一部小说的情况，请您到警视厅走一趟，好不好？"客气而不容置疑。一部什么样的小说，居然惊动了日本警视厅？

　　原来，日本政府为了加大战争的宣传力度，制定了派出大批文学家随军参战的计划，这些文人组成了"笔杆子部队"。早在 1937 年，日军攻占南京两个月之后，石川达三作为《中央公论》的特派员，到中国进行采访。南京大屠杀的惨剧早已震惊全世界，惟有日本人由于严格的检查制度，根本或基本上不了解情况。南京和上海一带，硝烟未散、尸臭未消，石川与士兵同吃同住，倾听他们的交谈，骇人听闻的事实深深震动了他，使他那颗悲悯的心再也无法平静下去了。第二年回国后，他立即以自己的所见所闻为题材，十天之内，用掉三百三十页稿纸，一气呵成写出了小说《活着的士兵》。作品如实描述了士兵们在战争中失去人性、变成恶鬼的可怕场面：

　　　　另一个士兵撕碎了她的内衣，女人裸露的白色的肉体突然暴露在他们的眼前。这肉体白得耀眼，几乎使他们不能正视。……他一声不吭，用右手里的刺刀使劲地捅进女人的乳房下面。白色的肉体简直像跳起来似地突然颤抖起来。她双手抱住刺刀，痛苦地呻吟着。她那痛苦挣扎的样子，就好似为了做标本而用一根大头针钉住一只螳螂，不一会儿她就一动不动地死去了。

　　士兵们报告长官，"这女人好像是间谍，所以把她杀了。"长官只是笑笑说："有点太过分了。"作品中这样的暴行描写比比皆是，作者希望自己对战争情况的真实报道，让后方为胜利而盲目骄傲的民众能够深刻反省，这实在是一部在当时罕见的战争小说。

由于批判了纪律严明的"皇军"在精神和行为上的双重堕落，《活着的士兵》无论如何也是活不去的。《活着的士兵》经多处删改，刊登在《中央公论》杂志三月号上，但1938年2月18日刚一销售，便受到禁止发售的处罚。警察不久找到石川，审讯从上午九点持续到晚上八点。

警察：你随军采访时，看到什么？

石川：看了各种各样的情况，把那些情况写出来了。

警察：你是不是把所看到的情况都如实地写出来了？

石川：这是小说，所以有些地方把在南京看到的事情写成发生在上海的，也有些地方把南京的情况写成上海的。

警察：这么说，不全是事实吧。这不是牵强附会、流言飞语吗？真是岂有此理！

1938年8月4日，石川和中央公论社的编辑等人被起诉，起诉理由是"把虚构当做事实，凭想象下笔，扰乱了社会的安宁秩序"。法官认为这部作品会损伤国民对日本军人的信赖，石川答道："国民把出征的士兵视同神明，这是错误的。我认为应该更好地认清人的真正面目，把信赖建立在这个基础上。"这番话其实也道出了他创作《活着的士兵》的动机。9月5日，法院还是判处监禁石川四个月，缓刑三年。"石川达三"事件明白无误地给文学划定了描写战争题材的范围和界限，将文学纳入了御用的轨道。

石川被夺去创作的黄金时间达数年之久，但他内心并没有屈服："我一边忍受那样的时代，一面始终考虑言论的自由，尤其是由于文字狱被判刑。我对言论自由的要求变得更刻骨铭心了。同时，作为作家，我产生了一种类似的、决心的东西，这种决心，或许就是通过作品对国家权力提出批判和指责的愿望。"《活着的士兵》坚定了石川写作成名作《苍氓》以来一直坚持的方向：即直面现实，抨击社会的黑暗。他因此而成为日本社会派的中坚。

从战前到战时，日本当局日益加紧压制言论自由，与周围的作家相

比，石川所受的文字狱倒还算是比较轻微的了。1945 年 8 月 15 日，日本战败了，战败在有些人眼里是痛苦的，可石川却松了一口气，因为"可以说话的时代，终于来到了，正当言论可以不受惩罚而自由发表的时代来到了"。《活着的士兵》在战后终于重见天日。石川对战时国家权力和军部的愤怒一下子爆发出来，非要写出其中真相不可，战后他首先推出了长篇小说《风中芦苇》。该作以太平洋战争为背景，揭示了日本军队的真实面目，暴露了政府对言论自由的压制以及玩弄民众的丑恶行径。

然而，社会发生着巨大的变化，石川在谴责过去的同时，也在密切地关注着现在，他开始思考获得"自由"之后的问题了。想解脱对自由的一切束缚，是战后日本社会生活的一大潮流，1956 年和 1957 年，针对生活中人们所标榜的许多无聊的所谓的自由，一贯追求自由的石川在《世界变了》和《自由的敌人》等文章中提出了质疑，自由真的可以毫无束缚吗？他提出了自己终生奉行的主张——"争取真正的自由"。文章引起了日本文坛的争论和谴责，有人指责说"石川先生难道打算肯定检查制度吗？"有人甚至说："在《活着的士兵》事件中反抗过压制的石川先生哪里去了？"

石川依然泰然自若，他坚持道："我要珍惜社会，我希望我的作品是反映大众生活的一面镜子。我想一边和大众中间的不正当现象作斗争，一边为大众进行创作。""从理论上讲，言论自由应极其严格，可实际上却不然。如果允许无限制的自由，社会就会非常通俗地理解它，使它变成庸俗的自由。因为社会使自由变得庸俗了，所以自由就受到限制。我有许多痛苦经验，因此考虑怎样避免自由受到限制。"无论外面的世界如何变化，石川先生始终未改变自己的自由观，当自由受到限制时，他奋起反抗；而当自由泛滥时，他又不能不反对。

石川作品的中心就是"为社会"，从《苍氓》、《活着的士兵》到《金环蚀》、《人墙》等经过社会调查创作的作品，严厉地将社会中的歪门邪道揭露给读者，不断通过作品对社会提出种种警告，让读者加以品评。如1966 年发表的《金环蚀》抨击表面金光灿烂的政治内部却黑暗、腐败的社会现象，作者塑造了形形色色的人，如利己主义者、人道主义者，启发读者思考一个人应该如何生活、社会应该如何发展。对于战后获得自由的女性和青年的生活态度，石川提出了严肃的批评，石川认为，当今大多数女性在家庭和工作中都没有立足点、没有信心、只顾玩乐，而且自以为这就是自由，他希望女性不要被充斥当今的无目的自由所迷惑，必须考虑自己的幸福和有益于社会的自由。他也对困扰着青年的性的自由提出了质疑，他认为，性的解放并未给青年带来幸福，相反否定了爱情的束缚，也就否定了爱情本身，失去了对男女两性的尊重。

也许石川的语重心长让今天的人们不以为然，也许他在作品中的呼吁姿态让今天的读者觉得有些落伍，也许他的自由观多少显得有些中庸。石川晚年时，日本的政治依旧阴暗，教育状况依旧混乱不堪，青年男女还是浑浑噩噩。敏锐的石川再也无力估量未来，但他不改初衷的顽强是出了名的。在晚年回顾自己一生创作的时候，他还是希望人们好好想一想："我长久以来从事的工作有什么意义？为什么批判性的、反抗性的作品居多？希望读者能结合当时社会和世界的潮流来阅读，把我的作品作为研究当时社会情况的参考。"1985年1月10日，距离他离开人世的日子还有二十天，他笑着说："我还有不少话要对社会说，不知道能不能写完，不过，我还在坚持写。"石川达三，1905年7月2日生于日本的东北，1985年1月31日去世。以他自己所说的"东北的民族性"为武器，执著地思考着如何做人，如何为社会的正义和真正的自由而奋斗。性格上，他一方面是严格、谨慎的，曾有人讥笑说"豆腐店的自行车都能赶上石川的小汽车"；另一方面，他刚正不阿、直言不讳，常常"大放厥词"，所以也往往是被攻击的对象。文学上，他既坚持娱乐性、通俗性，又坚持文学必须"纠正社会上的歪门邪道"。既有常人的复杂性，也有常人少有的一点坚持，甚至是固执，这恰恰就是作家石川达三的魅力所在吧。

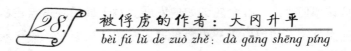

28. 被俘虏的作者：大冈升平
bèi fú lǔ de zuò zhě：dà gāng shēng píng

大冈升平（1909 — 1988）出生在东京的一个普通市民家庭。父亲是股票交易所的职工，母亲原来是和歌山市的一名艺妓，这种不体面的行当曾在大冈升平幼小的心灵中留下创伤。第一次世界大战后，他父亲因为参与股票投机生意成了暴发户，大冈升平因此有机会接受良好的教育。

1932 年大学毕业后，大冈升平先后在国民新闻社、日法合营企业帝国氧气公司供职，业余时间依然从事法国文学研究，主要是致力于司汤达作品的翻译与研究，可以说他是通过发表在《作品》、《文学界》等刊物上的文艺评论和司汤达研究的学术论文走进文学领域的。

让他成为作家，改变了他的学者命运的，是战争。1944 年 6 月，三十四岁的大冈升平被征入伍，前往菲律宾的民都洛岛前线参战，担任密码员。仅仅半年时间，美军攻占菲律宾，大冈流落荒岛，终于难逃做俘虏的命运。等他从莱特岛的收容所获得遣返，回到妻子疏散地的大久保市的时候，已经是日本在波茨坦公告上签字投降四个月以后的事情了。这段个人的战争体验，使他日后与文学创作结下了不解之缘。

他在疏散地与妻儿匆匆见过一面后，就急忙跑到了东京，和小林秀雄等阔别多年的老朋友见面。在酒桌上，他们回顾各自在战争中的生活，大冈自然谈起了他在战场上的体验和在俘虏营的生活，小林秀雄听说之后，非常感兴趣，就劝他把这些体验写出来。大冈认真地接受了这个建议，埋头苦干，创作了短篇小说《俘虏记》，结果一举成名，闯入了小说家的圈子。

《俘虏记》写于战后初期，因为涉及了美国兵形象的问题，直到美国占领军放松政策之后，才得以发表。《俘虏记》中详细记录了主人公二十四小时之内的活动。《俘虏记》中的时间、地点和事件经过都与作者的亲身经历相吻合，所以一般称为记录小说。《俘虏记》中最著名、也是最耐人寻味的情节，就是"我"在森林里突然发现了一个搜山的美国士兵，举枪瞄准后，却难下决心，美国士兵朝另一方向走去，"我"没有开枪。在失败和死亡面前，"我"曾两次自杀未遂。最后成了美军的俘虏。"我"为什么不开枪？大冈作为一位真诚的作家不断地扪心自问，甚至成了他一生苦苦思索的问题。是出于对战争的厌恶，还是突然与敌军遭遇恐惧不已，或是出于普遍的人类之爱，不愿意杀掉那个可爱的年轻人？大冈找不到所谓的正确答案，他只是体味道："当一个人脱离了国家意识的羁绊，孤身独处密林中时，他不会杀人。"他把这种体味在作品中表达出来了。

《野火》中的主人公田村也是大冈本人的投影。田村患了肺结核，因为战地伤病员收容所和连队互相推诿，结果只好孤身一人四处流浪，进入当地人的村子抢盐，挖地里边的瓜，渐渐陷于绝境。后来，他遇到几个同伴，几个同族同胞之间互相火并，互相厮杀，吃人肉充饥，田村也开枪杀死了一个同伙，但他记不得自己是不是吃了同伴的肉，他发了狂。为什么要人吃人，怎样才能阻止住人吃人这一非人行为呢？怎样才能阻止人类互相残杀的战争呢？这一思索与《俘虏记》是一脉相承的。引人注目的是，在这部作品中数次出现了上帝的形象。虽然大冈不是一个虔诚的基督教徒，但当面对人性与兽性的选择的时候，在主人公渴望死亡的恍惚中，大冈还是请出了上帝，让主人公和上帝相遇并得救。这也许是大冈少年时代对基督教信仰的记忆在作祟吧，他本人也谈过："虽然早已放弃了基督教，但每当在电影中看到背负着十字架的耶稣的出现，便不禁潸然泪下。而且从不做打猎、钓鱼之类杀生的事情。"

在文学创作中大冈升平的另一成就就是把法国的心理小说的手法移植到了日本，而且获得了成功。作为战后派的作家，他的创作不同于那些直接表现宏大的战争场面和日军暴行的作品，他更注重战场和战后社会芸芸众生中的个体，着力描写个体的心态，而法国心理小说的写作技法成为他打开人物心灵的一把钥匙，作品中人物的外部特征与内心世界达到了高度的统一。所以大冈曾自我调侃道："我是法国文学豢养的一只狗。"

当《俘虏记》完成时，一位编辑约请他写点恋爱题材的作品，而且还将了大冈一军，他说，要是写不好恋爱小说就算不上什么真正的小说家。这可真给大冈出了一个难题，但大冈是一个绝不服输的作家，战前他也曾有过和银座酒吧女招待交往的经历，所以他对男女间的感情并不陌生，加之他深厚的文学功底以及他对战争前后生活的细致观察和体验，使他完全有能力驾驭爱情题材的小说。1950 年 1 月，他抛出了与《俘虏记》完全不同的力作《武藏野夫人》。这部作品的问世，使大冈升平由"俘虏作者"一跃成为一流小说家。《武藏野夫人》的事件设定在废止通奸罪的 1947 年，这一废止对于女性来说，是从天皇制的家长制的解放，而对于男性来说，则意味着可以自由地接近他人妻子而不受制裁。女主人公道子和丈夫秋山与表兄大野、富子一家住在武藏野的"山坳"里。道子像武藏野的风景一样优雅迷人，尽管她和秋山之间并无爱情，但她却是一个忠贞尽责的好妻子。与道子相对立的女性形象是富子，她善于卖弄风情，似乎只有通过不断地引诱男人才能证实她自己的魅力。秋山热烈地追求着富子，富子也乐于身边有个男人献献殷勤。道子的堂弟阿勉作为战争中的幸存者，回到了武藏野，打破了两对夫妇的平静生活。富子千方百计引诱阿勉，而道子与阿勉在对童年的美好回忆中暗生情愫。当秋山和富子在旅馆中幽会时，阿勉和道子倘佯在美丽的山林，一颦一笑中泄露了他们的深情。尽管废除了通奸罪，娴静温顺的道子却不愿贪享肉体的欢娱，更不愿背叛自己的丈夫，她把对阿勉的爱恋深深地埋在了心底。秋山处心积虑地想遗弃道子，与富子姘居；而阿勉则接受了富子的投怀送抱。道子绝望中自杀身亡，终成悲剧。从这里出发，大冈透过尚未散尽的战争硝烟，透视出好不容易得到和平的人们又陷入到另外一种精神困境中去了。

作者说："小说家选择题目是在象征意义上进行的。"所以《武藏野夫人》这一题目自然别有意味了。"武藏野"自古以来就是人们对东京附近一片平原的诗情画意的称呼，在和歌中屡屡咏叹，有许多文人都赞美过它的林中小路，国木田独步曾坐在树林中吟咏："山林存自由。"大冈小说中的人物心理复杂生动，主人公的情感和武藏野美丽的山林、流水紧密交融在一起，具有浓郁的日本风情。这表明他努力移植西方艺术表现手法的同时，还承袭了日本传统文学的衣钵——典雅恬淡。

此外，大冈还创作了表现 50 年代到 60 年代初在银座酒吧中讨生活的女性一生遭遇的作品《花影》，还写了一部探讨在金钱时代真"爱"是否存在的《青光》等作品。总之，大冈文学的背后，总有一双睿智、犀利的眼睛在审视、洞察着人生、人性，构筑着激荡惨痛的人类精神史。

29. 平冈公威时代的三岛由纪夫
píng gāng gōng wēi shí dài de sān dǎo yóu jì fū

三岛由纪夫（1925 — 1970）以《烟草》、《在海角的事》、《强盗》、《假面告白》等作品登上了战后日本文坛。虽然他没有直接参加战争，但他感同身受，而且他登上文坛之时恰逢战后派兴起，所以他也被归入战后派，其实他与其他战后派作家没有多少共同之处，于是他被称为"非战后派的战后派"。三岛两次被提名为诺贝尔文学奖候选人，日本著名学者千叶宣一说："给三岛文学最常见的评价是：他是日本第一流的小说家，最辉煌的日本年轻作家，日本最有天赋的小说家等等。他是一个名副其实的世界杰出的年轻作家，不仅是日本的，而且是世界的第一流作家之一。"

1925 年 1 月 14 日，三岛由纪夫出生在东京一个高级官僚家庭中，他本姓平冈。家族里有一个不成文的传统命名法，就是借用自己的恩人或名人的名字，以表达尊重崇敬之情，所以祖父借用他的大恩人、当时枢密院顾问、造船界巨头古市公威男爵的名字给长孙起名叫公威。

其时平冈家业衰落。公威的祖母夏子曾受到来自母亲家族尚武家风的影响，又曾受到皇家家风的熏陶，不自觉地养成了一种武士的骄矜和皇族的孤高气质，名门意识异常强烈，其性格自负、顽固、狂躁，具有强烈的独占欲，生下独子梓不久，她患上了严重的坐骨神经痛和脑神经痛，经常歇斯底里地发泄一通。据说她的病是由于放荡的丈夫患上性病传染所致。她憎恨丈夫，寄予希望的儿子也没有如她所愿成为出类拔萃的官僚，所以长孙公威出世后，她竟然把自己全部的希望都寄托在公威身上。她从公威出生的第四十九天起，就把孩子从母亲身边夺过来，对他进行严格的监管和教育，直到他十三岁。

三岛故居

夏子对公威的管理相当严格，绝对禁止公威上父母住的二楼，而且连在一楼自由走动也不允许，母亲想带着孩子到户外呼吸新鲜空气、晒晒太阳更是提都不用提。公威的活动范围就在祖母那间窒息的充满老朽气味的病房里，他无时无刻不在祖母和护士的监视之中。

孩子的天性是无法压抑的，公威也像其他男孩子一样调皮，喜欢玩枪、汽车，还常常挥舞着尺子之类当做武器跑来跑去。祖母下令把那些玩具全收起来，还禁止他和附近的男孩子一起玩，只允许他玩女孩子的游戏，还特地从街坊中精心挑了三个女孩子，固定地陪伴公威玩折纸、搭积木、过家家等游戏。他最喜欢搭积木，喜欢搭到极点，然后看积木轰然倒塌的样子。他有时也会缠着女孩子陪他玩打仗的游戏。夏子之所以这么做，一是因为她心疼孙子身体孱弱，跟男孩玩容易出事，容易学坏；二是因为她本人坐骨神经痛发作时，屋里有任何一点响声如开门关门的声音她都无法容忍，特别是巨痛的时候。而公威长期和女孩子在一起，不可避免地带上了几分女孩子的气质，甚至连说话也有些女声女气了。这种女孩举止腔调一直持续到他上学，在学校，由于他的女孩子腔，遭到了同学们的嘲笑，使他产生了强烈的自卑感，这恐怕是他日后钦羡男性肉体美的一个渊源吧。

在祖母的过分保护下，孩子并没有因此强壮起来，相反，公威不仅失去了孩子应有的天真活泼，而且身体病弱，精神和肉体对外界环境都失去了抵抗力。公威五岁时，病魔袭来，他患了严重的尿毒症，头痛、恶心、抽搐，奄奄一息，家人赶快把他送到了医院。主治医师说："没救了。"公威已经两个小时摸不到脉搏了，家人都以为这次公威是完了，开始准备入殓用的白寿衣，还把公威平时愿意玩的玩具都放到了一起，众多的亲戚也从四面八方赶来了。公威的舅舅，千叶医科大学的系主任也赶来参加抢救和治疗，过了难熬的一个小时，公威排出尿来，心脏开始跳动，生命在他身上复苏了！然而这病魔并没有退却，一个月里也要发作一两次，病危也常常光顾他。他后来回忆说："我逐渐凭借倾听向我走过来的病魔的脚步声，就能辨出是接近死亡还是远离死亡的疾病。"直到上了小学，他的病才痊愈。这是三岛由纪夫第一次离死亡如此之近，也是他第一次体验死亡吧。

这场由于过分娇惯而生出的病，并没有使祖母吸取教训，而是更加保护，连她上厕所也要把公威带到身边，禁止公威出门，每天公威与父母相见的时间只有半个小时，如果稍有超时，祖母就会惩罚公威第二天不要见父母。偶尔和母亲短暂地相会，在阳光下散步，公威觉得"简直就像赴恋人的幽会，留下了快乐与美好"。祖母还在公威的生活中设定了许多清规戒律，比如不允许他吃青白色的鱼，说青白色的鱼容易变质，有一回，祖母带公威做客，人家夸了一句公威长大了，祖母一高兴，就让他吃了青白色的鱼，公威觉得"这是赋予了我大人的资格"，自己是男子汉了，这是"一桩值得纪念的事"。

祖母不仅对孙子溺爱，而且还对公威与自己母亲的感情也异常嫉妒，如果孩子说到"妈妈"，一定会被惩罚，所以他在祖母面前尽量不提妈妈。公威上中学后，父母迁居另住，他才回到父母身边。与祖母分别时，祖母恋恋不舍，她在很长一段时间里，抱着公威的照片哭泣。祖母和公威相约每周回到她身边留宿一次，如果公威没来，她的病就要发作。所以公威说："十三岁的我，有一个六十岁的情深的恋人。"

这样的成长环境，却让公威的另外一些天性得到了意想不到的发展。由于无法与外在世界接触，他就对绘画、童话、童谣产生了一般幼童难得

三岛结婚照

有的浓厚的兴趣，他经常沉溺于梦幻世界之中，他甚至幻想着自己出生时的情形，仿佛看到了出生时洗澡用的澡盆，盆边缘下面的水在阳光的照射下，"看似小小的光波，不断地相互撞击着。"当五岁的孩子向家人讲述这番情景时，大人们总是嘲笑他，告诉他初生婴儿还没睁开眼睛呢，就算睁开眼睛也不会记得出生时的事的，何况他出生的时候是黑夜，哪来的阳光？公威却认为，就算在黑夜，也不能没有阳光。在他幼小的心中，真实与幻想世界之间，是没有什么不可以逾越的界限的。

五岁的公威能读书、绘画、写字了。他曾经最喜欢看一本童话集的扉页，那是法国民间故事中的圣女贞德图，图中贞德穿着战袍，骑马扬剑，威武无比。公威想象骑士马上要被杀掉，而且还对骑士的死做了一番美妙的幻想。可是有一次负责照看祖母的护士告诉他骑士实际上是女扮男装的贞德，公威无法相信，这样英俊的骑士怎么能是女人呢。因为在他幼小的心灵中死是美丽的，而死者应该是个男性。他知道了真相，大失所望，撕碎了封面，再也没有碰过那本童话集。有一个童话公威百听不厌，这则童话讲的是一个王子为了拯救妹妹，与美丽的女妖王结婚，他经受了七次死的考验，又七次起死回生。其中的一幅插图让公威陶醉不已：穿着黑色紧身衣的王子左手拿弓，右手搭在森林中一棵老树的树梢上，一脸严肃和沉重地俯视着就要向他袭来的那条巨龙的血盆大口。他幻想自己也像童话中的王子一样，一次次地被杀死，再一次次地复活。

实际上在他接触的童话故事中，有很多都是讲述王子和公主的故事的，但他对公主不感兴趣，只偏爱王子，尤其是面临死亡的王子。安徒生在童话《玫瑰妖精》中描写了一个在亲吻情人留下来的玫瑰时遭到坏人暗算的年轻人，怀尔德在童话《渔夫和人鱼》中写到了一具抱着人鱼被冲上海滩的年轻渔夫的尸体，这些异样的故事情节，都令他感到莫名的快乐，死亡竟然让他产生了神秘的快感。

在现实生活中，外面的世界给年幼的公威留下了一些不可思议的印象，当他看到一个掏粪工身穿紧腿裤把下半身的轮廓清楚地勾勒出来的时候，倾倒不已，甚至想将来当个掏粪工；他甚至陶醉于打靶归来的士兵身上肮脏的军服所发出的阵阵汗臭味。

童话世界和现实世界交织在一起的幻影盘旋在幼年公威的心头，他在《假面告白》中解释说："在人生的道路上，我初次遇到的就是这些奇形怪状的幻影。它以着实巧妙而完整的形态，从一开始就站在我的眼前，是一无或缺的。日后我到这里来寻访自己的意识和行动的源泉时，也将是一无或缺的。"

这种压抑的不正常的环境，使公威的成长脱离了一般孩童的生活模式。他的母亲说，正是这种环境决定了公威一生的命运。专横跋扈的祖母用霸道的爱扭曲了男孩的心灵，对于孩子的成长来说，是不幸的。但对于文学家的三岛来说，可能又是幸运的，因为如果没有这样一个老祖母，很可能在这个世界上就没有了如罂粟花般怪异而美丽的三岛文学了。

30. 三岛由纪夫的死亡演出
sān dǎo yóu jì fū de sǐ wáng yǎn chū

20 世纪 30 年代，日本在走向军国主义的过程中，发生了一系列由青年军官策划的武装政变。军队内部分裂为企图以武力改造国家的皇道派和主张以合法手段建立军部霸权的统制派。1936 年 2 月 26 日，皇道派发动军事政变，杀害了三名内阁大臣，重伤侍从长，并占领首相官邸以及陆军省等中枢机构。这时统制派以奉"天皇赦令"为名，镇压了政变，然后清洗皇道派，掌握全部军权，开始改组体制，对国内民主力量残酷镇压，加速建立绝对主义天皇制，接着发动了全面的侵华战争。2·26 事件实际为日本法西斯开辟了道路，使日本跌入了战争的深渊。本来事件发生时，三岛年纪尚幼，并没有更为清晰的记忆。但他肯定了这一事件，认为那些献身的青年军官是反对政党腐败和经济衰退、进行民主改革、以一死来救国的英雄。因此他赞美的不是事件本身，而是参加政变的青年军官"灵魂的沸腾"。以 2·26 事件为背景，他写了《忧国》、《十日菊》、《英灵之歌》三部曲。他说："《十日菊》描写受狙击而苟生的人间喜剧的悲惨。《忧国》描写自刎的人间至福和美，前者试图表现对生的无垠的、半死不活的拷问，后者试图表现接连死的生的火花似的爆发。《英灵之声》则描写死后的世界，试图表现受狙击被杀的人间苦难的悲剧。2·26 事件是一座塔，我就是从三个侧面来观察它的。"《忧国》中描写了事件失败后禁卫步兵中尉武山信二与新婚妻子双双自尽，他们是在纯真的爱欲享受中幸福死去的，正如一位日本学者所言："《忧国》体现了三岛美学的基本结构，即死与生的最充实的瞬间因微妙地重叠而固定下来，死、美与幸福在一瞬间融合了。"

素有鬼才之称的三岛没有停住文学的脚步，而是向最高峰挺进。酝酿十年时间创作了皇皇巨著《丰饶之海》，由《春雪》、《奔马》、《晓寺》、《天人五衰》四卷组成，三岛在每一卷描写一种人生，共写了四种人生，背景和故事完全独立，但是每一卷又用托梦和轮回的形式作为线索将四卷连接在一起，集三岛文学美学之大成。三岛把写作这个小说系列作为他毕生的事业来看待，所以这些作品在他的生命中至高无上。《春雪》和《奔马》出版后获得了好评，而后两卷作品评论家却反映冷淡，并不是因为作家的作品不好，而是因为三岛正热心率领右翼团体盾会训练，鉴于三岛的政治观点，评论家只好尽量避而不谈。

也许对于小说家的三岛来说，他已经达到了创作的完美，以后便是生命的完美了吧。早在短篇小说《忧国》中三岛就描写了一个军人壮烈的切腹之死，还在作品中捕捉所谓切腹自杀的行动的美，他还说过要"趁肉体还美的时候就自杀"。经过四年的周密考虑，细致准备，他在媒体上大肆渲染，对所有的死的步骤进行了详细的演练，决定赴死的前几个月还举行了辞世宴。行动前两天，他和共同行动的四个盾会（三岛于1968年组织成立）会员在一个房间里作了自杀全程的预演。

1970年11月24日下午三点左右，三岛打电话告诉编辑第二天10点来拿稿子，这让编辑大吃一惊，因为她以为全部完稿还要一年多呢。三岛回到家里，和往常一样关在书房里完成了《丰饶之海》四部曲的最后一部《天人五衰》的最后一章，他写完了这一章的最后一句话："这个庭院里空空荡荡的，本多心想：自己来到了一个既没有记忆，也没有任何他物的地方。庭院沐浴在夏日的阳光中，一派静寂……"然后他端端正正地写上了"三岛由纪夫、1970年11月25日"，放在信封里。

11月25日，三岛早早起床，没有与妻儿做特殊的告别，妻子也和平常一样送孩子去上学。他精心洗浴，穿上日本传统服装，带上短刀匕首，写下了"生命诚有限，但愿能永生"几个字，留下请编辑来取的遗稿，给几个记者打电话，嘱咐他们带上照相机去拍照。三岛一行于11时准时到达总监部，总监副官在门口迎接，到了总监室，还和总监谈笑风生，总监还欣赏了三岛带来的

三岛在市谷自卫队总监部阳台讲演

17世纪的精品日本刀。然后突然间三岛他们绑架了总监，三岛在额头缠上白头布，白头布中间画着太阳，红太阳两侧写着"七生救国"四个字，他挺胸叉腰以盾会会长的名义向自卫队员们发表演说，煽动他们起来战斗，修改宪法，结果遭到了自卫队员的嘲笑，在他们的哄声中三岛结束了他声

嘶力竭的演讲。接着按照事先安排好的程序，回到总监室，在地毯上正襟危坐，用短刀刺破手指，在事先预备好的纸上写下一个"武"字，抛笔后，将短刀捅进了左侧小腹，三呼天皇万岁，做了最后一次深呼吸，说道："下刀吧，不要让我太痛苦了。"然后垂下头，请求他的同伴补刀，按武士的习惯替他砍下头颅。于是他的同伴对他补了三刀，三岛身首异处，时年，四十五岁。新闻记者涌进总监室，从不同角度进行报道。12 点 20分，这场死亡演出落下了帷幕。

日本各家电台、电视台连篇累牍播出三岛的新闻，三岛妻子在回家途中听到了这一消息无法相信这是事实，直到进了家门，确认丈夫不在家，她才相信了。三岛的父亲正在茶室观看午间新闻，看到这一报道时，眼前一片茫然，他还寄希望于儿子在医院获救，直到朋友打电话来，他才知道了真相。三岛的母亲在街上听到了这一消息，勉强支撑到家，就晕了过去。三岛的恩师川端康成在下午两点二十分身穿丧服，从镰仓赶到东京的现场，又到三岛家吊唁，全过程未说一句话，只是后来发表了一篇短文说："关于三岛之死的行动，现在我只想保持沉默。"

对于三岛由纪夫的死，历来众说纷纭，作家余华所言也许较为中肯，他说："三岛由纪夫混淆了全部的价值体系，他混淆了美与丑，混淆了善与恶，混淆了生与死，最后他混淆了写作与生活的界限，他将写作与生活重叠到了一起，连自己也无法分清。"

对于三岛的死，日本举国震惊，举行了大规模的哀悼和国葬，浩浩荡荡的人流在贝多芬第三交响乐中为他送别。但富有讽刺意味的是，当他实践着日本传统文化中"残酷的美"、"完美的死"的同时，仍然脱不了演戏的味道。然而，用自己的生命作演出，又使三岛的死具有一种悲壮的意味和无法言说的神秘情怀。

31. "丧失为人资格"的太宰治
sàng shī wèi rén zī gé de tài zǎi zhì

无赖派最有代表性的作家是太宰治，他也是文学成就最高的无赖派作家。

太宰治，本名津岛修治，1909 年 6 月 19 日出生在青森县北津郡金木町农村的一个贵族地主家庭，他的家庭是当地远近闻名的名门望族。王宫似的豪宅，标有家徽的马车，穷奢极欲的生活，足以让年幼的他为之自豪。在这样一种家庭氛围中，享受种种优待的太宰治很自然滋生出一种"名门意识"，这种意识使他终生都向往成为真正的贵族，进而形成了他的贵族资产阶级世界观。当后来日本大贵族和大资产阶级发动的侵略战争彻底失败后，他亲身体验到自己所出身的家庭的日益衰败，颓废、绝望情绪油然而生，于是他的一生，都在一种留恋与背叛、依赖与批判的矛盾情绪中挣扎。

可实际上所谓的名门望族是靠投机买卖和高利贷发家致富的暴发户，所以，"我的老家没什么值得夸耀的家谱"，"我家一个思想家也没出过，一个学者也没出过，其实仅仅是个平凡的、普通的农村大地主"（《苦恼年鉴》）。加之正是因为家庭的富足，他作为家里的第六个儿子，从小就被丢给了保姆阿竹，从未体验过父母强烈的爱。而且在他的心目中，父亲不但不是一个慈爱的亲人，相反是一个非常可怕的人物。这些都使他有一种"家庭多余人"的感觉，他感到了一种被世界抛弃了的悲哀。他小的时候曾怀疑自己不是父母的亲生孩子，甚至还查文书、询问亲人，家里人都觉得这孩子有点怪。"多余人"的感觉，从某种意义上说，使太宰治从小就有了一种在现实之外审视社会和人生的目光，旁观者清，使他看透了人世间的冷漠和虚伪。世界抛弃他的同时，他也拒绝了外在世界，因而形成了他内心世界与外在世界的隔膜和分裂，使他很容易就龟缩在自己的心灵世界，编织属于自己的童话。

他继承了母亲柔弱的体质，体弱多病，非常敏感，总觉得自己在家里孤独寂寞，他渴望别人的爱，所以很小的时候他就善于伪装自己，以期引起众人的注意，因此形成了他脆弱、敏感、追求完美、自尊与自卑相混合的性格特点。因为极度的自尊心，他一生都执著于对至善、至美的追求，这种追求是绝对纯粹的，绝容不得半点瑕疵。但这种追求缺乏现实的基础，一旦遇到挫折，很容易从一个极端走向另一个极端，自尊转变为强烈的自卑，以至自暴自弃，自甘堕落。要么完美无缺，要么彻底堕落，这是太宰治终其一生无法摆脱的宿命。

中学毕业后，他进入弘前高等学校（预科）文科学习。在苦恼的青春期，他的自我意识处于分裂状态，现实与理想的矛盾无法调和，而当他热心于文学创作，开始写作小说时，他惊喜地发现："我终于选择找到了一个寂寞的排泄口，那就是创作。在这里有我的许多同类，大家都和我一样感到一种莫名其妙的战栗。做一个作家吧，做一个作家吧。"（《往事》）此时，他的"无赖派"作风也有所显现。后来他结识了一个女友，对方是一个叫小山初代的艺妓，二人于1931年结婚。

明治初年的无产阶级运动直接波及到了太宰治的家乡，津岛家成为无产阶级运动的对象。太宰治认为自己作为地主的儿子，是"民众之敌"，这种想法压迫着他，使他产生了一种负罪意识，出于赎罪意识和一种好奇心，他参加了左翼运动，出席秘密集会，学习马克思主义。在他看来，共产主义运动的兴起仿佛是一盏明灯照亮了黑暗的现实，这一时期他创作了《学生群》、《一代地主》等带有无产阶级色彩的作品。但同时，他依然无法摆脱社会"多余人"的绝望感，曾经尝试自杀，1929年12月10日他吃下大量的安眠药，只是昏昏沉沉睡了一觉，并没有结束生命，否则文坛上就不会有这位著名无赖派作家的大名了。

1930年春天，太宰治进入东京帝国大学学习法律。在大学期间，他几乎不到学校里上课。他依然热衷于左翼运动，然而太宰治并没有认真研究过共产主义，只是因为共产主义否定现实便投身其中，"总之，与其说是运动本身的目的，倒不如说运动的外壳符合我的口味"（《丧失为人的资格》)。为了准备武装起义，他还特意在衣袋里装上一把刀子。但作为大地主的儿子，他投身革命的那种赎罪意识不足以使他成为真正的革命者，而只能作为革命的对象参加革命，以清算封建家庭的罪孽。他虽然参加了革命，但他并没有真正信仰马克思主义，他认为马克思主义只是一种知识修养而已，而且他是由于个人伦理的原罪意识来参加革命的，这都决定了他的革命一旦遇到挫折，必然要半途而废。不久，他被警方抓住，倒没费什么力气，他就自首了。他日后回忆说："在一个没有月亮的夜晚，我一个人逃跑了。剩下的五个伙伴都丧了命。我是大地主的儿子。地主也没有例外，都是你们的敌人。我等待着对叛徒的严酷惩罚，我等待着被消灭的日子。"革命运动的挫折感和背叛感更加加重了他的负罪意识。

如此罪恶的自己只有毁灭一条路可以走了，他不仅要毁灭自己，而且还要扩大"恶"，从内部来使旧的秩序彻底崩溃，为了新时代的诞生，为了他人，他决定努力毁灭自己，以此从反面来肯定自我的价值，这就是太宰治的"无赖"哲学。对于他来讲，唯有死亡才是真正彻底的毁灭，所以他还要自杀。在东京他结识了一个名叫田布品子的酒吧女招待，两人情意相投，同病相怜，刚刚相识了两天，两个人就一同跳进了镰仓附近的海里，结果女人死了，他却被别人救了起来。因为这件事，他被警察拘留，以"帮助自杀罪"被提审，最终受到了缓期起诉的处罚。这无疑又加重了他的负罪感。

革命受挫，自杀不成，他对社会、家庭、女性、自我都感到绝望。他想：还是死掉好，不仅仅自己死掉，所有阻碍社会发展的人都应该死掉。所以他琢磨着自杀。在这种死亡情绪的驱使下，他恢复了因为参加革命运动一度中断的文学创作，动手写起了一篇文章，取名为《回忆》，试图回忆他二十四岁的人生历程，"试图毫不保留地写出自己幼年的罪恶"，他将该文称之为"遗书"。不料，《回忆》一下子激起了他的写作欲望，促使他接连不断地写下去，一口气写了十五篇，这些"遗书"在1936年出版了单行本，取名为《晚年》，这是他的处女作作品集。他在文学作品中企图为自己的"罪恶意识"辩解，使自己的行为正常化，但他的批判意识又每每被自我主张的行为所攻击，这种自我辩解与自我批判虽然在文学作品中暂时得到和解，但在现实人生中，不可避免造成了太宰治的人格分裂，在《逆行》、《丑角之花》、《虚构的彷徨》、《20世纪旗手》等作品中，众多的主人公也都是作者的分身而已。

1935年，他因为经常缺课，没有获得大学毕业资格。他前去报社参加应聘考试，由于成绩不合格而没有被录取，在苦闷中他又想到了自杀，结果这次上吊也没有成功。后来，他因为腹痛作了手术，术后吐血，为了止疼，医生只好给他注射麻醉品，结果他上了瘾，再也离不开麻醉品了。为了治疗麻醉品中毒症，他进了精神病院，这对他打击非常大，他觉得"自己丧失了为人资格，自己完全不是人了"。这时他的妻子——小山初代又给了他重重一击，她与一个画家成了情人。太宰治决定给小山初代自由，但没想到不久那个画家就抛弃了小山初代，太宰治转而同情小山初代，又想和她一起自杀，结果他没有达到目的。最后他终于和小山初代分手。

1935年8月，他的小说《逆行》被推荐为第一届芥川文学奖候选作品，但没有当选。1936年6月，他的小说集《晚年》出版，举行出版庆祝会的时候，太宰治激动万分，泪流满面。从这件事，我们也可以看到他绝非一个冷漠的不关注他人的人，实际上他活着的主要目的是向人间求索爱，并通过他人来证实自己存在的价值，他希求人们的肯定，需要人们的信赖和爱。

1938年，他三十岁的时候，生活出现了转机。由于身体渐渐康复，他决定以文学创作作为终生职业，不久他和石原美知子结婚，走出了青春期的彷徨和混乱，开始了婚后的宁静而安定的生活。对于太宰治的一生来说，那是一段难得的明朗和健康的时期。这期间他创作颇丰，有《富岳百景》、《女人决斗》、《东京八景》等作品问世。可惜好景不长，"二战"爆发了，他因为肺部有病，被免于征兵，但还是要参加军事训练。战争最为激烈的几年，因为不断地躲避空袭，生活无法安定，但他还是创作了《正义与微笑》、以留日期间的鲁迅为主人公的《惜别》等小说。

1945年，日本宣布投降，他对战后混乱的状态极为反感，创作了被誉为无赖派代表作的小说《维永的妻子》、《斜阳》、《丧失为人的资格》等作品。《斜阳》以没落贵族家庭为中心，形象地刻画了几个典型的"无赖派"。该书在日本引起轰动，以致产生了"斜阳族"这一流行语，"斜阳族"专指那些没落的贵族阶层。又如"丧失为人的资格"不仅是小说题目，也成了人们带有特定意义的日常用语。《丧失为人的资格》是太宰治具有自传性质的小说，是他的人生和艺术的总结。这些作品都采用了自白的形式，描写了无赖派成长的过程，尤其是他们的精神成长轨迹。

《丧失为人的资格》的主人公大庭叶藏的一生是失败的一生，他最终"丧失了为人的资格"，太宰治的一生又何尝不是如此呢？《丧失为人的资格》正是他们在精神上失败的记录。肺结核病的纠缠，人生的一次次失败，使太宰治无法逃脱死亡的阴影，但他不愿平凡地死去，他要自己选择死亡。在他看来，面对黑暗的现实，只能选择像耶稣那样为人类赎罪的方式，因为死是对自我最后的完善，死意味着永恒，现在唯一能做的，就是以死来实现永恒、绝对和至善，以死来拯救现实世界。1948 年 6 月 13 日，他和最后一位情人山崎富荣突然失踪。五天后，人们在玉川上水的桩子上发现了他们紧紧拥抱在一起的尸体，这一天，恰好是太宰治三十九岁生日。

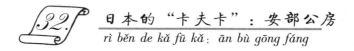

32. 日本的"卡夫卡"：安部公房
rì běn de kǎ fū kǎ：ān bù gōng fáng

日本小说家、戏剧家安部公房（1924 — 1993）的母亲是位从事无产阶级文学创作的作家，父亲在中国的沈阳满洲医科大学任教。在他出生的第二年，即 1925 年，举家从东京迁到了沈阳。安部公房在沈阳读了小学、中学。上中学的时候，他几乎每天放学后都要背着书包，只身一人到大西门和大东门之间的皇城根下逛一逛，那里旧货摊上的小玩意古色古香，富有中国韵味，让他流连忘返，沉浸在异国情调中。1940 年，中学毕业后，他独自一人回到日本，入东城高中，攻读理科。不久因为得了肺病，又回到了沈阳的父母身边，疗养了一年。1942 年春，再次回国复学。此时日本战争气氛更加浓厚，学校也加强了军事训练，他十分厌恶。在动荡的年代中，安部公房开始接触尼采的超人哲学，海德格尔的存在主义哲学，并倾倒于陀思妥耶夫斯基和卡夫卡的文学创作。尽管他爱好文学，但他还是子承父业，于 1943 年考入东京帝国大学（今东京大学）医学系。1944 年，日本战局日益紧张，终于发展到全国总动员和全面征兵的地步，他意识到日本将很快战败，加上思亲心切，就伪造了一份肺结核的诊断书，递交给东京大学医学系后，擅自离校回到了令他魂牵梦绕的沈阳。1945 年，日本无条件投降。大乱之后必有凶年，是年东北流行斑疹伤寒，安部的父亲在抢救病人时受到感染不治身亡。他与母亲被遣返回北海道石狩川流域的祖父母家，不久，安部回到东京继续学业。

童年、青少年时期作为一种具有强烈个性的精神经历，对作家独特创作个性的形成、作品深层意蕴的构成，往往有着不可低估的作用。安部从出生到二十一岁，始终在出生地、成长地和原籍地之间漂移不定。出生地也好，原籍地也好，对于它们，在他情感的内核里总涌动着某种憎恶和无奈。他大部分青少年时光是在沈阳度过的。在这里，他品味过少年的多愁善感，向往过自由不羁的生活，甚至曾想去做个中国的绿林好汉，而且还不是简单地想一想，他很认真地拜托过一位与"胡子"有些联系的中学同学的父亲代为斡旋疏通，试图走进绿林好汉的生猛世界，却未被理睬。这当然都是些不切实际的浪漫幻想。成年后的安部性格率直热烈、任性而为、狷介疏狂，倒颇有点绿林好汉的影子。无论如何，安部念念不忘这个梦想，终于在处女作《终道标》中圆了自己的梦。《终道标》描写了一个日侨青年在日本战败后，阴差阳错混迹于中国绿林，在刀光剑影、阴森恐怖中苦苦挣扎、求生的故事，这部作品形象地表现了安部当时的迷惘心态。也正是在沈阳，他啜饮了国破家亡的苦酒，父亲的去世，使他完全丧失了对恒常的信赖。沈阳，对于安部来说，是他眷恋神往而又一言难尽的地方，是灵魂中一个复杂的存在。它是灵魂的归宿吗？不，它是异国他乡！所以安部自己说，写自传开头总是无从下笔，因为他是一个没有故乡的人。

安部回到东京，继续学业，同时还写诗，自费出版诗集。战后初期，他生活贫困，半工半读，靠卖咸菜和煤球来求学度日。毕业后他弃医从文，没有固定的职业。肉体的苦痛还可以忍受，战后现实的沉重气氛却让人喘不上气来，"大日本帝国的"的声威和所依存的社会秩序土崩瓦解，人们普遍感到无法把握历史的进程和个人的命运，抑郁、苦闷、彷徨，成为一种时代心理。20世纪50年代，日本社会开始摆脱战后的阴影，从混乱、贫困中挣脱出来，经济进入高速发展阶段。社会虽然相对稳定，但依然存在着新的矛盾，如资本主义社会大危机和核武器对人类的威慑，人们生活里仍然充满着荒诞、异化、扭曲和丑恶，人越来越陷于孤独之中。也许日本战后两个转型期（战后投降和经济高速发展）的现实以及他对现实的深刻了解，使安部越发疏离了日本，"异乡人"的感觉也越发突出。这不禁让我们想起了卡夫卡，卡夫卡一生体验的不是孤独，而是一个外来者的尴尬，这是更为深远的孤独，他不仅和这个世界格格不入，也和他的自我格格不入。卡夫卡和他那个著名的主人公K都没有获得主人身份，一生都在充当着"异乡人"的角色。也许正是这强烈的异乡感使安部与那个德国前辈穿越时间和国界，心意相通。

1951年，他创作了成名作《墙——S. 卡尔马氏的犯罪》，获得第二十五届芥川文学奖；短篇《赤茧》获战后文学奖；剧本《幽灵在此》、《朋友》分别获岸田演剧奖和谷崎润一郎奖；1962年的长篇小说《砂女》获第十四届读卖文学奖，译本获法国的最优秀外国文学奖。除此以外，他还创作了在日本现代文学史上占有重要地位的《箱男》、《他人的脸》、《燃烧的地图》，以及短篇小说集《饥饿的皮肤》、《闯入者》等。

《墙——S. 卡尔马氏的犯罪》中公司职员卡尔马一觉醒来，突然忘记了自己的名字，他急忙去翻名片、信件、身份证以及任何有名字的地方，但一无所获，名片不知去向，其他一切应该有名字的地方全部变成了空白。他急忙去了办公室，却发现他的名片取代了他的位置。因为失去名字这个象征符号，他被认定是犯了罪，成了异端，他的名片、眼镜、钢笔纷纷起来造反，他被人拦追堵截，又被一堵墙包围着。他一片茫然，"不久，他的手脚和头部像被钉在鞣皮板上的兔皮那样被伸长，他的全身终于变成一堵墙。一堵实实在在的墙"。《赤茧》中写道，天刚刚擦黑，人们匆匆忙忙往家奔的时候，"我"却无家可归，高楼林立，却没有一间属于"我"的，"我"只好漫无目的不停地走下去，不知什么时候，"我"渐渐变形了，消失了，最后栖身于一个巨大的空赤茧中，空赤茧成了"我"无人打扰的"家"，可这世界上也少了一个寻找归家之途的"我"。《砂女》描写的是，一个中学教师仁木去沙漠地带采集昆虫，被当地居民关进一个寡妇的沙穴里，强迫他们姘居。《箱男》中一个男子钻进了厚纸箱里，希望这样可以获得一张永远不存在的证明，因为他以为盖上盖子后，他就能成为谁也不是的存在。人类不断失去"故乡"，失去生存空间，因此安部所设定的"墙内"、"茧内"、"砂穴内"、"箱内"，都是自我囚禁离群索居的形式，人被变形为"墙人"、"茧人"、"砂人"、"箱人"，这是外部世界和内心世界的双重异化，小说传达了人生境遇中某种精神焦虑和两难处境，读者可以从中洞察人类沟通的艰难。安部的创作无法不让人想起卡夫卡笔下《变形记》中的格利高尔。

同时，安部的文学世界深深扎根于日本的现实，这决定了他不像卡夫卡那样彻底地绝望，在他的绝望中，总有希望之音。《墙——S. 卡尔马氏的犯罪》中卡尔马成为"墙人"的时候，还盯住墙想看个究竟。《砂女》中的仁木执意要摆脱砂穴，展现了人在命运面前的不甘屈服、勇于反抗、知其不可以为而为之的永恒悲剧；后来仁木主动放弃了，妥协了，他发现在闭塞的情况中仍然有生活下去的新的可能性。箱男在梦中醒悟到：为了那张不存在的证明，他究竟还能忍耐到什么时候呢？最后他好歹摆脱了箱子，他将走向何方，是继续以前的梦呢，还是去做新的梦？作家通过一个又一个超现实的故事，来反映充满异化的世界，而且还在不断地寻觅和探索人生的真理。尽管这种探索是艰难的，但这意义是无法否决的。正如有人评价说："不论现实成为怎样的墙，成为怎样的不合理的存在，都不会逆转过去的价值。相反地是注视着墙，与墙斗争，毫不畏惧地踏进展现在墙内的未知领域，这样才能证实人类精神的自由活动——安部公房的许多作品都是富于这样的教诲的。"

安部曾做过《永恒的卡夫卡》的演讲，他的主题和风格都酷似卡夫卡，他和卡夫卡都用象征和寓言的方式书写现代人的孤独：人一旦有所归属，就会丧失自己的"故乡"，失去自我的存在。但毕竟安部是以自己亲身经历的战争和战后日本人的生存状况为基础的，所以他在作品中演绎的是日本人当下的精神困境，展现的是日本式的思维方式和艺术风格，因此，他是"日本的卡夫卡"。

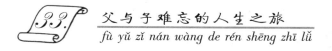

父与子难忘的人生之旅
fù yǔ zǐ nán wàng de rén shēng zhī lǚ

1963 年，是日本作家大江健三郎人生与文学创作的重要转折点。这年的 6 月，他的长子光出世了，喜得头子本应该是件令人高兴的事，然而现实又是如此残酷、无情：婴儿的头盖骨先天异常，脑组织外溢，濒于死亡，躺在玻璃箱中，几乎无望恢复。年轻的父亲望着自己可怕的孩子，无论怎样祈祷上苍，都无能为力。孩子虽经治疗免于夭折，却留下了无法治愈的后遗症。作家心碎之余，茫然不知所措。这年的 8 月，他去广岛参加原子弹爆炸后果调查，走访了许多爆炸中的幸存者。这两件与死亡密切相关的事件电闪石光般击中了大江的心灵，残疾儿出生，这是个人的不幸；核武器爆炸，这是人类的不幸。核武器的悲惨后果与脑功能障碍的儿子问题很自然地联系起来了，死亡的危险正经常性地显露出来，如何面对人生的荒谬、无可逃脱的责任、人的尊严、日本的现实？自己今后还能继续写小说吗？如何开始今后的创作？怎样继续未来的人生？他深深地思索着这些问题，最终认识到："小说必须给人以勇气，必须鼓舞人们奋发进取，要以广岛人为榜样，和残疾儿子一起顽强地生活下去，并把和光共命运的生活作为主题，鼓励他勇敢地与命运抗争，成为自强自立的人。"他和妻子根据英语 Light 的含义，给儿子起名叫光。

1994年获诺贝尔文学奖时的大江健三郎。

从痛苦中挣扎出来，1964年大江先后创作了短篇小说《空中怪物阿归》和一部长篇小说《个人的体验》。《个人的体验》中主人公鸟面临残疾儿的生死抉择时，起初想尽办法逃避现实，不打算救孩子，希望婴儿自然死去，可他终于在长时间的痛苦之后醒悟，挽救了婴儿的生命，并下定决心要和他共同满怀希望、坚韧不拔地活下去。与之相反，《空中怪物阿归》里，主人公不仅没有救活婴儿，自己也自杀身亡。这也许就是在作者脑海里久久盘旋的矛盾念头的再现吧。《万延元年的足球队》（1967）也是表现残疾人的长篇小说。在这部传奇小说里，蜜三郎与妻子菜采子以及弟弟鹰四一起回到故乡四国的群山中，他们卖掉百年老屋，并寻找这座老屋所象征的祖先的谱系。早在万延元年（1860）的农民起义中，他们的曾祖父，身为村长的老屋主人和身为起义军首领的弟弟，相互争斗，最后哥哥杀死了纵火焚烧老屋的弟弟。为了把村里的年轻人组织起来和朝鲜人抗衡，鹰四用卖老屋的钱组织起一支足球队，蜜三郎却从弟弟身上看到了潜伏于曾祖父弟弟身上的暴力基因。鹰四抢劫朝鲜人超级市场的计划失败后，承认了自己奸污白痴的同胞妹妹并在其怀孕后逼其自杀的兽行，随后自己也自杀身亡。而蜜三郎和菜采子之所以回故乡，其实是因为他们生下了一个白痴残疾儿，如果在东京继续生活下去，夫妇二人将面临精神崩溃的危险，为了躲避这一危险，他们才决定与鹰四一起返回故乡。经过这段故乡的生活，蜜三郎和妻子决定接回自己的白痴儿，并收养了鹰四的孩子……作者以自己的故乡为舞台，一个世纪前的农民起义，祖祖辈辈居住的深山，紧张龃龉的兄弟关系，孩子的残疾，现实与虚构都交织在一起，借以表达作者的焦虑：人类如何走出那片象征着核时代的恐怖和不安的"森林"。

核问题是大江作品中的常见题材，如《广岛日记》（1965）、《核时代的想象力》（1970）、《遭受原子弹爆炸后的人类》（1971）、《洪水淹没我的灵魂》（1973）等系列作品都涉及了核问题。长篇评论《广岛日记》中，大江写道：广岛的医学工作者，尽管他们本身也遭到原子弹轰炸的伤害，但仍然同那些身负轻伤的人们一道，投身于医治受原子弹伤害的患者的工作中。对这些医生和护士而言，当他们开始医治伤者时，不可能从医学意义上了解核爆炸给人们肉体带来了怎样的伤害，但他们不断地摸索着，不断地获得医疗上的实际效果，在这种努力中，创建并推进了包括针对白血病的治疗方法在内的医学，比如对切尔诺贝利核事故放射能造成的伤害进行医治的方法。而那些放射能受害者又是怎样地从医学、经济以及人权等领域的痛苦中恢复过来啊！甚至在遭原子弹轰炸多年以后，他们还不断有人因为放射能障碍而被迫与疾病作斗争。尽管如此，他们却从不曾忘记作为广岛幸存者（长崎的幸存者们也是如此）对社会所担负的责任。

大江被广岛人深深地感动了。他始终认为，广岛和长崎的那些放射能受害者所发起的废除核武器的社会活动，是日本人面向21世纪的世界所显现的最为重要的行为，并一再表示："广岛和长崎的核问题是我最大的主题。"

1983年，大江出版了系列小说集《新人啊，醒来吧》，这本书的各篇小说名都取自英国诗人布莱克（1757—1827）的诗句，作者有意讲述了自己的个人生活，尤其是自己和残疾儿二十年来共命运的遭遇，但又绝非单纯记述自己和残疾儿的经历，而是力图通过布莱克富有寓意的诗句，将残疾儿的生活与在核威胁下人类的命运联系在一起。他在《灵魂如星，降向跗骨》中写道："残疾儿是不会站在制造和使用核武器一边的，他们的手显然不会沾染上核武器。而且当他们所居住的城市受到核攻击时，他们也将是最容易受害致死的，他们具有反对核武器的正当权利。我看到坐轮椅到广岛参加反核大会的残疾人以及帮助他们的学生，印象深刻。"作者通过作品一次又一次地向人们提出：在核武器威胁着世界安全的今天，人

类如何超越文化等种种差异而生存下去？

大江用现代派的手法表现着人类生存的沉重主题：核威胁下人类的未来，身为残疾儿父亲的苦乐悲欢。作为一个专修法国文学的学生，大江从萨特那里学到了参与社会的人生态度。他一方面深入个人的内心世界，坦率地描绘处于内心状态之中的自己；另一方面，通过直接接触广岛的放射能受害者们的思想和行动，面向社会，进而面向世界、开放自我。二者经常同时存在于大江的文学世界中，他反复将个人的内部这个课题与面向社会和世界开放自我的课题重合在一起，创造出了独特的大江文学。他超越了语言和文化的差异，越来越得到世人的瞩目，五十九岁时获得诺贝尔文学奖。

瑞典文学院在评论他的作品时认为，作者"本人是在通过写作来驱除恶魔，在自己创造出的想象世界里挖掘个人的体验，并因此而成功地描绘出了人类所共同的东西。可以认为，这是在成为脑残疾病儿的父亲后才得以写出的作品"。大江常常回忆起往事，他曾经说过："随着头部异常的长子的出世，我经历了从未感受过的震撼。我觉得无论自己曾受过的教育还是人际关系，抑或迄今所写的小说，都无法支撑起自己。我努力重新站起来，即尝试着进行工作疗法，就这样，开始了《个人的体验》的创作。"他从内心的痛苦出发，与外部的现实相结合，通过微观、局部的人类生活来表现具有普遍意义的社会问题。

大江苦心经营着他的文学事业，也含辛茹苦地抚养着光，为光的每一次癫痫发作而揪心。光似乎是一无所知地永远处在混沌之中。日子平淡而又艰难地滑过，大江却没有放弃，他坚信儿子与父亲总有心灵相通的地方，儿子总有他存在的价值。他细心地观察光，关注光的每一点感觉、每一个行为。幼年的光只对鸟声有所知觉，而对人类的声音和语言全然没有反应。在他六岁那年夏天，全家人去山中小屋度假，当听见小鸡的叫声从对面的湖上传来时，光竟然模仿野鸟叫声的唱片中解说者的声音说："这是……水鸡。"这是光第一次用人类的语言说出的话语。由此大江发现光对声音极为敏感，进而他发现了光的音乐天分，上帝几乎关上了光所有感知世界的门，悄然间却也为光留了一扇窗，光在音乐方面具有奇特的才华。现在，光能够自立了，在为残疾人设立的职业培训所工作，而且已经是一位颇有造诣的作曲家了，他创作的音乐正在为越来越多的人所欣赏，正在治疗着许多人心灵的创伤，鼓舞着他们自强自立。大江感到无比的喜悦，光的音乐驱除了他的苦闷与担忧，父亲在儿子纯净优美的音乐里享受到了美妙，感到了人生的意义。

有人曾经对大江说过："我认为没有大江光君，也就不会有你大江文学。"大江深有感触，他说："后来，我渐渐地认识到，的确如此。因为我从年轻时就开始写小说，那是脱离现实仅靠才能搞创作的。所谓的才能也是很滑稽的，就是光看书，然后把从中学到的东西用于自己的创作，即从书本中到书本中去的作家。所以，我想，如果按此方式写下去，肯定会走进死胡同的，这是毫无疑义的，也许二十多岁就已经挂笔了吧。当然，我没有芥川龙之介那样的才能，甚至芥川那样的才子顶多只能写到三十岁，人所共知的三岛由纪夫不是四十五岁就结束自己的一生了吗？"

在大江会客室兼工作室的书斋里，大江的大写字台正面朝向室内斜放着，为的是抬眼就能看到写字台前习惯就着一张椅子写写画画的儿子光，光的三张 CD 中的某些曲子就是在那张椅子上谱就的。大江健三郎与大江光，父与子，喜与悲，幸与不幸，成功与失败，人生之旅的深情，人生之旅的莫测，就这样展现在人们面前，这就是人生的魅力。

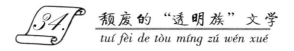

34. 颓废的"透明族"文学
tuí fèi de tòu míng zú wén xué

继"太阳族"之后，在 20 世纪 70 年代下半叶日本文坛出现了以"透明族"为代表的颓废文学。

从中上健次的《岬》开始，到村上龙的《近乎无限透明的蓝色》、池田满寿夫的《献给爱琴海》，形成了一个新的文学流派——透明族。"透明族"是一批年轻的作家因为不满现代封闭的世界，为打破它的沉闷而出现的一个文学流派。这些年轻的作家认为如果日本的作家们不从内容到形式

上进行创新，艺术创作就会枯萎衰竭。因此他们主张彻底打破旧的文学传统，从自我的立场出发，追求所谓的"精神自由"、"个性解放"，乃至"性的彻底解放"。他们用非理性的形式主义的创作方法，通过对自我虐待的描写，来展现一种虚无的绝望和反常的心理，这也是日本70年代的一个创作倾向。

中上健次（1946—1992）是在70年代中期登上日本文坛的。他高中毕业以后，一边从事劳动，一边进行文学创作。刚刚二十岁出头，他的作品就已经三次被列为芥川文学奖候选作品了。1975年，他终于以《岬》获得了芥川奖，成为近十年来首次在二十多岁就获得此项殊荣的新作家。所以作家自己也说："我们是幸运的，是幸运的一代，既没有被战争驱使过，也未曾体验过母亲常常提起的B29轰炸的灾难和恐怖。"但他的作品并没有描写欢乐，而是充满了孤独和不安。当他从事文学写作的时候，他首先感到的是人生意义和日常生活意义的丧失，自己无法找到人生出路。但他必须要在生活和写作中确立生活的原点，于是他将文学创作的着眼点放在了神秘的血缘关系上。

1975年出版的《岬》是中上健次进行人生和文学探索结出的第一个硕果。小说中的主人公竹原秋幸的家乡闭塞得让人喘不过气来，人们像虫豸一般地生活。秋幸的父亲滨村龙造又是一个到处拈花惹草的放荡之徒，子女众多，秋幸就是他与其中的一个女人发生关系生下来的孩子。有一天，秋幸的大哥喝得酩酊大醉，拎着把菜刀在门前叫骂，不久大哥就上吊自杀了。后来秋幸的姐姐也因为家庭矛盾和疾病缠身而精神失常。秋幸对此困苦不堪，也许是为了弄清自己身上到底流的是什么血，他去寻访龙造和妓女所生的女儿。

两年以后，中上健次又出版了长篇小说《枯木滩》。《枯木滩》可以说是《岬》的续篇。描写的就是《岬》两年之后的故事。秋幸已经是二十六岁的青年了，担任哥哥文昭经营的土建承包商竹原组的作业组长，从早到晚不停地干活，但他仍然无法摆脱因为血缘带来的精神折磨。因为他不知底细，和自己同父异母的妹妹发生了关系，这像梦魇一样死死纠缠着他，使他非常痛苦。为了摆脱沉重的压力，他终于鼓足勇气向父亲龙造说明真相，希望激怒龙造，让龙造处罚自己。没有想到龙造只是毫不在乎地一笑了之，而且还说，"没有办法，这种事儿哪都有"。这无异于给寻找出路摆脱精神困境的秋幸当头一棒，使他更加绝望。过了不长时间，秋幸因为打死了同父异母的弟弟秀雄被捕入狱，这使他陷入沉沦的深渊，根本无法得到精神的救赎。小说以极其动人心弦的笔触，描绘出一幅展现复杂血缘关系的现代神话，荣获第三十一届每日出版文化奖和第二十八届艺术选奖新人奖。

中上健次每年都有新作品推出，如 1978 年的《化装》、1979 年的《水女》、1980 年的《凤仙花》、1987 年的《火节》、1989 年的《奇迹》等作品。1992 年的《轻蔑》是他生命中最后一部重要小说。作者力图在作品中表明，即使在资本主义高速发展的现代，人类依然难以逃脱传统伦理道德观念的束缚。

尽管中上健次是"透明族"第一个登上文坛的作家，但给"透明族"命名的却是在中上健次之后，第二个登上文坛的新作家村上龙（1952 —   ）。村上龙与中上健次不同，中上以表现传统文化为己任，而村上则着眼于表现以美国为代表的西方文化在日本的传播。村上龙因为曾有过"反体制理想"，高中时代就参加过学生运动，失败后，悲观失望，走向颓废。村上当时是武藏野美术大学的四年级学生，比起中上健次来，他的出场对文坛的冲击波更大。他的处女作《近乎无限透明的蓝色》，1976 年在《群像》6 月号发表后，博得文坛上的一片喝彩，被追捧为日本现代文学的"新高峰"、"划时代的作品"，被认为是继中石原慎太郎《太阳的季节》之后的"又一部轰动日本社会的作品"。《近乎无限透明的蓝色》连续获得了《群像》新人奖和芥川奖，其发行量超过百万册，成为轰动一时的畅销书。不仅如此，两年以后，作者还亲自担任导演将其搬上了荧幕。于是一些文学评论家取其中的"透明"二字，作为这一文学颓废派的标签。很快，在社会上就流行起"透明族"一词。

《近乎无限透明的蓝色》写的是，主人公龙和一群青年在东京近郊美国基地周围过着吸毒酗酒、花天酒地、糜烂虚无的生活。龙和一个吸毒的酒吧女招待莉莉发生性关系，他的同伴们也整日里沉浸在麻醉品、酒和性的寻欢作乐中。一次在酗酒和吸食麻醉品之后，黑人、白人和日本青年男女在众目睽睽之下纵欲乱交。为了弄到贵重物品和麻醉品，龙为美国兵斡旋和介绍性交对象，而他自己也成为美国兵发泄兽欲的工具，酗酒乱交之后，龙和莉莉开车飞驰，即使遭到警察的搜捕也不肯罢手。但热闹喧哗的生活并没有给他带来多少快感，相反他感到一片茫然和空虚，仿佛自己的精神顷刻之间就会垮掉似的。龙逐渐陷入到一种幻觉之中，最后他用摔破了的玻璃酒杯的碎片，划破了自己的胳膊，让鲜血染红了玻璃碎片，他擦掉玻璃碎片上的血迹，透过微微凹陷的玻璃片，映着黎明的曙光，眼前呈现一片"近乎透明的蓝色"。小说没有传统文学意义上的统一的情节线索，更多的是一些梦幻、感觉的碎片，或者是乱交、吸毒、斗殴的冗长的画面，比起"太阳族"的创作，是有过之而无不及。

为什么这样一部作品会在日本文坛引起那么大的轰动呢？首先，它把以城市为中心的世界各地变成了性质相同的存在，即作为现代意识象征的"美国"变成了日本的现实；其次，它把以前只有在外国小说中才能看到的描写挪到了日本，以日本为舞台，以日本人为主人公，那么日本与外国也没什么区别了；最后，它表现的不是战争、战败、战后等与战争有关的社会现实，而是"今日的现实"，当下的现实，尤其表现了日本年青一代的想法。1977年，村上龙发表了另一部小说《大海彼岸战争的爆发》，还是以世界各地变得性质相同的观点为基础试图再现日本"今日的现实"。

池田满寿夫在小说《献给爱琴海》中，描写的是一个日本雕刻家只身留学美国，瞒着在日本的妻子与两个外国女人鬼混的故事。

从中上健次、村上龙到池田满寿夫，颓废派文学在日本文坛，一时之间非常盛行，而且先后获得了在日本有"登龙门"美誉的芥川奖，"透明族"文学也因此被赞誉为"敢于蔑视日本文学传统，体现正在形成的新文学动向"的文学。"透明派"的文学创作确实给日本文坛带来了巨大的冲击，甚至带来了一时的混乱，被称为培育芥川奖之父的永井龙男，还因为对透明族文学的不满愤然辞去了评选委员会委员的职务。

　　尽管透明族文学体现了颓废主义的倾向，但我们应该认识到"透明族"是日本当代文坛，尤其是70年代所不能忽视的文学流派。在"透明族"的笔下，人类精神极度空虚，现实世界漆黑一片，疯狂而混乱中，人成了只有本能冲动的动物。但"透明族"的这种感觉不仅是作家个人的，也是社会的，在灯红酒绿的繁华都市，在荒凉封闭的乡村，以前无往不胜的人类越来越感到自己无所作为，人不知道为什么生活，怎样生活。也不知道将来生活的出路在哪里，充满了世界末日感。可以说，"透明族"文学展现了日本经济高速增长时期人们的精神状态。这就是"透明族"文学得以存在并受到欢迎的原因。

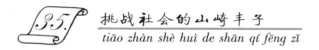

挑战社会的山崎丰子
tiāo zhàn shè huì de shān qí fēng zǐ

　　日本传统文学中社会批判的因素通常是很微弱、含蓄的，在战后几十年间现实主义在新的历史条件下，有了长足的长进。作家对现实生活的认识不断深化，他们不仅重视文学的社会性，而且还加强了社会批判力量，其作品以暴露和批判封建专制主义和垄断资本主义为主要特点。批判现实主义文学在日本被称为"社会派"，这一流派的代表人物除了石川达三外，还有被誉为"女石川达三"的山崎丰子（1924 —　）。山崎丰子1924年生于大阪的一个海带商人家庭，1944年毕业于京都女子大学国文部。大学毕业后，她在每日新闻社大阪本社工作，开始的时候在采访部，后来又转到文艺部。当时正值井上靖担任该社文艺部副部长。山崎丰子在井上靖的指导下，耳濡目染，接受了严格的新闻记者的业务训练，练就了一双敏锐的"新闻眼"。

　　山崎丰子在担任记者期间，渐渐对文学创作发生了兴趣，经常在业余时间创作小说。1958年底，她退出了报社，走上了专业作家的道路。

　　山崎丰子不仅生在大阪，还长期住在大阪，对大阪的生活，尤其是大阪船厂地方的风土人情极为熟悉，所以她对大阪生活的体验和情感积淀非常深厚。比如《暖帘》中她以自己的家庭海带商为模特儿，塑造了勤劳节俭、聪明能干的海带商人形象。《花暖帘》、《女系家族》、《女人的勋章》等大多是描写大阪船场的地方商人，以"商号的力量"谋取发迹的故事，或发迹后招来争夺财产的事件，展现了船场地方经济发展的历史。《吝啬者》讲的是，船场木材批发商的一个学徒工，平素吝啬，发家致富后，还是无法改变吝啬的本性；《船场迷》中写一个五十多岁的妇人，想方设法让自己的女儿嫁到船场，以便挤进商界，可是当真如愿以偿的时候，战后的船场早已今非昔比了。这一系列作品揭示了在"金钱万能"的社会里，人们利己主义意识的膨胀，对物质的无限欲求。由于作家认真研究了船厂商人的举止言谈，因此小说中方言运用得心应手，恰到好处，使作品带有浓厚的地方色彩，这是山崎丰子早期创作的主要特色。

因为她的作品主要取材于大阪，而且从各个方面描写大阪和大阪人的风貌。因此大阪府在 1959 年授予她大阪府艺术奖，用以表彰她对发展大阪文学艺术所做出的贡献。长期的记者生活培养了她的正义感，同时也使她有更多的机会深入社会，而她的"新闻眼"又帮助她更全面深入地了解社会。她进一步对社会中一些带有普遍性的问题进行严肃的探索和思考，试图更准确地抓住这个社会的本质特征，于是她把关注的目光转向了更广阔的世界。20 世纪 60 年代中期开始，她的创作明显地转向了剖析社会问题、揭露社会矛盾的方面。

她在写作中以石川达三的作品为典范，严格遵循 19 世纪巴尔扎克等人开创的批判现实主义传统，以批判揭露社会为己任，着重挖掘现实世界中的各种矛盾和弊端，注重实际的观察和研究，抓住平凡而又典型的生活现象，真实而又细致地加以描绘，正确地表现出典型环境中的典型性格。她的现实主义创作风格逐渐成熟，长篇巨著不断涌现，1965 年出版的《白色巨塔》是山崎丰子创作发生转折的重要标志，此后《伪装集团》、《续白色巨塔》、《浮华世家》和《不毛地带》等小说相继出版，作品或揭露政界和金融界的腐败黑暗，或展示战争及政治灾害带给人们的种种悲剧，显示出作家勇敢的批判精神和旺盛的创作力。从《不毛地带》开始，作家批判的目光已经超越了日本，转向了世界，这种倾向在80年代得到了进一步发展，1983年由新潮社出版的《两个祖国》就是这一时期的新成果。

山崎丰子在创作小说的时候非常重视第一手材料的收集，《白色巨塔》是揭露医学界内幕的，她并不懂得医学，而在她的小说里极为细致逼真地描绘了手术现场和法庭审判，从中我们可以看到作者在调查、积累材料方面是下了很大的功夫的。小说描写了国立浪速大学医学院贿选教授的事件，副教授财前五郎迫不及待要登上教授宝座，他有才无德，不择手段用重金贿赂，终于赢得胜利。在他如愿以偿当上正教授后，为一个患胃癌的病人作了手术，手术开始似乎很成功，但是因为他玩忽职守病人很快死了，病人家属要诉诸法律。但以财前为代表的这一帮人软磨硬泡，使用各种卑劣手段进行抗诉，结果原告败诉。在这里，作家用她那解剖刀一样锐利的笔锋层层揭露了医学院的人物丑态，揭露了博士论文答辩、研究经费分配、学生毕业分配、医学院与药厂的关系等等内幕。原来这样一个道貌岸然的高等学府却是一个藏污纳垢、充满铜臭气的所在。财前为追逐名利，恩师可以踩在脚下，上司要奉承，妨碍自己前途的朋友要排挤踢开，只要有利于自己，什么都能干得出来，而他这样的人居然也飞黄腾达了。小说家爱憎分明、疾恶如仇，她不但敢于揭露生活中的恶势力，而且在揭露中态度明朗，旗帜鲜明。

《浮华世家》是她的长篇代表作，1970年3月到1972年10月在《新闻周刊》上连载，1973年4月由新潮出版社出版了单行本。在创作《浮华世家》之初，山崎丰子就明确表示："以银行为舞台，真实地写出银行内部的卑鄙奸恶，以及同银行相互勾结、沆瀣一气的那些官僚的丑行劣迹。"然而她首先碰到的困难就是如何收集第一手材料。她后来谈道："到'金融界圣地'银行取材，其困难超乎我的想象之上。我痛切地感到，它封闭得比医学界还要严密。我曾怀疑过，在正式进入写作之前花费半年多的时间进行取材和学习金融基础知识，这合算吗？但是，通过多次取材却了解到以前无法知道的银行和政界、官界互相勾结的情况以及夹杂其间的人间戏剧。"

　　小说表现的社会画面是异常广阔的，以垄断企业的合并和反合并为故事主干，讲述了银行家万表大介的家庭悲剧。万表大介为吞并比自己实力雄厚的大同银行，不惜以儿女婚姻为诱饵，又诱使大同银行给他的长子铁平经营的钢厂巨额贷款，然后设法挤垮儿子的工厂，大同银行因此损失惨重，处于破产的边缘，最终他实现了以小吃大的阴谋。万表大介野心勃勃、利欲熏心、冷酷无情、为了挤垮对手，不惜牺牲女儿的幸福搞政治联姻；他不念亲情，迫使儿子铁平自杀；为了满足自己的性欲，甚至上演了一出妻妾同床的丑剧。山崎丰子曾经提出过"小说无禁区"的口号，她在小说中无情地揭露了所谓大人物、体面人物的丑恶嘴脸，揭示了所谓上流社会的卑劣面目：家庭关系崩溃，性关系混乱堕落，事业中到处充满了阴谋、投机和陷害。把上层人物放在日本的垄断资本主义的典型环境中加以鞭挞，使作品的批判性更加强烈，也表现了这位女作家可贵的勇气。作家强调说："我认为正是在这个血腥斗争的战场上，才能浮雕般地显现出赤裸裸的人物形象，才能捉摸到人的欲望和丑恶，才能发现人的聪颖智能和纯洁心灵，这就是小说的妙味之所在。"

　　日本战后的现实主义作家主要有：野间宏、井上靖、石川达三、山崎丰子等人，他们敢于直面现实，以强烈的正义感和责任心，将日本的现实主义文学向前推进。

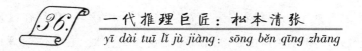

36. 一代推理巨匠：松本清张

yī dài tuī lǐ jù jiàng：sōng běn qīng zhāng

　　明治维新前后，在西方侦探小说的影响之下，日本也有了自己的侦探小说，真正提高侦探小说地位，引起读者注意的是 20 世纪 20 年代江户川乱步的作品。战争年代，纯粹的侦探小说难以存活，创作进入空白阶段，同时也是作家反思酝酿阶段。战争结束，侦探小说重新引起读者的兴趣，得到了迅速发展。1946 年，木木高太郎提出以推理和思索为基础的"推理小说"来取代"侦探小说"，时值文字改革，大量压缩汉字的使用量，

"侦"被废除，这样一来，"推理小说"得到了广泛的应用。到了 50 年代，随着社会矛盾加剧，推理小说作家不再单纯写案子的侦破，而是抓住社会现实中的各种弊端和腐败现象，运用推理小说的形式，揭露社会的阴暗面，并与之展开坚决的斗争。于是出现了社会派推理小说，代表作家就是松本清张（1909 — 1992）。

松本清张 1909 年 12 月 21 日出生在九州福冈县小仓市。自幼家境贫寒，他家卖过年糕，开过小饮食店，勉强糊口。他只接受了义务教育，仅有高小的学历。从 1905 年他十五岁起，就走进社会，开始了自食其力的生活，他做过各种苦工，当过杂役、小贩、工人、职员，他后来的成就全靠自学成才。他的第一份工作是在一家电力公司做杂役，工资低，活很累，但不管工作多么繁忙，他都坚持阅读文学作品，他喜欢日本作家芥川龙之介和菊池宽，俄国作家陀思妥耶夫斯基、高尔基，美国作家爱伦·坡，而其中的爱伦·坡是西方侦探小说的鼻祖。公司破产后，松本清张卖过面包和年糕。1928 年到 1937 年，他做了将近十年的印刷厂工人，工资只有十元左右。他还因为与几个伙伴阅读无产阶级文艺杂志《文艺战线》和《战旗》，被拘留了二十天。父亲害怕他再惹出什么祸事来，一把火烧掉了他节衣缩食买来的书籍。

1937 年，松本清张进入朝日新闻社当广告制图员，这是他人生中的一个重大转折。他在这里整整工作了二十年，直到他成为专业作家为止。由于他只有高小文化，在重视学历的报社备受歧视，三十岁出头才成为报社的正式雇员。1943 年他应征入伍，在韩国当卫生兵，战争结束后回报社复职。报社的工作缺乏创造性，个体的创造能力完全被机构吞没了，所以他在报社的工作并不愉快。松本清张在成为职业作家之前，饱受生活的煎熬和人间的辛酸，但可贵的是他从没有放弃奋斗，而是自强不息，把生活的艰辛化成了一笔巨大的精神财富。他对生活苦辣酸甜的体验，丰富了他的生活感受，深化了他对生活的认识，为他日后从事文学创作打下了坚实的基础。

松本清张开始文学创作是在他四十一岁的时候，当时《朝日周刊》举办了一个百万人小说有奖比赛，他创作的短篇小说《西乡钞票》获得了第二年的三等奖，奖金十万元，《西乡钞票》是他的处女作。本来他参赛只是为了得奖品，但因为获了奖，还被列入了当年直木奖候选作品，这一下子激起了他的创作热情和雄心壮志，从此他走上文坛，一发而不可收。

1952 年，他在《三田文学》9 月号上发表了《某人小仓日记传》，于 1953 年获得二十八届芥川文学奖，一举成名，这部作品也理所当然地成了他的成名作。这部小说讲的是，森鸥外曾在小仓住过三年，写过一本《小仓日记》，但日记已遗失，一个说话不清、腿脚不灵的残疾人田上耕作四处探访，收集了不少资料，但终因体力不支，未能完成这项工程就撒手人寰。不久《小仓日记》重被发现，田上不知道这件事就死了，到底是不幸还是幸福呢？田上追踪史实的劲头很有些推理小说的味道，初步显露出作家作为推理小说家的非凡才华。

1955 年，松本清张发表了大量的推理小说，作为一名推理小说作家他蜚声文坛。他从小仓的朝日新闻西部本社调到了东京本社，视野更为开阔，约稿也越来越多。1956 年，他终于下定决心，辞去工作，参加了日本文艺家协会，成为一名专业作家。他勤奋创作，著作丰厚，文艺春秋社五十六卷本的《松本清张全集》还没有收全他的作品，他的作品大概有五百多部，而且几乎每部小说的印数都在十万册以上，其中不少小说还在当时风行一时，成为畅销书，被拍成影视剧的更是不计其数。可以说，1957 年和 1958 年这两年在日本推理文学史上具有划时代的意义，因为松本清张在 1957 年 2 月号至 1958 年 1 月号的《旅行》上连载了《点与线》；1957 年 4 月 14 日至 12 月 29 日在《读卖周刊》上连载《隔墙有眼》，这两部书于 1958 年 2 月由光文社出版，立即成为畅销书，在日本一度掀起"松本清张热"和"社会推理小说热"。

1955 年发表的短篇小说《监视》可以说是松本第一部推理小说。这篇小说虽然篇幅不长，但文笔生动，情节紧张，显露出作者的创作才华。真正为作者赢得推理小说家声誉的是长篇小说《点与线》，故事讲的是，人们在海边发现了一男一女两具尸体，初步判定为殉情，但三原纪一却得出相反结论：两个人是在不同地点被杀的，被杀原因根本不是殉情，而是与一桩贪污案有关，犯罪人安田为了掩盖自己的罪行铤而走险。两个被害者本来是截然分开的两个点，由于人们看到两个点被放在一起，就自然把他们连成了一条错误的线，这也是小说书名"点与线"的含义。

《点与线》之后，松本创作了大量的推理小说佳作，他的作品跳出了个人恩怨、桃色事件、贪图钱财等行凶的模式，而直指社会现实中的种种弊端，包括官僚大资本家为政治阴谋杀人灭口的骇人事件，如《小说帝国银行事件》、《零的焦点》、《雾旗》、《砂器》、《封闭的海》等作品。被誉为松本推理小说代表作的是长篇小说《零的焦点》，故事尤为复杂曲折，一对新婚夫妇宪一和祯子被卷入凶杀案，宪一神秘失踪。经调查，一个叫田沼久子的女人的情夫自杀，其情夫就是宪一，非但如此，参加调查的宪一的哥哥和他的同事都被毒死，最后连沼田久子也自杀身亡。凶手原来是一位上流社会的夫人佐知子，为隐瞒她曾做过美军妓女的历史而杀掉知情人。不足二十天时间里，四个人接二连三地死去，又有自杀和他杀，案件扑朔迷离，引人入胜，充分发挥了推理小说的特长。1960年发表的《砂器》也很有特色，因父亲患有麻疯病，流浪儿本浦秀夫被警察三木谦一收养，本浦秀夫从三木家出走后改名和贺英良，经过刻苦努力，成为著名的作曲家、钢琴家和指挥家，还与名门之女订了婚。三木突然出现，和贺英良妄图一笔抹杀自己过去的历史，杀死了三木。作品把一个原本善良且很有才华的青年走过的道路和最后的悲惨结局描绘得入情入理，丝丝入扣。

作为推理小说，松本的小说不仅具有曲折的情节，严密的布局，而且非常注重罪犯的犯罪动机。松本在《推理小说的作法》中谈道："在所有的犯罪案件中，最重要之点是动机，没有所谓无动机的犯罪。有动机的犯罪乃是人处于穷途末路时性格的表现，因而，追究动机岂不就是描写性格，描写人吗？"而战前的侦探小说只单纯追求情节的惊险、神奇，并不挖掘犯罪动机和刻画人物，正因为如此，人们认为他的推理小说已经不是单纯的通俗读物，他在推理小说和纯文学之间架起了桥梁。

那么对于松本来说，他注重什么样的动机呢？他在《推理小说的魅

力》一文中阐述说："我不满意向来把动机一律说成是个人的利害关系，例如金钱上的争执，爱欲关系之类，这些都是极其类型化的，没有特殊性。我主张在动机方面增加社会性。这样一来，推理小说的面不就更深广了吗？"应该说他的推理小说都是他理论的成功实践。佐知子与和贺英良都拼命掩饰自己的出身，他们为达此目的而采取的行为固然要遭到谴责和痛斥，但这显然与日本社会长期以来遵循严格的等级观念、轻视出身卑贱的社会风俗有着密切联系。他在《零的焦点》的尾声中沉重写道："由于吃了败仗，日本妇女饱受迫害。时至今日，这创伤不仅未愈合，而且一遇风浪，好了疤的痂重新流出令人心酸的脓血来，使一个昔日身心饱受美军蹂躏的日本妇女，如今沦为残害善良的罪人。"

松本推理小说从未脱离现实生活，人物大都是普通人，这是他的作品与旧式侦探小说的区别，他强调："要把侦探小说从'凶宅'的小屋里拿到现实生活中来。"旧式的侦探小说往往在故事结束时才向读者点明谁是凶手，让读者有恍然大悟的感觉。而松本的推理小说重在"推理"，所以他在作品中很早就指明谁是凶手，然后深入地探索凶手的犯罪动机和复杂的犯罪心理，尽管未满足读者猜谜的好奇心，但增加了作品的现实性和思想性，反而为作品增添了深度。

从 1959 年开始，松本清张疯狂写作，有时一个月的写作量高达一千页稿纸，而且还是两三种作品交叉写，有段时间他在月刊和周刊上连载长篇，每月还发表几个短篇，以至于得了写字痉挛症。后来他口述，由别人速记，再把速记变成普通文字，然后再进行加工修改。文坛上有些人指责他粗制滥造，如有人说松本清张的作品由几个秘书收集资料，写起来也没什么思想，松本不是人，不过是一台打字机。但松本认为流行作家的要素是："才能七十，努力和体力各十五，不，体力需要二十五。"松本夫人也说："他累了就睡，睡起来就工作，从来没有跟家属说过一句玩笑的话。"松本在文学上的成就是多方面的，他创作了很多报告文学、历史小说和推理小说。但他首先是推理小说家，他在推理小说方面所取得的成果最多。松本报告文学的代表作品有《日本的黑雾》、《深层海流》、《现代官僚论》

等，历史小说的杰作有《象征的设计》、《古代史置疑》、《昭和史发掘》等。松本是个多产的"快枪手"，在收入方面长期居领先地位，作品还多次获奖：1952 年，《脸》获第七届日本侦探作家俱乐部奖；1959 年，《帝国银行事件》获文艺春秋读者奖；1963 年，《日本的黑雾》、《深层海流》、《现代官僚论》获第五届日本新闻工作者协会奖；1970 年，因《昭和史发掘》等一系列文学活动获第十八届菊池宽奖；1972 年，《空宅奇案》获第三届小说现代读者奖，等等。他还从 1963 年起长期担任日本推理作家协会理事长。

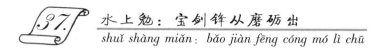

37. 水上勉：宝剑锋从磨砺出
shuǐ shàng miǎn：bǎo jiàn fēng cóng mó lì chū

1957 年，松本清张的推理小说《点与线》出版后，一个沉默多年的作家深受启发，用了两个月时间自己动手写了一部推理小说，轰动文坛，从此一发而不可收，和松本清张共同推进了社会推理小说的发展，这位作家就是水上勉。尽管二人都是用推理小说的形式来探讨社会问题，揭露社会矛盾，同属社会派推理小说作家，但二人却有明显的不同。松本清张作品中的罪犯往往是坏人，而受害者是好人。水上勉（1919 — 2004）小说中的人物要复杂得多，他们大多出身贫苦，只是因为走投无路才走上犯罪道路，在他的推理小说中我们看到的是一幕幕人间惨剧，为什么会有如此描写呢？这和水上勉的人生经历和生活体验密切相关。也正因为如此，他认为推理小说并不能完全表达自己，所以在 1961 年以后，他逐渐改变了自己的创作方向。

水上勉出生在福井县一个穷村子里的贫苦家庭，他家住的地方，当地人叫做"乞丐谷"。水上勉一家人住的是地主家的房子，祖母双目失明，但为了挣一口饭吃，仍不得不当"跑道的"，负责把村里的事报告区长，再把区长的话传到村子，另外一个任务，就是将村里婚丧嫁娶等大事通知各家各户。祖母经常背着幼小的水上勉到处送信。尽管她双目失明，但她把各家各户记得清清楚楚，从不出错，甚至还能跨过危险的小桥。可有一天，祖孙俩还是掉进了河里，祖母毕竟上了年纪，患了感冒，不久就死去了。水上勉的父亲在外面做木工活，很少寄钱回来。母亲拉扯着大大小小五个孩子，每天还要到地主的田里起早贪黑，实在无法支撑下去。有一次，她拉着几个孩子来到海边，打算母子几人一起去投海，在路上走着走着，决心始终难下，后来终于改变了主意，带着几个孩子回到了"乞丐谷"。

为了让孩子活下去，为了让孩子继续读书，水上勉的母亲狠狠心，将刚满十岁的水上勉送到了京都临济宗相国寺下属的瑞春院当徒弟。1931年，水上勉接受剃度，成为小沙弥，僧名大犹集英。水上勉去当僧人决不是因为有什么虔诚的宗教信仰，只不过是为了摆脱贫困，混口饭吃罢了。但寺院的饭并不好混，生活极其清苦，每天早起、念经、打坐、晚睡，还要从事繁重的体力劳动，做饭、担水、洗衣服、打扫卫生，师傅的老婆生了孩子，他还要抱孩子、洗尿布。同时，他还要上学。对于一个十岁的孩子来说，这负担实在太重了。为了让他早早起床，师傅还在他和水上勉的房子之间拴上一条绳子，一头系在师傅的床头，一头就系在水上勉的手腕上，早上五点天刚亮，绳子一动，他就得起床打扫、做早饭、给婴儿洗尿布，然后上学。一放了学就得往回跑，背婴儿，又忙个不停。

对于水上勉来说，修行的严格和艰苦，是可以忍受的。然而，佛门的虚伪腐朽却令他极为厌恶，他在《我的儿童时代》中写道："所谓禅宗的修行乃是舍欲舍物的修行，所以我辈留恋母亲当然没有资格；不过娶了年轻妻子、生下一个可爱婴儿的和尚，当然也就没有当禅宗和尚的资格吧。作为孩子，我之所以憎恨瑞春院的和尚，正是为了这个。自己为所欲为，光让小和尚努力修行，这种和尚所说的话是不值得理睬的。我从瑞春院逃走的理由便在于此。"1832年8月，他逃出瑞春院，在京都的街头四处流浪，不久被警察抓住了，暂时被安置在相国寺属下的玉龙庵。同年11月，他转入天龙寺所属的等待院，僧名改为承办。这次改院也没有让水上勉产生钻研佛学的兴趣，他在等待院里熬了两年半左右，等到1936年中学一毕业，就离开寺院还了俗。1961 年，他写了一篇小说《雁寺》，描写了一个小和尚慈念对腐败的佛教寺院充满了仇恨，最后杀死了百般虐待自己的大和尚慈海，逃出了孤峰庵。我们不难看出慈念身上有作者小时生活的影子。

十七岁的他终于离开了佛门，开始一个人讨生活了。他当过木屐店的店员，走街串巷卖过膏药，也曾在私立命馆大学半工半读，担任过小型汽车工会的集资人，还到中国的东北沈阳做过苦力见习监督，在日本农林新闻社、报知新闻社、电影发行公司、日本电气新闻社担任过校对、记者，在福井县大饭郡青乡国民学校高野分校担任过教师。水上勉从童年到青年历尽艰辛，看尽了人间的世态炎凉，这段经历为他日后的文学创作提供了丰富的素材，使他的作品和风格与众不同，就这一点，他说，"是值得庆幸的。"

1945 年战争结束后，水上勉的生活道路依然艰辛曲折。1945 年，他辞去教师的职务，和妻子离开家乡来到东京，他决心投身于他心仪已久的文学事业。他和别人一起合伙开起了书店，创办了杂志，他自己也出版了《秋风记》、《风部落》、《平底锅之歌》等作品。其中长篇小说《平底锅之歌》颇引人注目，这部作品经老作家宇野浩二推荐，1948 年 7 月，由文潮社出版发行，一问世就成了畅销书。这部小说写了一对青年夫妇在东京的艰难生活，男主人公安田立志要当作家，但收入却无法养家糊口，万般无奈的情况下，妻子民江去当舞女挣钱。安田带着孩子为了节省开支，回到乡下。安田辛酸地对妻子说：我流浪了大半辈子，从家乡到中国，终于在东京与你相识结婚，难道我们的孩子也难逃流浪漂泊的生活吗？这是一部具有私小说性质的小说，安田夫妇的悲惨遭遇就是水上勉夫妇自己的经历和感受。尽管这部小说深受读者的欢迎，但作为作者的水上勉并没有形成他独特的艺术风格。正因为这个原因，加上接踵而来的生活的打击，他失去了继续创作小说的热情。

同甘共苦的妻子再也不愿意与他一起受穷了，1949 年 4 月离家出走。水上勉对妻子无法忘怀，他说："她走后五年间，我犹如梦游症患者一般苦度岁月。"而且在这种情况下，他还要独自抚养幼小的女儿，为维持生计而操劳。他疾病缠身，咯血症一再复发，人们经常看见他背着女儿在街上徘徊，到小摊上喝闷酒，直到深夜。他不断更换工作，卖过服装，办过报纸，也写过小说，但没有引起人们的注意。友人们担心他已江郎才尽，再也不能从事文学创作了。从1948年《平底锅之歌》发表后，水上勉以超凡的忍耐力在沉默中又熬过了十年光阴。这十年和他青少年时代一样，也是备尝艰辛痛苦的十年，但和前二十年一样，他的生活基础也更加深厚了，视野更为开阔了，对生活的体验也更加敏锐了。

　　梅花香自苦寒来，宝剑锋从磨砺出。水上勉的生活和文学生涯终于迎来了转机。在生活上，水上勉1956年与一位年轻的女子结婚，对于这次婚姻，他如此谈道："在这之前，我闷闷不乐。我至今仍相信，二十一岁的妻子引发了我在创作上的爆炸。难道不是这样吗？我有一个十一岁的女儿寄养在农村，自己又是个游手好闲的服装商人，不知何日才能出头。在这种情况下飞来一只二十一岁的小鸽子，我怎能不感动呢？这并非卖弄自己和妻子之间的无聊事情。我觉得妻子很宝贵，使自己的生活恢复了生机。"在文学创作方面，一次他出外做买卖，途经车站买下了松本清张刚刚出版的《点与线》，他在火车上一口气读完，觉得自己也能创作这样的作品，回到家后，就真的写了起来。两个月以后，一部长达七百页的推理小说《雾与影》问世了，取材于当时发生的"卡车部队事件"，这部小说被誉为社会推理小说的佳作，并被列为直木奖的候选作品。

　　《雾与影》的一举成功，让他看到了希望，也激发了他的创作灵感，水上勉接连发表了《海牙》、《耳朵》、《火笛》、《银川》、《黑壁》等作品，成为与松本清张齐名的社会推理小说大家。

　　写推理小说成了名，照理说他应该轻车熟路地走下去，但他清醒地意识到，生活赋予他的苦难不可能通过推理小说完全表达出来，推理小说也无法代表他的创作风格。所以当人们盛赞他的推理小说写得好时，他反而感到不安。他苦苦思索，终于在1961年3月号《文艺春秋别册》上发表了《雁寺》，文中既有对自己童年不幸生活的回忆，也有描写杀人的场面，但这部小说与此前的推理小说不同，它的精彩之处不在于杀人，而在于主人公慈念小和尚的悲惨境遇和他的心灵世界。小说一发表，就在同年获得了第四十五届直木奖。从此他找到了自己的文学之路，他说："像我这样的人突然被称为'社会派'之类，自然也不会觉得高兴。若要从事文学事业，我更倾心于人，人的美，人的悲。"他以自己的前半生生活经历为基础，用现实主义的笔法写日本下层社会人们的生活、心理和感情，具有浓重的悲剧色彩，同时又汲取推理小说的一些艺术特点，作品情节曲折动人，引人入胜。他认准了这条道路，便全身心地投入到创作中去，迎来了一个又一个的创作丰收期。1971 年，水上勉以长篇传记《宇野浩二传》获得菊池宽奖，次年又以《悲剧观音》、《士兵的马鬃》等作品被授予吉川英治奖，他的《越前竹偶》和《一休》先后于 1963 年、1975 年获得谷崎奖。

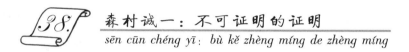

森村诚一：不可证明的证明

sēn cūn chéng yī：bù kě zhèng míng de zhèng míng

1920 年，一个名为《新青年》的杂志创刊了，这个刊物大量刊载欧美侦探小说，起初以翻译作品为主，后来随着日本本土推理小说的发展，开始大量刊载本土作品。1923 年，该杂志刊登了江户川乱步的《两分钱铜币》，以此为标志，推理小说进入全盛时期。日本的侦探小说几经发展，形成了风格不同的两个主要派别：一派以逻辑推理为主，称为"本格派"，即正统派的意思，以江户川乱步和角田喜久雄为代表；一派以怪诞、科学幻想、变态心理、阴森恐怖的风格为主，被称为"变格派"，以横沟正史、木木高太郎等为代表。不管是本格派，还是变格派，他们所写的故事大同小异，程序化、模式化味道十足，缺乏真实感，人物也千人一面，缺乏精神方面的深入挖掘，往往以耸人听闻而取胜。战后以松本清张为代表的一批社会派推理小说家打破了"变格派"和"本格派"的垄断局面，完成了推理小说的一次质的飞跃，取得了辉煌的成就。

　　自 20 世纪 60 年代末、70 年代初以来，推理小说在构思、人物、视角、艺术手法等诸多方面都有了明显的新变化，在社会派推理小说的基础上，将本格派和社会派相融合，即将推理小说的逻辑推理传统和社会派的现实主义相融合，不仅暴露社会的阴暗面，而且还表达了对下层民众的同情，因而被称为"新社会派"。当时在文坛上文学流派风起云涌，有"太阳族"，有"作为人"派，有"内向派"，在众多的流派中，"新社会派"独树一帜，它的突出特点就是多层次地描写了民主高度发展的日本社会背后的种种复杂矛盾和不平等事件，客观准确地把握人们的社会心态，在并不完满的人生中品味苦涩，透视深刻的社会哲理，为推理小说增添了绚丽的色彩。这一派的主要作家有森村诚一、西村寿行、夏树静子等，西村寿行的《追捕》、夏树静子的《来自悬崖的呼救声》都是很有特色的作品。其中森村诚一最具代表性。森村诚一也是松本清张之后能够与之并驾齐驱的作家。如果说，松本清张为推理小说的发展打下了坚实的基础，那么，森村诚一则把推理小说发展到了前所未有的深度和广度。森村诚一（1933— ）生于东京附近埼玉县的一个公司职员家庭。小时候嗜好读书，小学时就通读了《世界文学全集》。十二岁时，正值日本战败前夕，美军飞机轰炸熊谷市，他亲眼目睹了人们在战火中逃亡死亡的惨状，在心底产生了对战争的痛恨。

　　森村诚一在大学时代酷爱法国文学，尤其是罗曼·罗兰那些具有反法西斯精神的作品。森村诚一 1958 年于青山学院英美文学系毕业后，在新大谷饭店等几家五星级饭店从事服务台的管理工作，同时还在大学里兼任讲授经营学的讲师。日本的饭店、旅馆，可以说是日本社会的缩影，政治巨头、政客高官，常在这些地方结党营私、密谋不法活动，旅馆里的密室有时就是大型刑事案件的发生地。森村诚一在新大谷饭店里有长期包租的豪华套房，饭店的工作，使他有机会接触和了解社会上的各色人物。不仅如此，他还拥有渊博的学识、良好的修养，而且还是一位非常勤奋的作家。他于 1967 年以取材于企业生活的小说《大都会》（青树出版社）走上文学道路。1968 年，他推掉高薪工作，专门从事文学创作，从此成为职业作家。

1969 年 8 月，由讲谈社出版的《高楼大厦的死角》是他的成名作，获得了第十五届江户川乱步奖。1973 年，他的另一部作品《腐蚀的构造》获得"推理作家协会奖"，名声大振。从此以后，他的作品被多家报刊争相连载，他成为日本公认的畅销小说家。

森村诚一的创作态度极为严肃认真，他曾经说："我从事创作，主旨在于揭露社会的弊端和追求人生的真谛。"他确实以创作实现了他的承诺。1976 年到 1978 年，已经是著名作家的森村诚一由角川书店连续推出了"证明三部曲"，即《人性的证明》、《野性的证明》、《青春的证明》，再次轰动日本文坛。这三部曲被公认为是作家创作的顶峰，这是因为"证明三部曲"不仅充分具备了本格派的趣味性、空想性和意外性，而且还充分具备了社会派的社会性，深入挖掘了人们杀人犯罪的社会根源，揭露了资本主义社会民主高度繁荣背后的腐朽和黑暗。其中《人性的证明》获得了第三届角川小说奖，被日本评论届认为是日本推理小说的一大杰作。这部小说出版于 1977 年，报刊、杂志、电台都作了大量的宣传，还被改编成了电影，二十年来在国内外拥有大量的读者和观众。随着书和电影的出版和放映，《人性的证明》也成为中国人民最为喜欢的一部作品，那凄婉动人的《草帽歌》曾流行一时，直到现在人们还记忆犹新。

在《人性的证明》中，八杉恭子为了保住自己现有的显赫名声和上流社会的地位，为了掩饰自己早年和一个黑人同居的事实，竟然亲手刺杀了自己的亲生骨肉——她和那个黑人的孩子，并图谋杀死知情人以达到灭口的目的。作者把八杉恭子丑恶的"人性"，放到一桩谋杀案的特定环境中，在侦破与反侦破的斗争中，对其丑陋的灵魂加以暴露和抨击。小说非常巧妙地通过一顶草帽，一首《草帽诗》和一只布狗熊等细节作为"道具"，尽管这些道具都很简单，却寓意深刻。作家运用严谨的逻辑推理，使情节发展一环紧扣一环，故事发展格外引人入胜。小说对八杉恭子的犯罪原因进行了深入的剖析，八杉恭子本来是一位美丽善良能干的女子，然而战争和战后的金钱社会，以及所谓的地位都使她的人性发生了异化，最终丧失了人性。八杉恭子的悲剧不是个别现象，而是具有普遍意义的，作品通过八杉恭子的遭遇使读者看清了美国和日本这两个民主高度发达的国家所存在的社会问题，这是小说的社会意义之所在。这部小说风格独具一格，其中缘由值得深入探讨，八杉恭子千方百计要保住个人来之不易的成功，甚至不择手段，用刺死亲生儿子的办法来拒绝儿子对母亲的依恋。儿子至死也无法忘怀母亲，依然依恋、怀念母亲，而母亲也没有因为亲手杀死儿子就忘记了儿子，相反感到的是痛彻骨髓的悲哀，母子之间的这种绝望的爱使这部作品跳出了一般推理小说的窠臼，具有了更为永久的艺术魅力。

《野性的证明》中的主人公味泽岳史被送进了精神病院，而他杀人犯罪时因为精神障碍丧失了辨别善恶的能力。作家发掘了味泽发疯的根源，原来他曾被日本自卫队的特工学校训练成了杀人机器，他的"野性"不是因为什么自然界的病毒，而是社会造成的。野性和人性撕咬着他的心灵，一方面他对朋子的惨死悲痛万分，发誓要找到真凶；另一方面，他又连杀数人，人性与野性以他的心灵为战场争斗不已，他必然要疯狂。

森村诚一曾表示过，既然把文学创作作为自己的事业，就一定要写出好作品来证明自己的能力，这是他从事文学创作的动力。他向人的内心深处挑战，向人性挑战，向野性挑战，接着，他要来看看人人皆向往憧憬的"青春"是什么样子。《青春的证明》描写了战争给日本一代青年人带来的悲剧命运，以及在后代身上残存的阴影。战争尽管已经远离了年轻人，但战争创伤的愈合必须经过漫长的岁月，战败的苦果需要一代人甚至是几代人来承担，在阴影笼罩下的年轻人注定要上演悲剧。追求真实的反而失去了爱情，用虚伪包裹起来反而得到了幸福。青春是什么？青春尽管美丽充满活力，但青春的时光十分短暂，青春是虚妄的，青春是不可证明的。

从森村诚一的"证明三部曲"中，我们清晰地看到了作家的创作不是闭门造车，而是面向社会，直面人生，以非凡的才能捕捉着各种社会现象，面对日本的各种不平，发出愤怒的呐喊。日本总有一小撮人妄图歪曲发动侵略战争的事实，篡改历史教科书，针对这一社会丑陋现象，森村诚一在 1982 年到 1983 年创作了《恶魔的饱餐》三部曲。这三部曲虽然保留了推理小说的味道，但主要是以纪实为特色，采用了大量的无可辩驳的事实材料，揭露在第二次世界大战期间，日本关东军 731 细菌部队在哈尔滨郊区秘密细菌工厂，用大批的中国人进行惨无人道的细菌实验这一历史史实，把读者带到了一个阴森恐怖的血淋淋的世界。军国主义者灭绝人性、丧失天理的本质在这部小说中表现得淋漓尽致。作者尽管在写作时遭到围攻，可是并不气馁，他花费了大量的时间和精力亲赴中国现场调查，写出了三部曲。作家说："我的意图并不是要煽起中国人的旧怨，而是为了坦率地承认日本以往的错误……历史应该遵循一条正确的道路。前嫌可以捐弃，教训必须记取，如此不忘战争的悲剧，防止发生新的不幸。"

《恶魔的饱餐》问世后，引起了少数人的憎恨，他们砸碎森村诚一家的窗户，频繁地打恐怖电话，企图使森村屈服。但作家的骨头是硬的，他就是要把仿佛不可证明的人性与世界加以证明。

3.9 渡边淳一的"失乐园"
dù biān chún yī de shī lè yuán

渡边淳一（1933 —　）生于北海道，札幌医科大学博士毕业，曾在该校整形外科担任讲师，授课行医多年。1968 年，札幌医科大学施行了日本第一例心脏移植手术，作为讲师，渡边从临床医学的角度出发并不否定心脏移植，但对于脑死的判定这一人命和人权的基本问题提出了质疑，并把想法公之于众，结果在学校呆不下去了。渡边是在从医的同时开始文学创作的，他从医的经历与生活积累给日本当代文学创作在题材、手法等方面开辟了新的天地。早在 1965 年他就以小说《死化装》登上文坛，而且还获得了新潮同仁奖。本来渡边就在文学和医学二者之间摇摆不定，这一事件终于促使他下定决心弃医从文。1969 年 4 月，三十六岁的渡边辞职，留下妻子，来到东京。

渡边弃医从文到东京闯天下的时候，是和情人西川纯子一起去的，他一边当临时医生，一边拼命写作，纯子为了赚钱，也去银座夜总会打工。

渡边趁她不在家，和女护士幽会，纯子发现后，愤然离他而去。渡边找到纯子的住处，砸碎玻璃，结果让警察拘留了一夜。纯子搬到新的住处，渡边又追了过去，一边要锯断门上的锁链，一边和纯子的新欢舌战，结果又让警察抓去。之后，渡边留宿从札幌来的女演员菅原澄子，被纯子撞见，大闹了一场，结果澄子留下"你的谎言已使我疲惫不堪"的话服毒自杀，几乎出了人命。渡边认为，戏剧或电影演员有时被要求裸露肉体，如果在家属面前觉得害羞，那就还不够格；与此相同，作家有时需要精神的裸露，彻底暴露的勇气使作家成长。1992 年他在自传体小说《何去何从》中坦率地倾诉了自己的这段性爱生活。

在这种令人心灵激荡的余波还未平息时，1971 年 7 月，渡边在《女人杂志》上连载了《魂归阿寒》。作家自己说："《魂归阿寒》在我的作品中很少见，是自传色彩比较浓的作品。女主人公纯子实有其人，是我高中二年级时恋爱的对象，正像这部小说写的那样，高中三年级的冬天，在冰雪的阿寒湖自杀了。她本名是纯子，姐姐叫兰子。一般用实在的人物作模特都避免真名，但唯有这部小说，我要用真名。为此，动笔之前去她家请求她的母亲，得到慨允。"渡边在纯子死去数十年以后说："对于我来说，纯子的意义是重大的。……正因为青春期是感受性最敏锐的时候，所以日后的我也浓重地留有她的影响。那种沉湎于略为堕落的游乐，迷恋女性，又有点醒着，那种被人人早晚要死掉的厌倦情绪笼罩，可以说都是和她相恋带来的。"是少女塑造了渡边，还是人到中年的渡边以阅尽沧桑的眼睛回望陈年旧事？小说中"我"访问了曾经与纯子关系很密切的六个人，包括自己，纯子短暂的人生就像水晶的六面体，纯子仿佛与各种男人相爱着，然而纯子又不属于任何人，她所爱的是自己。小说结尾如此写道："经过20 年所得到的结论想不到是这么简单、这么平凡。为了得到这一结论，我为什么要花费九牛二虎之力呢？仔细想来，简直太愚蠢了。"愚蠢吗？恐怕不能说"是"，因为男人与女人的纠葛，是永远无法摆脱的宿命。

1970 年，渡边的小说《光与影》获得直木奖，从此他走红文坛；1980 年，《远方的落日》获得吉川英治文学奖。他的作品常常从男女性爱的角度来探求现实生活中的人生意义，他写出了《无影灯》、《轻松寒冷的街》、《去巴黎的末班车》、《台风》等一批性爱小说。可以说，感同身受的生命体验是渡边这些性爱小说受欢迎的根本原因。

渡边描写男人受情欲的煎熬以及情欲的虚幻性是从《爱如是》开始的，接着一发而不可收，写出了《一片雪》、《化身》、《为何不分手》、《樱花树下》、《泡与沫》、《失乐园》等，每一部小说的基本主题都是男人和女人的婚外情，一部比一部成熟大胆，在日本文坛引起了很大的争议。渡边小说中的主人公都是中年男人，作家力图描绘这些中年男人在男性外表下的不负责任、狡猾、犹疑、软弱、好色等本性，当然他在刻画所谓男人本性的时候，也力图挖掘他们身上的种种矛盾，比如说疲惫、孤独、寂寞、虚无以及脉脉温情。

《爱如是》主人公风野是一位四十二岁的刚刚走红的自由作家，不常和妻子在一起，与年轻的编辑衿子相爱，而妻子不断打无言电话到衿子的公寓，衿子又很讨厌风野还在操心妻子的事，风野在与衿子的情爱中既有心旷神怡的感觉，又常常陷入烦恼之中。接着发表的是《一片雪》，主人公建筑设计师伊织与妻子关系冷淡，与女秘书的情爱关系是半公开的，他又沉溺于与有夫之妇霞的性爱中不能自拔，这部小说因为大胆的性描写而引起争议。不久以后出版的《化身》，不仅引起了争论，而且还轰动一时。主人公文艺评论家秋叶大三郎四十八岁，离了婚，对二十三岁的女服务员雾子格外着迷，他用漂亮的服装打扮她，让她住在豪华公寓，在国内外旅行，给她投资开办时装店，他希望雾子成为他喜欢的那一类型：一心追求漂亮而又具有浪漫情调。三年中，他在雾子身上倾注了大量的金钱，但雾子最终还是离开了他。在《经济新闻》上连载时，反响巨大，在酒馆里，人们纷纷谈论着秋叶大三郎和雾子，同时抗议的电话也不断打到报社，家庭主妇大骂："这部小说是什么东西！从一早起来就讨人嫌！女儿躲起来看真没办法！"而报社的编辑们则不愠不恼地说："您还是爱读那部小说，我们十分感谢。"

《为何不分手》与前两部作品略有不同。主人公速见修平四十六岁，是整型外科主任医师，妻子小他七岁，风韵犹存，精明能干，女儿乖巧可爱，应该是个美满的家庭。修平却与比妻子还小六岁的叶子频频幽会。当他看到一个男人送妻子回家时，他猜想妻子也在偷情，但他的逻辑是，男人和女人的偷情不能同罪，他决不允许妻子这么干。而妻子的逻辑是，"既然丈夫如此，那么我也稍稍玩玩吧！"本来修平对妻子没什么不满足，但他快奔五十岁了，有一种不能忍受如此衰老下去的焦虑，从身体深处发出了一种想要在烈焰沸腾般的恋爱中享受人生的充实感的呐喊，他的身体完全被这种呐喊支配了，他无法放弃与叶子的欢会。但他也不能没有妻子，如果妻子不在了，他将无法生活下去。结婚十七年的夫妻都在偷情，但是他们的婚姻却出人意料地进入到一个稳定的时期。小说透视了中年男子和中年夫妻的心理状态，虽然实际生活中的夫妻不可能与修平夫妇相同，但这两个形象又具有一定的普遍意义。

渡边有意把《泡与沫》作为《一片雪》、《樱花树下》、《化身》等男女题材系列小说的终点。《泡与沫》中的主人公一个是有妇之夫，一个是有夫之妇，在二者都有家室的情况下，以几乎对等的关系恋爱。渡边在谈到这部小说时说："有些评论家对于作家的创作动机是从伦理性的，或是从主义主张，或是从文学创作过程进行说明。而就我个人的实际感受来讲，我认为激发起创作欲望的还是更加贴近实际感受、更加贴近私生活的因素。《泡与沫》的创作基础恰恰就是这种内在冲动。""恋爱小说在积极意义上讲还是以实际生活体验为基础，在此基础上去构思、润色而成。如果没有实际生活体验也就无法表现出生动具体的情节和文章中扣人心弦的感觉或者说是魅力了，从这种意义上也可以说是我自身的一次经历促成了这部作品。"作家称这部小说是"一本奢侈的小说"，男女主人公在生活的重负之下，随着一年四季的变化不断加深着爱慕之情，他们周游日本四季美景，品尝着饮食美味，尽情燃烧着欲念之火。小说的题目叫《泡与沫》，作者是别有深意的，激情燃烧过后两个人终有一天会淡漠，欲望会像泡与沫一样破灭，而正因为人生的一切都如同泡沫般脆弱而无常，才要尽情燃烧现在这一刻。

　　小说结尾是以他们在雪中的冬馆里相互承诺都不再回家为结尾。作家说："把热恋之后的两个人拆开有些于心不忍，但如果让他们就此结婚又太老套，所以只好让他们决定抛弃家庭的时候就此打住。开始构思的时候就是想写燃烧的激情，差不多这个目的达到了。但是在写完之后感到满意的同时发现还留下了一个其后会如何发展的问题。过的时间越长越觉得留下的这个问题很大……从仔细描述爱情发展过程来看，觉得《泡与沫》已经达到了常识范畴中的极限。但是又很想探究一下超越了这一极限之后会怎么样，因此就又想再向前跨进一步。"渡边果真向前跨进了一步，创作了《失乐园》，《泡与沫》也因此成了激发《失乐园》创作的刺激因素，是孕育出《失乐园》的巨大的原动力，甚至可以认为《失乐园》就是《泡与沫》的续篇。

　　《失乐园》中写出版社主编久木在一次社交场合邂逅了医学教授的妻子凛子，凛子的丈夫因为是个工作狂，对妻子冷漠，而久木因为工作失意，与妻子的关系又很麻木。两个人都生活在无爱的家庭里，在无法抑制的情感的诱惑下，凛子和久木卷入了"婚外情"的漩涡。他们不顾婚姻规则，秘密同居，精神共鸣和感官的纵情体验使他们难舍难分，不由得重新审视自己生命的意义。然而，幸福至极的时候不幸也接踵而至，凛子的丈夫以"不离婚"作为报复手段，久木也因为匿名信面临被降职的苦恼而不得不辞职。亲人疏远他们，世人蔑视他们，使他们被逐出了"人间乐园"。"从前，在天界的亚当和夏娃因偷吃了禁果被赶出了伊甸园，我们现在想要返回乐园。尽管是由于蛇的迷惑，但是只要违背了神的意志，是否还能返回伊甸园呢？久木没有自信，即使回不去也没有什么不满的。现在两人沉沦在充满污秽的现世，是由于吃了性这个禁果，因而从天上堕落到恶劣的人世间，既然如此，就干脆贪婪地享受性的快乐死去。"爱情易变，年华易逝，与其生的无聊与不安，还莫不如在爱的顶点死去。因为他们已经充分领略了人生的快乐，全身心地爱恋过了。他们在"活着太好了"的感叹声中踏上了死亡的路途。

　　这部小说在报刊连载时就引起了空前的强烈反响，单行本在日本发行

后成为畅销书，改编成同名电影和电视剧上演后，更是家喻户晓，出现了所谓的"失乐园现象"。

从少年恋歌《魂归阿寒》到尝尽人生苦乐的《失乐园》，渡边淳一的性爱小说似乎已经写到了尽头。所以有记者问到渡边未来的创作会朝哪个方向前进呢？渡边表示：自己还会描写男女和性的主题的，"你想，男人和女人，不管到什么时候也还是男人和女人嘛。上了年纪以后还兴趣不减的主题并不多。相比较而言，世界观啦，社会观啦等等都是很脆弱的，归根到底食欲和性欲不才是人类最重要的主题吗！"

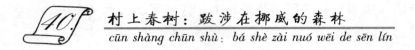

40. 村上春树：跋涉在挪威的森林

cūn shàng chūn shù: bá shè zài nuó wēi de sēn lín

《挪威的森林》是村上春树（1949— ）迄今所写出的长篇中唯一一部以现实主义手法创作的小说，上下卷加起来据说已热销了六百万册之多，不但一举打破了文坛的沉闷局面，而且创下了多年来未曾见过的记录，甚至出现了所谓的"村上春树现象"、"《挪威的森林》现象"。

村上春树从城市生活这一独特的视角出发，探讨当代青年心灵的奥秘，他的《寻羊冒险记》（1982）中的人物，一律无名无姓，个个慵懒、孤独、彷徨，缺乏自己的内心世界，他们在商品的汪洋大海中，物化为喧嚣尘世的附属品，人际关系市场化，藏在这些躁动不安灵魂背后的是复杂的现实生活对城市居民心灵的戕害。《挪威的森林》也不例外，村上同样是执著于青年知识分子负重的心灵世界，通过男主人公不堪回首的爱情悲剧，以幽雅的笔触抒发了对青春的感怀……

《挪威的森林》中的内容似乎与"挪威"、"森林"没什么直接的关联，《挪威的森林》是著名的披头士合唱团所演唱的一首令人难忘的歌曲，歌词的内容叙述了一名男孩悲伤的爱情故事，"很久以前，我拥有那女孩/哦不、或许应该说我是/'那女孩的男孩'/她带我参观她的房间/'很棒吧！像挪威的森林……/慢慢地看吧，到你想去的地方……'/她这么说

着，/我浏览四周，/猛然发现这屋子里，/一张椅子也没有。……挪威的森林"。

　　在村上春树的文学世界里，登场的人物都极为爱好音乐，也爱吹口哨，在其作品中常常可以听到悠扬的音乐声，音乐确确实实为这些故事中的人物映射出丰富的表情。曲子的标题，对熟悉的人而言，单单看了这些文字，也会感到认同，就好比某个遥远时代的风景或气味在一瞬间重现。在村上春树的小说里，我们可以发现 20 世纪 60 年代到 70 年代在美国乐坛上曾风靡一时的音乐及音乐家的名字。首先是在

村上春树像

《听风的歌》中出场的海滩男孩，接着是鲍勃·迪伦、披头士、约翰·列农、格伦·古尔德等等，从古典、爵士、摇滚、民谣到流行歌曲，在这差异甚大的背景音乐里，有很多人物登场，通过音乐时空交错，与再也唤不回的昔日世界相通。60 年代是村上春树的青春岁月，美国音乐正是那个时代的中心潮流。村上也承认自己曾是"60 年代的孩子"，他回忆说："我出生于 1949 年，1961 年进入中学，1967 年念大学，之后如多数人一般，在热闹滚滚中，迎接我的二十岁。所以，就如同字面上所呈现的一般，我是 60 年代的孩子。那是人生中最容易受伤害、最青涩，但也是最重要的时期。因此，在这最重要的 60 年代里，我们充分地吸取这个时代粗野狂暴的空气，也理所当然地让命运安排我们沉醉其中。从披头士到鲍勃·迪伦，这些背景音乐已经充分发挥了它的作用。在这所谓的 60 年代里，确确实实有着什么特别的东西呢？即使现在回想起来，我也是这样认为，那时，更

147

在受到第一颗原子弹袭击后的广岛，幸存者徘徊在废墟上

是这样认为。60 年代究竟有什么特别的呢？"人们总是呼吸着大时代的空气，所以不管是怎样的时代，人们总是有意识地或下意识地听着这个时代的各种声音，无论是歌曲、广告、服装、街景，甚至是漫步在大街上行人的表情，都被这个时代的色彩与阴影笼罩着。出生在同一时代的人们，总有些什么地方是共同的，就好似被某种神秘的愿望和冲动催促着，某部小说或音乐虽不尽迎合那个时代，却在不知不觉中使人们产生某种程度的共鸣。村上春树的小说受到 60 年代音乐很深的影响，在《挪威的森林》这首歌中、在"我"与玲子为直子所唱的歌曲中，可见一斑。

　　书中的人物是否真正存在？村上认为真实与写实是不同的。例如小说中很有意思的"突击队"听收音机做早操一事，是确有其人其事的（后来他成为一名模特儿，但村上并没有和他再有联络）。不过，据村上说，现实生活中的"突击队"是一个正直的人，而不是读者所认为的那么有趣。村上也接着说明，关于作品中的人物，其实都是由作者组合塑造的。"以这意思来看，倒不如说我书中的人物，不论男女都是我自己。只有我自己不是我自己吧。"村上不喜欢给自己作品中的人物取名字，他很多作品的主人公都没有名字，村上只模糊地回答说："我也很难说明，对于取名字觉得有点害羞吧。例如卡夫卡都用 K，我在心情上有点了解他为什么这样。"不过小说主人公"渡边升"这个名字其实是插画家安西水丸的本名。有一次村上听到有人问安西水丸本名叫什么，他回答说："渡边啦。"哦，这个人叫渡边升啊，村上突然觉得"我是渡边升"这样说很新鲜，灵机一动，立刻把这种新鲜喜悦感，放在"渡边升"这个名字中了。

　　小说发行之初，作者自行设计的鲜艳的红绿两色封面一时成为热门话题。上卷血的红色代表生之世界，下卷森林的绿色则象征死之世界。而两卷腰封颜色则完全相反。作者的想法似乎从这里也可看出："死并非生的对立面，而作为生的一部分永存。"可是，作为死之世界象征的森林的绿，却又是作为生之象征的女孩的名字——绿子。书中，阿美寮是"与外界隔绝的寂静的世界"，住在里边的直子是象征寂静的死亡世界的人物，而蹦蹦跳跳的绿子则浑身充满生命力。关于故事人物结局的生与死，村上认为："结局谁会活着谁会死去，我在写的时候并不知道，完全是以写实主义的方式写着"，"说起来，《挪威的森林》这本书要让谁活着或要让谁死去都是非常困难的，最后应该是怎么样就是怎么样。然而，在写的途中有时还是会困扰，会考虑究竟这样作好不好。但是这些困扰，在那个时候认为应该是怎么样，就会照那样作结。当然，这只是对我自己而言，别人说不定认为不是这样吧。"

　　《挪威的森林》的开篇场面是颇为不可思议的：现年三十七岁的"我"——渡边乘坐的波音 747 即将降落在汉堡机场。但为何降落在汉堡机场，飞机来自何处，则全然未予点明，作者似乎一开始就试图把读者引进时间的迷宫。小说从"我"对昔日的追忆开始，大学生渡边在朋友木月自杀后，和木月的女友直子交往，并发生了性关系，直子第二天不辞而别，住进了一所远离东京的精神病医院。渡边与直子保持着密切的通信联系，他们的爱情神秘虚幻；渡边又结识了热情的绿子，两人从误会到相知，发展为真实的爱情，但他内心却一直思念着直子。"我"终于未能向直子伸出援助之手，不久他得到直子自杀的消息，顿觉失魂落魄，离开东京无目的地四处漫游。当他返回东京，直子的女友玲子来访，劝他与绿子和好。小说的结局也意味深长，"我"从电话亭里打电话给绿子，"自己无论如何都想跟她说话"，"整个世界上除了她别无所求"。然而，当绿子在长久的沉默之后发出了"你现在在哪里"的问话时，"我"却不知道自己在哪里，只是在电话里连连呼唤绿子的名字。这最后一个镜头，"哪里也不是的场所"，和这部长篇的第一个镜头同样给人留下了一种难以释怀的感觉，也许此时此刻，在读者心里会回荡起《挪威的森林》的旋律吧。渡边仿佛置身于茂密的森林，一个人体验着孤独的滋味，像一棵树一样伫立在森林深处，失落而寂寞。小说令人悲哀的，并不是恋人的死，也不是亲近的人们的相继离去，而是所有的悲哀情绪、所有的对于爱的记忆都像在梦中所见，生活就像挪威的森林。我们已经或正在逝去的青春情怀，在阅读这部小说的过程中，也将慢慢地苏醒过来。

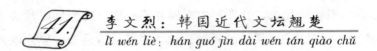

41. 李文烈：韩国近代文坛翘楚
lǐ wén liè: hán guó jìn dài wén tán qiào chǔ

2001年2月7日，李文烈的著名长篇小说《我们的畸形英雄》由美国迪斯尼子公司、专门出版文学作品的 Hyperion 出版社出版发行，这是韩国文学作品首次进军美国这一世界最大的书籍市场，意义深远。至此，李文烈的作品已被译介成九种文字，在世界各地广为流传。令人惊诧的是，这位稳坐韩国当代文坛头把交椅的杰出作家竟只有小学学历，其人其作引发了无数话题……韩国大学生及各界读者对这位大作家极为关注，经常有人到李文烈各处故居拜访、参观，以慰好奇、景仰之情。

李文烈（1948—　），原名李烈，出生于汉城，其祖籍是庆尚北道英阳郡，是当地四大富贵家族之一。三岁时"6·25"朝鲜战争爆发，信仰共产主义的父亲撇家舍业，直赴北方，自此杳无音讯。父亲的影像一直追随着他，笼罩着他最为脆弱的整个童年时代，对他日后价值观的形成有很大的影响。他在散文《令我魂牵梦系的地方》中写道："我的故乡分明是英阳郡石步面远里洞（音译），但我却没有福分出生在那里。由于热衷于无望的建国事业而变卖了祖传的千石家产的父亲的缘故，我的出生地是汉城青云洞（音译）一所现已拆掉的公寓。之后两年间，我们家在汉城市内搬来搬去，三岁那年爆发了6·25事件，我们路过母亲娘家永川回到了故乡。父亲赴北方后，家中只剩下年幼的五兄妹和奶奶，为了靠那些尚未变卖的祖产，即一所老房子和一些田地维持生计，母亲决定返回故乡。"后又几经回乡、离乡的波折，年

李文烈像

幼的李文烈已饱尝生活的颠沛流离。国民学校四年级的时候，全家搬到汉城，他就读于钟岩（音译）国民小学，后又搬到庆尚南道密阳附近，转学到密阳国民小学。他对密阳始终怀有亲切的回忆，他写道："密阳是让我难以忘怀的城市。到密阳那年我十岁，搬走的时候十四岁，所以，敏感的少年时代是在那里度过的。值得回忆的少年时代的大部分时光是在密阳，多数朋友也是在那时结交的。那里有我相处近四十年的亲朋好友，还有那所唯一发给我毕业证书的密阳国民小学。"

　　1961年，李文烈毕业于密阳国民小学，在密阳中学仅读了六个月书，全家就又搬回老家，学业中断了。三年间，他帮助家中大哥开垦了两万余坪荒地。1964年，头脑聪慧的他竟又神奇地通过了高中会考，入学安东高等学校，不久再一次无故中途退学，沉寂于校门之外。1965年全家搬到釜山。他在写给哥哥的信里倾诉了对自己目前这种毫无目的、无所事事的流浪生活的不满、痛楚和焦虑之情，他写道："（这）有违我要好好认真生活下去的心愿，我现在真的什么都不是。我已经像大人一样留起了长长的头

发，穿着大人们的衣服，还养成了吸烟、酗酒等恶习。虽说没上过正规学校的课程，却又不是完全脱离书本和知识，所以我既不是学生，也不能说我是个混子。"当时他的内心深处有一种忧虑：他知道如果继续这样蹉跎岁月，以后连最起码的生活也将无缘享受。但三年间终归还是无所作为。

1967 年，他得了一场大病，患病五六个月之久。病愈后他好像要证明什么似的下决心准备考大学，翌年，考入汉城大学师范学院国语教育专业。1969 年加入文学会，抱着成为一名作家的梦想活跃于社团，同时为参加司法考试作准备。次年，因大学生活不如意，中途辍学，集中精力准备司法考试。三年间屡试屡败，倍添失落。1973 年结婚，婚后不久即入伍当兵，军营生涯里仍执著于文学之梦。1976 年退伍，在大邱的学院任教两年。

1977 年，短篇小说《你知道纳扎烈孤儿院吗》刊登在大邱每日新闻新春文艺专栏上，被评为优秀作品。自此，他开始使用李文烈这一笔名进行创作。翌年，在大邱每日新闻社任记者，就职于编辑部。1979 年，他翻看东亚日报时无意中发现了新春文艺专栏将新设中篇小说的公告，不禁跃跃欲试，他说："已过而立之年，尚有些焦躁不安的我，将公告视为某种福音，并以前所未有的精力投身到创作准备工作中去。"他精心创作的中篇小说《塞下曲》被选入东亚日报新春文艺专栏，同年，《人之子》获第三届今日作家奖，自此正式登上文坛。次年，从新闻社辞职，专门从事文学创作。他笔耕不辍，佳作迭出，几乎囊括韩国所有重要文学奖项。1982 年《金翅鸟》获第十五届东仁文学奖，1983 年《为了皇帝》获第三届大韩民国文学奖，1984 年《英雄时代》获中央文化大奖，1987 年《我们的畸形英雄》获第十一届李箱文学奖，1992 年《诗人与盗贼》获第三十七届现代文学奖，同年因在文化领域所做出的杰出贡献荣获政府颁发的大韩民国文化奖。此间，他周游世界，足迹遍布埃及、美国、俄罗斯、德国、瑞典、匈牙利、波兰、日本、中国、东南亚等各国。

李文烈如今已是大名鼎鼎的一流作家，但他最初选择写作的动机却令人感到涩涩的酸楚。他曾表示，他不是因为希望或憧憬，而是在某种不祥的预感中成为小说家的。"就好像壁虎在摆脱不了敌人时要扔掉自己的尾巴一样"，他也是因为无法忍受生活的紧张、压抑才投身于小说创作的。此外，自幼对文学的敏感和热爱，家境的变迁及遗传因素，自身的特殊经历，以失败告终的年轻时的爱情等也促使他试图在想象世界中寻求一种安慰。他在接受访谈时曾这样说道："我的处境基本上是孤独和痛苦的，为了忘却这些，最好的选择就是写东西。"写作能减少内心的痛苦，他日渐摆脱了被命运所左右的被动状态，开始向主宰命运的角色靠拢。他的自信心愈见强大，他在日记中写道："即使我创造不了灿烂的宇宙，我还是能够让一朵芬芳的花儿悠然绽放。"他坚信，如果他的辛勤努力和劳作能让鲜花盛开，那么有朝一日，他也一定能用全身心的奉献赢得整个宇宙的光辉。如今，小说已成为他的至爱，文学已成为他的宗教。李文烈实现了自己的夙愿。

李文烈阅历丰富，博闻强记，他的作品世界也因此而斑斓、绚烂。他曾在日记中写道："作家对于很多事没有了解的话是不可以的。他是个很小的造物主，所以为了创造一个世界，如果不是全知全能的话是不行的。我只有对所有的东西都弄懂了之后，才开始我自己的故事。"他作品的题材涉及宗教、神学、监狱、孤儿院、平民生活、军队、大学等各个领域，有些作品甚至取材于旧石器时代的东窟壁画及公元前五世纪古埃及的都市国家，形形色色的人物活跃于其间，构筑了一个个栩栩如生的文学世界。李文烈精于叙事艺术，而且不断尝试新鲜的方式，风格独特。他在早期作品中"将年轻时代的痛苦和叛逆的梦"非常清晰且毫无保留地展现出来，洋溢着浪漫主义的光彩，代表作品有《在这荒凉的车站》、《那年冬季》等。随着写作的深入，他的作品表现出了冷峻的现实主义的风格，以此揭开了纷纭现实的面纱，批判意味浓烈。历史与寓言、存在与虚无、象征与现实等各种倾向及技法融合在他的作品中，极富表现力。他的作品文体流畅而富于感性和智慧，博得了读者的喜爱和强烈共鸣。

《我们的畸形英雄》（1987）是李文烈的一部重要作品。作品以自由党执政末期为时代背景，通过描写一所乡村国民小学一个班级所发生的事

位于庆州佛国寺的古典新罗建筑

件，对滥用权力的行径进行了讽刺，也剖析了潜在于人内心的专制倾向。
作品同时对机会主义劣根性，权力的无常与寄生在权力中的变节行为进行
了抨击、批判。六年级班长严石大对全班同学实行铁腕统治，是权力的典
型化身，他打同学，实施棍棒统治，花他们的钱，向他们收"税"，考试
时利用他们作弊，还向他们出售好差事……全班同学被他整治得服服帖
帖，对他唯命是从，曲意奉承，将他尊为国王。某一日，从汉城转来了一
个学生韩炳太，他看到班长严石大学习第一、工作积极、威信第一的背后
竟是凭借专制统治，对这种现象颇为不理解，也感到很陌生很不服气，就
单枪匹马地进行强烈反抗。他抗争了许久，却屡屡失败，最后还是投降
了。投降的时候他发现了严石大暴虐统治中"温情"的一面，开始尝到特
殊恩宠和权力的好处。后来他当上了严石大的副官。班上换了一位新老
师，他对严石大产生了怀疑。经调查、核实，他确认严石大在考试中频频
作弊，便当着全班同学的面狠狠教训了他一通。眼见自己昔日的国王被老
师揍得涕泪横流，成了一个可怜兮兮的小傻瓜，大家蜂拥而上，像蛇一样
朝他咬去，只有汉城孩子韩炳太没有动手。严石大下台了，孩子们一个接
一个地被选为干部，又一个接一个地被罢免，民主的程序日渐恢复着。在

154

岗位上，有些孩子贸然行事，有些孩子无所事事。历经艰辛和痛苦，所有人都恢复了尊严。时过境迁，三十年后，严石大以凄惨的面目出现……作品将严肃丰富的主题置于学校孩子们所经历的一桩事件当中，通俗易懂，却又令人回味无穷。《撒旦诗篇》作者拉什迪为其美译本撰写了后记，他说："书中写出了人们对软弱的普遍态度。作者仔细而冷静地讲述了迫害者和被害者，学校中的王子的荣与辱，让人们想起君特·格拉斯不朽的作品《猫与鼠》。"美国著名评论杂志则将该作品与威廉·高丁的《苍蝇王》相比，介绍说："故事编织得非常美妙，是充满暗示性讽刺的光彩夺目的作品。"

李文烈在《雅歌》（2000）中则提出了现今的社会共同体能否赋予所属成员以各自技能及嗜好的问题。小说以身心不健全的残障女人当片为主人公，讲述了她既喜又悲的一生遭遇，该作被视为李文烈文学创作的分水岭。

李文烈的一些作品已被法国等国家拍摄成了电影，在韩国国内他也是身价倍增，一些邀请活动所付薪金已达天文数字，其人其作受到广泛关注。我们有理由相信，刚刚五十三岁的李文烈将会带给人们更多的惊喜之作，将为韩国文坛赢得更多的荣耀。

42. 泰国现代文学的奠基人：西巫拉帕

tài guó xiàn dài wén xué de diàn jì rén：xī wū lā pà

西巫拉帕（1905 — 1974）原名古腊·柿巴立，是泰国最杰出的现当代作家。他以鲁迅先生的名句"横眉冷对千夫指，俯首甘为孺子牛"为座右铭，身体力行，贡献卓著，被赞誉为泰国的"鲁迅"。在长达半个世纪的文学生涯中，他辛勤耕耘，为泰国新文学的发展奠定了坚实的基础，被公认为泰国新文学的奠基人。作为一名进步的新闻工作者和著名的社会活动家，西巫拉帕始终为国家的真正独立和人民的民主自由而奔走呼号，他屡遭迫害，两度被捕入狱，晚年被迫流亡国外。西巫拉帕以真诚的创作和

充满意义的人生态度赢得了读者和人民的尊敬、爱戴。

1905 年 3 月 31 日西巫拉帕出生于曼谷的一个中等职员家庭，六岁丧父，古腊的童年是和母亲、祖父、祖母一起度过的。小学毕业后，古腊曾入一所少年军事学校，后转入曼谷贴西林中学，这是一所刚刚对平民开放的贵族学校，后来成为长篇小说《向前看》中泰威特·兰沙律书院的原形。古腊自幼聪颖好学，中学时期就酷爱文学，并显露出文学创作方面的才能。高中时，他和同学利用课余时间到勾顺·勾莫拉占开办的翻译合作讲习所学习写作，勾顺·勾莫拉占是泰国最早的专业作家之一，在当时颇有些名气。西巫拉帕的处女作《情刃戳心》（1924 年）就是经他修改后出版的，西巫拉帕这个笔名也是勾顺·勾莫拉占给起的，意义非常美好，是"东方的明珠"、"东方的曙光"的意思。高学毕业后，西巫拉帕在讲习所担任实习教师，白天教泰文，晚上教英文，空余时间练习翻译和写作，作品有《希望》、《难忘的夜晚》等。西巫拉帕除文学创作还从事新闻工作，在翻译合作讲习所期间，在勾顺·勾莫拉占的倡导下曾办了一个叫《同仁》的旬刊、西巫拉帕任刊物的编者，也是撰稿人之一。后来还曾担任过《军事教育与科学普及》的主编助理，这在当时是颇有名望的一本杂志。此后西巫拉帕还曾担任多种报刊主笔、总编辑、并担任过泰国报界协会主席。

到 1929 年，西巫拉帕已是一位颇具名气的作家了，这年年中，他邀请部分志同道合的青年朋友共同创办了《君子》杂志（一译《雅士》），由西巫拉帕任主编。杂志取名"君子"，意在创作上提倡堂堂正正，光明磊落的君子之风，不屑与旁门左道为伍。该杂志为民呐喊，要求改革，洋溢着强烈的时代精神，吸引并得到许多知名作家的支持，发行量创了当时的记录，足可见受欢迎的程度。以杂志为核心，青年报人和作家联合起来，还形成了泰国最早的新文学团体——"君子社"，他们反对陈规陋习，针砭时弊，鞭挞权贵，主张变革，要求民主自由，在创作上取得了很大的成就。《君子》杂志虽办刊仅两年，却是泰国现代文学史上影响最大的杂志之一，他和"君子社"一道培养造就了一批知名作家。

　　西巫拉帕早期的主要作品有长篇小说《降服》、《人魔》、《男子汉》、《共存的世界》、《结婚》（以上均为 1928 年出版）、《惹祸》、《宫女之毒》、《精神威力》、《爱与恨》（均为 1930 年出版）及中短篇小说集《向往》（1929）等，其中长篇小说《男子汉》很有影响。西巫拉帕的早期作品是和泰国现代文学一起诞生的，因而它不可能不具备当时文学作品的一般特点，即热衷于罗曼蒂克式的爱情故事，讲究情节的曲折，引人入胜，人物大多善恶分明，各有报应，且多以大团圆结局。然而，兼具这些共性的同时，西巫拉帕早期作品的思想内涵显然要比同时代作家胜出许多，他主张小说应有思想内容，强调小说的社会功效，希望文学作品能给人们以有益的营养补给，"好像糖衣裹着苦药一样，起到药到病除的作用"。

　　在泰国人的心目中，国王、宗教、国家是高于一切的，但西巫拉帕笔下的主人公却视西方社会为理想社会，对资产阶级的自由、民主充满了憧憬与向往，对社会的不平提出了抗议。作者笔下的人物向往的是西方社会科学、文明、光明的一面，这自然影射着对泰国落后东西的否定，这在当时是有进步意义的。

　　进入 30 年代，西巫拉帕继续执著文学，此间对他产生较深影响的作家首推俄罗斯著名作家陀思妥耶夫斯基，西巫拉帕秉承陀氏文学中的"小人物"传统，提出了在泰国这个特定社会政治环境中，"小人物"接受教育与获得劳动报酬的权利问题。

　　1932 年 5 月底，西巫拉帕完成出版了书信体小说《生活的战争》，这部融思想性与艺术性为一体的优秀作品给作者带来了极大的声誉，轰动了文坛。小说以一对青年男女的爱情为主线，抨击了社会的丑恶和人性的伪善。尽管小说在内容、情节和形式上都相当程度地模仿了陀思妥耶夫斯基的名作《穷人》，但对照泰国社会的现实生活而言，又相当真实、可信。这是泰国现实主义文学中诞生最早的一部作品，也是第一部从俄国批判现实主义文学，而非西方娱乐消遣小说中汲取营养的泰国文学作品。小说不只描写了历史转换时期生活的阴暗角落，也有对未来的美好憧憬和对变革的期待，作者借人物之口说道："新的世界是梦中的世界，你应该用真正的工具开辟道路进入新世界，而不是让我去假设。"各路名家对这部作品都给予了很高的评价，青年男女更是被作品中不朽的爱情语言感动得热泪盈眶。

西巫拉帕是泰国现代文学史上第一位把政治内容引入小说的作家，其敏锐的社会观察力与办报的实践不无关系。

1938 年，銮披汶上台后，文化界受到极度控制，身为全国报业协会主席的西巫拉帕拒绝了銮披汶的笼络行径，并在太平洋战争爆发后，立场鲜明地反对日军侵略，反对泰国政府卖国求荣的政策，因此遭到逮捕。

1947 年西巫拉帕获释，7 月他以政治学者的身份偕夫人赴澳大利亚研究考察。在澳两年中，他接触并研究了马克思主义学说和社会主义思想，目睹了工人运动，受到进步思想的极大启发，思想发生了重大变化。1949 年 2 月 26 日西巫拉帕夫妇回到泰国，出版了两人合写的澳大利亚考察记《我的见闻》。而此时泰国国内文坛正在开展如火如荼的进步文学运动——"文艺为人生，文艺为人民"，西巫拉帕立即投身其中。

1952 年，作为一名和平民主战士和爱国者，西巫拉帕积极参加泰国保卫和平委员会的组织工作，被选为泰国保卫和平委员会副主席和世界和平理事会理事。同年 11 月，他和另外一些进步人士以"在国内外制造动乱"的罪名被銮披汶政府逮捕，判刑十三年零四个月。1957 年 2 月 21 日适逢佛祖释迦牟尼二千五百周年大庆，而且迫于社会舆论的重压，泰国当局颁布了大赦令，西巫拉帕终于重获自由。

西巫拉帕后期的主要作品有中篇小说《后会有期》（1950）、长篇小说《向前看》的第一部《童年》（1955）和第二部《青年》（1957 年，未完成）。《向前看》是他小说中思想价值最高的一部，这部作品把革命者放在历史的中心地位，将推动历史前进的人民群众作为小说的主人公。这种对待历史、对待人民群众的态度在以往的文学创作中是不可想象的。

1958 年，应中国对外文化联络委员会的邀请，西巫拉帕率泰国文化代表团来华访问。访华期间，泰国发生了沙立政变。陆军元帅勾结几位上将以"革命团"的名义发动政变，废除宪法，解散议会和政党，实行严酷的军人独裁统治。他们大肆封闭报刊，逮捕作家，查禁书籍，轰轰烈烈的"文艺为人生，文艺为人民"的文学运动于此前的 1952 年和 1957 年已两度遭到血腥镇压，在 1958 年沙立政变之后终于被完全镇压。作家人人自危，为避免再入虎口，西巫拉帕选择中国为避难地滞留了下来。在华期间，他代表泰国作家参加过一些国际作家会议。1974 年 6 月 16 日，西巫拉帕病逝于北京，中国人民为他举行了隆重的葬礼，周恩来总理向这位泰国当代杰出的作家敬献了花圈。

西巫拉帕在泰国现代文学史上占有突出的地位，他的整个创作昭示了泰国现代文学发展的进程。但由于西巫拉帕对当局当权者一直采取不合作的态度，他的作品长期遭禁，直到 1973 年 10 月 14 日运动，这道闸门才被冲开。自此，西巫拉帕的作品被一再翻印，得到了空前的传播。人们称他为英雄，尊他为泰国文化界的"元帅"，"泰国文学天空中的王鸟"。可见，真正的人格，真正的文学远比任何枪炮更具恒久的威力，因为许多事还是由时间论成败。

43. 克立·巴莫：皇族·政治家·作家
kè lì · bā mò: huáng zú · zhèng zhì jiā · zuò jiā

蒙拉查翁·克立·巴莫（1911 — 1995）是泰国当代最杰出的作家之一，在泰国是一位不折不扣的大名人——他曾任泰国总理，在政坛发挥举足轻重的作用。

克立·巴莫 1911 年 4 月 20 日诞生于停泊在湄南河岸的一条船上，其故乡是距曼谷约一百公里的信武里府因武里县班玛村。他的祖父是曼谷王朝二世王的儿子，祖母有中国血统，父亲是泰国第一任警察总监。"克立"是名，"巴莫"是姓，"蒙拉查翁"是对贵族的尊称。鉴于出身的缘由，克立·巴莫与王室一直保持着密切的关系。

在故乡克立·巴莫接受了启蒙教育，接着进入曼谷附近一所颇有名气的玫瑰园中学（一所贵族学校）就读，随后留学英国九年之久。

克立·巴莫的政治生涯是辉煌的，留英归国后他便投入政治活动，先后与人合作成立过进步党、民主党，并长期担任社会行动党主席。第二次世界大战以后，他辞去银行工作，竞选过两次议员，出任过两届政府部长，担任过议长；1975 至 1976 年出任泰国总理，在他任职期间，泰国与中国建交。

二战之后克立·巴莫开始涉足文坛。此时经过战争时期的沉寂之后，泰国文学开始复苏，文坛日益呈现出生机勃勃的局面，这是一个很好的入局契机；1948 年之后克立·巴莫的政治生涯暂时受挫，余暇时间较充裕，这也促成他有机会涉猎文坛。他创办了《沙炎叻日报》，自任董事长，将报纸作为言论和作品的发表阵地，接连创作出《四朝代》、《芸芸众生》、《红竹村》等三部长篇小说，并涉猎短篇小说、戏剧、通俗文学、散文、政论等诸多领域，50 年代达到了创作的旺盛期，一时成了文坛上大名鼎鼎的人物。也许，对克立·巴莫自身而言，政治生涯和文学生涯都是他生命中非常重要的组成部分，二者密不可分，相映成辉。他丰厚的阅历，渊博的知识，出众的辩才，娴熟的演艺才能，不只有利于他的从政之路，对于他的文学创作而言，这些内涵与素质也是非常好的成功基石。克立·巴莫涉猎的领域较为庞杂，在此我们只重点着眼于作为文学家的克立·巴莫及其文学创作。

长篇历史小说《四朝代》（1953）是克立·巴莫最为出色的一部作品，也是泰国长篇小说中一部难得的佳作，美国文学评论家赫勃特称它"无疑是当代泰国文学中最伟大的作品"。小说最初是在《沙炎叻日报》上连载的，立即引起轰动。不少读者写信询问小说内容是否属实，女主人公帕洛伊是否确有其人，人物命运得到了空前的关注。当小说写到帕洛伊怀孕时，甚至有热心读者立即把未熟的芒果送到了日报编辑部。小说自出版以来一直畅销不衰，曾被改编成剧本搬上舞台，还被摄制成电视连续剧。小说浩浩百万言，透过一个皇族女子帕洛伊的一生，展现了曼谷王朝五世到八世（1910－1946）几十年间的社会生活图景。小说涵盖了泰国发生的许多重大历史事件，细数皇宫的礼仪和风尚，同时折射出受西方影响而导致的社会变迁，堪称一幅壮丽的历史画卷，充满着史诗般的神韵。小说有两条主线，一条是帕洛伊出生地——地位显赫的贵族之家，一条是宫廷，两条主线通过帕洛伊的生活加以贯穿。作者以写实手法描绘了贵族之家的没落过程，又从一个侧面——与帕洛伊和璀的生活紧密相连的一个公主王府的角度虚写出整个宫廷的日渐衰微。克立·巴莫在《四朝代》中成功地塑造了一批具有浓重时代色彩的人物群像，写出了他们在特定的历史条件和特定生活环境下所形成的性格，写出了他们迥然相异的命运。作品塑造了大大小小二十几个充满个性的人物形象，其中对帕洛伊、璀和坤翠三位年纪相仿的女性的描写、刻画尤为精彩。可以说作品最大的成功之处就是将艺术表现的主要对象——人，很好地加以了展现。与此同时，由于作家本人自幼就常随母亲出入宫廷，非常熟悉宫廷生活和贵族家庭中的各色人物，加之他丰富的历史、文化知识和对生活细致入微的观察、积累，这一切使得《四朝代》这部作品情节跌宕起伏，人物形象栩栩如生；各类人物语言、举止切合身份，宫廷礼仪习尚生动有趣，可读性极强。但也不能否认，作品虽展现了一个贵族大家庭的败落，客观上指出了贵族之家、宫廷的不可逆转的衰微趋势，但从作家本意来讲，他流露得更多的是一种怀旧情结和"无可奈何花落去"的慨叹。作者笔下的宫中被描写得非常美好，作者不愿去深究革命何以爆发，王权何以衰落的深层原因，而更多地以儒教哲学思想处理、阐释人物命运，以宿命论的方式完成人物结局，这不免损害了小说的现实主义的光辉。

长篇小说《芸芸众生》实际上是由十一篇独立短篇构成的，作品没有统一主人公，各篇章之间的内容、情节也没有什么必然的联系。这部小说的诞生背景较为有趣。我们知道，克立·巴莫是出生在水上的，他平生爱水。一次他和"沙炎叻报"的同仁一起乘船兜风，入夜时，水上忽起风浪，克立问威腊（泰国作家）："如果船在夜里翻沉了，你说会怎么样呢？""那当然会死呀，这地方水流急得很，"威腊回答说。"假如说船沉了，死的人肯定不会少……是不是应该这样想，他们每个人都做了些什么，然后才在一起死去的。有的人是来看儿子，有的人来讨债，有的人来演舞剧，有的人可能是逃跑的贼，有的人是送儿子剃度出家，各种人生的经历聚集在同一条船上……然后死去了，这完全可以写成一部小说呦！"克立对大家说。同仁们开始议论纷纷，威腊那时正准备出版《首都人》杂志，便建议克立写出来，但他当时很忙，只答应写开头和第一人，其余请大家各写一篇。但当克立写出第一篇，登在《首都人》杂志上时，同仁们故意装聋作哑，仿佛那天的约定都已忘得一干二净，克立不得不独立完成，这部作品便是堪称社会生活万花筒的《芸芸众生》。

无论从作品创意还是从作品实际内容来看，这部作品都是一个人生、人性的展台，作者力图写出人物性格本身的发展轨迹，其间有美好、善良，也有残暴、丑恶，他们的生活道路，一生的追求、向往，各自遵循的做人原则、道德观都是相异的，但当他们在同一时间、地点遇难时，却发觉往昔的一切虽谈不上厚重，却也并不单薄，足以构筑一个小小的社会缩影。《芸芸众生》里的故事不少是寓意深远，耐人回味的。第四篇及第九篇堪称短篇小说之林的精品，足以与脍炙人口的名篇佳作相媲美。如第四篇写了一个十分特殊的人物命运，有典型意义，又发人深思。探猜雷有一个皇族的头衔，但因父亲过世，家道败落，实际上过着穷人的日子。皇族的身份从小就像一道可恶的高墙，阻隔了他正常的人际交往，也剥夺了许多做人的快乐，无论是恋爱、工作都一再碰壁，得不到关怀，得不到爱，晋升等事业机会更是与他无缘。最后探猜雷隐姓埋名到农村做了一个普通的庄稼汉，过了几年快乐的日子，并当上了村长，却被来村视察的一位高官（以前的同事）认出，皇族身份暴露。乡亲们断绝了和他的一切往来，他又被抛回原来的世界，在去曼谷的途中不幸遇难。探猜雷是个从贵族阶层跌落下来的人，却留有一个贵族的空头衔。封建的等级社会、传统的等级观念把他制造成一个肌体健全的畸形人，一个各个阶层都不能接受的"多余人"，其命运令人备感同情。克立·巴莫对社会极为深刻敏锐的观察力通过这篇小说得到了很好的体现，同时，作品独特的选材、奇妙的情节、出人意料的结局也令人赏玩不已，回味无穷。

克立·巴莫这位出身皇族、在宦海中几经沉浮的政治家，以高超的艺术手法使其嬉笑怒骂皆成好文章，对泰国小说创作的发展做出了巨大贡献。他的作品已被译成多种文字，在国外也享有一定声誉。

44. 尤今：永远不倦的旅人
yóu jīn：yǒng yuǎn bù juàn de lǚ rén

> 每每把世界地图在眼前摊开，我便有一种"目迷五色"的感觉。无数无数的国家，繁华的、落后的、富裕的、贫困的、发达的、原始的，交织成一张错综复杂的大网；而我，好似一只微不足道的蜘蛛，渺渺小小地蹲在赤道边缘那一个面积如米粒的国家里，惊叹、慨叹：啊啊啊，世界无涯而生命有限啊！

这是尤今（1950 —）的肺腑之言，旅行给予尤今无穷的生命力，旅行使她的人生妙趣横生，而她那些描写旅行的文字也为旅行增添了神奇的色彩，她在用她的旅行建造一座富有魅力的艺术殿堂。

尤今，新加坡著名华文女作家，原名谭幼今，出生在马来西亚北部山峦叠翠的小城镇怡保，祖籍中国广州台山，祖父因为生活所迫，漂洋过海，来到南洋，从父辈起就是这里土生土长的当地人了。父亲给她取名字叫幼今，意思是希望孩子记住："今日的我，是幼稚渺小的。"以此告诫孩子终生努力不息，奋斗不止。长大后的尤今没有辜负父亲的期望，从事文学创作的时候，就取了谐音"尤今"作为笔名，其意为"尤其珍惜今天"。

尤今为什么会从事文学创作？这恐怕要追根溯源，尤今的父亲谭显炎生性豪爽，酷爱文学，在日本占领时期曾在马来丛林中和广大爱国志士一起进行了三年艰苦卓绝的抗战。战争结束后，他曾开过小酒铺子，酒馆里经常高朋满座，成了谈论诗文的好场所。而老板为人大方，总是慷慨解囊，免费赠送美酒佳肴，酒馆很快就关门了。一家人生活拮据，住在没有水电的茅草屋，屋里蚊蝇乱飞，门外臭气熏天，杂草丛生，但父亲不改初衷，索性又办起了一份专门谈理想、谈文化、谈社会的报纸《迅报》，还抽出时间写作《敌后工作回忆录》。母亲陈陶然，出身于华侨富商家庭，她的外祖母也酷爱文学，尤今耳濡目染，深受外祖母的影响。母亲面对日益贫困的境况，泰然处之，不仅操持一家人的三餐和家务，还挤出时间为《迅报》写长篇连载小说，翻译外文。母亲的言传身教给予了尤今巨大的生存能量，成家后的尤今要为夫婿和三个子女的日常生活操劳，而且作为一名华文老师，她每周还要上三十节的课，同时她出版了数千万字左右的作品，这样娇弱的女子竟承受着如此重担，我们从中可以看到其母的遗风。

《迅报》勉强坚持了两年，也以关闭告终。然而，父母是孩子成长最好的老师，尤今在父母言传身教的影响下，遨游在知识的海洋，小学毕业的时候，她已经读了很多世界著名的童话，还读完了大部分的中国古典名著，如《红楼梦》、《西游记》、《三国演义》、《聊斋志异》等。离她家不远的地方有一个租书摊，吸引了很多像她那么大的十来岁的小孩子，喜欢读书的尤今也常常光顾，但令她失望的是那里只有一些武侠连环画，没有适合小孩子看的童话，她觉得应该写些有益的书给小孩子看。这时老师留了一篇作文《我的志愿》，尤今在作文中写出了长大要当一名童话作家的愿望，这篇文章不仅得到老师的表扬，还让她在课堂上朗诵，这极大地鼓舞了她，她产生了一个大胆的念头，把它投给报社！羞怯的她害怕别人笑话，所以只是悄悄寄出。她静静地等待了很久，没有回音，直到有一天，正在读报的父亲惊诧地说，怎么报纸上这文章作者的名字和我女儿的一模一样？一篇作文真的发表了，她兴高采烈，同时一个理想的种子也埋在了她的内心深处：我要写作，我要当作家。从此她对文学更加痴迷，也许青春年少的她也曾对自己的人生有过种种的设计，但写作是发自她内心的声音，顽固而执著，决定了她一生发展的方向。

从小学到高中，她贪婪地阅读着所有能接触到的文学书籍，从唐诗宋词到中国现代的老舍、巴金、冰心，从托尔斯泰到莫泊桑，这些作家的作品，她无所不熟。1969 年，尤今如愿以偿，考上了南洋大学的中国语言文学系，如鱼得水，第三年考取学士，荣获第一名金牌奖，进入由各班级前百分之十的学生组成的荣誉班，第四年获得第一等荣誉学位。

1973 年，大学毕业的尤今面临着职业的选择，在她看来，最理想的工作就是进报社做记者，记者的工作可以深入生活，积累写作素材。遗憾的是新加坡的报纸只有那么几家，职位有限，她只好退而求其次，受聘于新加坡国家图书馆，从事目录采编。三年下来，尽管她没有深入生活，但图书馆为她打开了一个丰富的宝藏，她像海绵一样汲取着知识的营养，这为她日后的创作打下了坚实的基础。

这时甜美的爱情降临了。在一次好友的晚宴上，一个豪爽豁达的大胡子青年注意到了她，于是他成了国家图书馆里的常客，借书、查资料，常常与尤今攀谈几句。交谈中尤今才发现这位叫林日胜的大胡子青年原来和她是同乡，也出生在马来西亚的怡保。他从小接受的是英文教育，曾就读于新西兰和澳大利亚，是位工程学硕士，不懂中文。大胡子的坦诚与挚爱感动了尤今，1975 年，他们回怡保结婚。

婚后第二年，尤今如愿以偿进入新加坡华文报馆《南洋商报》担任外勤记者，从此开始了她的写作生涯。1978 年出版了新闻特写集《社会鳞爪》，1979 年出版了小说集《模》。

这时她的丈夫已被派往沙特阿拉伯工作，但由于记者的工作没有固定的时间，尤今不仅无暇顾及丈夫，就连刚刚出生的孩子也被送回了怡保的婆婆家。一面是自己盼望已久的工作，一面是难以割舍的夫妻情、母子情，尤今左右为难。1979 年，她痛下决心，怀着复杂的心情向报社请了无薪长假，带着幼儿，踏上了荒凉的沙漠。放弃心爱的工作，一家人终于团聚了，百感交集中的尤今无论如何也不会想到真正使她成名的正是这次迫不得已的旅行。

八个小时连续不停的飞行之后，展现在尤今眼前的是一片又一片绵延不尽的黄沙，车过处，沙土飞扬，黄雾迷蒙。荒漠山脊上那座孤独的小白屋就是他们的家了，每当屋外沙浪袭来，满天满地都是混沌不分的尘土，来势汹汹，好像野兽怒吼，打得薄薄的门扉格格作响。孤守在屋中等待丈夫归来的她不禁胆战心惊。当然沙漠中也有美景，它的沙丘石山嶙峋怪

异，可与桂林山水相媲美，然而尤今觉得这种美里又时刻充满了让人防不胜防的危险。一年以后，在惊恐中度日的尤今不得不为了照料水土不服的幼儿离开了沙漠。

回到了新加坡，然而在沙漠的日子一点一滴地却记得格外分明，这段本来平凡的沙漠生活因为她的敏感多思在记忆里变得越来越绚丽，以至让她坐立不安，文思泉涌，终于写成了一部游记《沙漠中的小白屋》。1986年，这部游记一经发表，就轰动了星岛文坛，获得了新加坡书业发展理事会颁发的"华文最优秀作品奖"，尤今也因此成名。

《沙漠中的小白屋》显示了尤今文学创作的特色。首先，游记成为她最重要的文学体裁。虽然她也写其他类型的散文、小品，还有小说，但她写得最多的仍然是游记。就是在许多散文、小品、小说中，也有大量以旅游生活为题材的。所以作家秦牧先生称她是"大旅行家"。其次，她的游记主要描写域外的风土人情，她并不喜欢描写静物，动态的人物总是占有主要的篇幅。再者，她的游记总是让人感到轻松，她以明快的笔调写旅途上令人心动、心奇、心喜、心酸的各种各样的小故事、小见闻、小插曲，在她的作品中你看不到黄钟大吕般的震撼，没有引人入胜的曲折，更没有华章异彩，有的只是朴朴实实、真真切切的情感，点点滴滴平凡中的感动。

1981年，尤今经过痛苦的选择，终于放弃了在报社的工作，她说："作为女性，除了事业，除了兴趣，家庭还是应当占相当大的比重。"她决定选择一个家庭、写作两不误的职业，考虑再三，她做了一所华文中学的教师，尽管教学同样繁忙，每周五天有三十节的课，但教书的时间固定，每天下午两点以后的时间归自己支配，可以自由写作。此外，学校每年都有四个假期，加起来足有三四个月，可以充分利用这段时间周游世界各地。可以说，十余年的教师生涯不仅使她在教书育人方面成绩卓著，而且在文学创作方面也是硕果累累。特别值得一提的是，1991年尤今荣获了新加坡第一届新华文学奖，这项奖只颁发给具有代表性的作家，是新加坡最高的文学奖项。尤今成为新加坡首届新华奖的唯一得主，足见她在新加坡文坛上的地位。

　　说到尤今，人们时常会联想到三毛，甚至有人称尤今是"新加坡的三毛"。她们都是女性作家，都喜欢写游记，而且游记中都喜欢以人物为主，有着类似的沙漠生活的经历，特别是她们都有一位大胡子、不懂华文的丈夫，但这些都是外在的偶然因素，尤今就是尤今，相对于三毛的浪漫、反叛与悲怆，尤今显得更加求实、温情与快乐，她用健康、纯情构筑着自己具有独特风格的艺术世界。

　　尤今的足迹遍及亚洲、非洲、欧洲、大洋洲和美洲，她走过了四十多个国家，最北，她去了北极圈；最南，去了乌拉圭；去了大漠，也去了亚马逊丛林。旅行绝非都是浪漫与欣喜，也时常危机重重，险象环生。在南非野生动物保护区，尤今与森林之王狮子距离十来米左右，狮子的怒吼吓得她脸青唇白、汗毛全竖；在南非，社会暴力势力猖獗，光天化日之下，她也曾寸步难行，心惊胆战；在亚马逊简陋的茅屋里她也曾聆听野兽此起彼伏的吼叫，享受与丛林土著秉烛夜谈的原始乐趣，但同时，周围又好像有许多鬼眼在窥视，柱子上挂着的装满了子弹的长枪更是时时提醒她丛林暗伏的杀机；在撒哈拉大沙漠，寄宿在游牧人家的帐篷里，夜色是那么浓黑诡秘，闻听着数里之外骆驼的哀鸣，她的心中不由得有一种千山鸟飞绝、万径人踪灭的感觉。至于旅途中的被骗、被偷、被抢、疲惫、病痛、语言不通、求宿无门，更是司空见惯。

　　尤今为什么对旅游乐此不疲呢？对于旅游，尤今有自己独到的见解："我个人觉得，旅行绝对不是纯粹的享受，我把地图上的每一个国家看成是有生命力的个体，然后，真心诚意地和他们结交，在了解他们的同时，也开拓自己的事业。正因为这样，我在选择旅行的目的地时，并不考虑它是不是进步或是落后的。正好像你去交朋友，你绝对不会因为你的朋友长得丑而说：'噫，我不要到你的家去做客！'"

　　自然与生活在她那里是没有地域、种族、文化之分的，她以女性特有的细腻与爱心，为人间的每一点温馨而感动，为每一点真善美而欣喜。我们在她的作品中深深品味到的是爱，是对祖国、对同胞、对父母亲人、对天下所有朋友的爱。所以在《属于阿拉伯的那条街》中她感到："它的美，在于它保持了古老传统的种种特色，虽然它脏，虽然它吵、虽然它臭，然而，这一切都无碍于它那种必须靠我们以心眼去体会的美。"在南非的暴力世界里，她哀叹："南非黑人，过去唱着的，是一阕叫人痛心的悲歌；现在，黑白平等了，南非人唱着的，却又是另一阕使人揪心的悲歌！"在沙漠的漫漫黄沙中，路人不遗余力的帮助使她顿悟："人类同情的善心和互助的精神并没有完全地消失，完全地泯灭。"正因如此，她说："我喜欢我足迹曾及的每一个地方。繁华与落后、雅洁与肮脏、富裕与贫穷、美丽与丑陋，原都是现实生活的一部分。湖光山色的娇媚，固然令人魂牵梦萦；穷街陋巷的朴实，不也一样叫人难以忘怀吗？所以说，只要好好地去体验、去感受，不论天涯海角，都是旅人心目中的世外桃源。"

　　每个人降临人世，都是一次单程的"地球之旅"，每个人的生命线都不会太长，但人可以尽可能地把生命拉长。尤今在地球上旅行着，在生命中旅行着，生命的长度正是由这一个一个脚印构成的，多一个脚印就多一分长度。

45. 菲律宾民族英雄：黎萨尔
fēi lù bīn mín zú yīng xióng：lí sà ěr

……

　　如果有一天你看见我的坟头逆生一朵朴实的花儿

　　在茂密的丛草间

　　请把它放在你的唇上，吻我的灵魂

　　那时在寒冷的墓里，我额上将感应你的爱抚的亲切，你的气息的温暖。

……

　　这是一首献给祖国的深情的诀别歌，出自菲律宾民族英雄何塞·黎萨尔（又译黎刹）临刑前夕所作的绝命诗《我的诀别》。这首著名的绝命诗已被译成十几种文字，铭刻在黎萨尔纪念碑周围的 20 面铜牌上。1896 年 12 月 30 日清晨 7 时零 3 分，年仅三十五岁的黎萨尔在马尼拉巴贡巴扬广场英勇就义。中弹后，在生命的最后一瞬间，他以非凡的力量向右转身，仰望着眷恋一生的祖国的蓝天和初升的太阳，祈祷着这"东海的明珠"不再有泪，希冀她有一日终能高高抬起"没有悲戚、没有皱纹、没有羞辱微痕的头额"……两年后，菲律宾独立了。第一共和国国会于 1898 年通过第 229 号法令，规定每年 12 月 30 日全国都要纪念黎萨尔殉国，这一天被称为"黎萨尔纪念日"，黎萨尔也被菲律宾人民尊为"民族英雄"、"国父"。

1861 年，黎萨尔出生于吕宋岛内湖省山明水秀的卡兰巴镇，祖籍是中国福建省晋江市罗山镇上郭村。家境优裕，父亲是一个勤劳的农民，母亲是个零售商，二人均受过高等教育。在十一个孩子中他排行第七。他三岁起就开始识字、看书，五岁能读西班牙文的圣经。后入比尼安小学读书，业余时间补习拉丁文和绘画。八岁时已能用本民族的塔加禄文写作诗歌、短剧，聪慧过人，被誉为"神童"。他写过一首名为《我们的母语》的诗，分为五节二十行，稚气的童音表达出强烈的民族自尊感。

他生活的年代正值西班牙殖民统治时期，所以诗中对自由的歌颂是有感而发的。母亲常常给他讲述飞蛾扑火的故事，他幼小的心灵已经懂得：追求自由与光明，有时是要不惜付出生命的代价的。十岁那年，母亲受诬陷被捕入狱两年之久，这桩冤案在他心中埋下了仇恨殖民统治的种子。翌年，即 1872 年 1 月又发生了甲美地人民"打倒西班牙"的起义，后遭残酷镇压，三位与起义无关的爱国神父也被绞死。其中一位神父布尔戈斯恰好是黎萨尔哥哥的好友，哥哥将整个事件的悲惨经过讲述给弟弟听，黎萨尔的爱国激情燃烧起来了，他下定决心要为民族的自由解放而奉献一生。1889 年，他在写给奥地利人类学家布卢门特里特教授的信中说："没有 1872 年，黎萨尔就会成为一名耶稣会会员，而且会写出完全相反的东西，而不是《不许犯我》。"黎萨尔在《不许犯我》的续集，即另一名篇《起义者》的献词中，把新作"当做一个枯叶编成的花圈"敬献给三位神父，

并谴责西班牙殖民者的双手沾满了他们的鲜血。

1877 年，黎萨尔以优异的成绩获得马尼拉阿登尼奥学院的文学学士学位，又转入圣托玛斯大学学医。十八岁那年发表著名的爱国诗篇《献给菲律宾青年》，并荣获文艺学会诗歌创作比赛一等奖。诗中他鲜明指出菲律宾人的祖国是菲律宾，反驳了殖民者所灌输的奴化教育，也传播了争取民族独立的爱国思想。1880 年 4 月，马尼拉文学艺术会主办"塞万提斯逝世纪念日"的文艺征文比赛，有很多西班牙作家和知名的教授前来参赛。结果黎萨尔用西班牙文创作的剧本《诸神会》脱颖而出，作品的独创精神及艺术魅力受到评审委员会的一致赞扬，它最终赢得了那枚刻有塞万提斯半身像的金戒指——这是此次比赛唯一的一件奖品。非西班牙籍的菲律宾年轻人的获奖似乎证明了某种种族优越性，这使许多菲律宾人备受鼓舞，民族自豪感油然而生。同年岁尾，黎萨尔创作的音乐喜剧《巴石河畔》在阿登尼奥学院上演。这部针对殖民教士及官吏的讽刺喜剧受到观众的热烈欢迎，却也得罪了殖民当局。

黎萨尔以文艺创作传播爱国思想的倾向愈见明显，已为当局所不容，1882 年 5 月，他不得不离开祖国远赴欧洲。他先在西班牙马德里中央大学学习医学、文学和哲学，获硕士学位，而后于 1885 年赴巴黎专攻眼科，并研习美术。1886 年又转赴德国海德堡大学学习历史和心理学，同时研究欧洲古典文学。在长达九年的旅居欧洲期间，黎萨尔始终致力于唤起民族觉醒的文学创作和宣传活动。1882 年 6 月，他刚刚抵达西班牙的巴塞罗那，便写了《热爱祖国》一文，抒发挚热的爱国情怀，文中写道："热爱祖国的心情，滋长在人的心灵深处，任何人也不能动摇它，它是永恒的，不可磨灭的，神圣不可侵犯的。"此文先后发表在马尼拉的《他加禄日报》和马德里的《团结报》上。

1887 年 2 月，黎萨尔怀着极为悲愤之情在柏林完成出版了第一部长篇小说《不许犯我》（又译《社会毒瘤》），这也是作家的代表作。他在序言中说："菲律宾人将在这本书中发现过去十年的历史，我希望你会觉察到我的叙述与别的作家有多大的不同。政府与神甫可能会攻讦这部著作，反驳我的话，但我信任真理的神与那些曾经实际上看见我们患难的人们。在这部书中我将答复所有诬赖的谎言，及毁谤我们的侮辱。"他强调这本书的真实性："我所叙述的故事都是真实的，及曾经发生过的；我能够证明它们。"小说虽然有明显的改良主义倾向，但一幕幕震撼人心的悲剧已雄辩地证明殖民统治是一切罪恶的根源、是社会的毒瘤。

　　1891 年 7 月，黎萨尔刚刚度过三十岁生日，《不许犯我》续集《起义者》（又译《贪婪的统治》）即在德国付梓，8 月中旬正式出版。写作这部作品的三四年间，黎萨尔的生活经历了许多变故：父母亲人在家乡境遇凄惨，他们被驱逐出家园，受尽盘剥和凌辱，由此他在异国的生活费也了无着落，有时三餐都不能保证；他青梅竹马的恋人良奴·李迷娜受她母亲的蒙骗，背弃了誓言，下嫁给一个英籍工程师；他与当时同在西班牙的菲律宾革新派人士产生了不和……一连串打击之下，黎萨尔极其悲愤，他甚至产生不祥的预感：觉得自己将不久于人世。在这种逆境下，《起义者》的出版也经历了难产的阵痛。黎萨尔当掉所有首饰，加上向友人举债才得以完成心愿。在书刚印到头两页时，他在给友人的求助信中写道："我借尽了一切人，我也当光了我的一切东西。除非钱能及时到来，否则我得暂停刊印，这是极端可惜的，因为我认为这续集是比较前集更为重要，而假如我不在这里完成它，它将永远不能完成。"这部不朽之作和《不许犯我》揭示了菲律宾民族悲剧的实质，吹响了民族觉醒的号角。菲律宾民族英雄波尼法秀（1863 — 1897）投身革命运动和发动武装起义也在相当程度上受到这两部作品的感染和影响。如今两部小说已作为珍贵的文学遗产成为全国高等院校的必读教科书，也是公认的世界文学名著，被译为世界多国文字。而在百余年前，《起义者》还充任了另一角色，由于在献词中它是献给被西班牙殖民政府枪决的三位菲裔爱国神父的，它遂成为黎萨尔 1892 年 7 月被殖民总督流放棉兰老岛达比丹的罪证，也成为西班牙军事法庭判处他死刑的物证。呜呼！

　　黎萨尔著书、撰写论文，在报刊发表评论文章，以手中的笔为武器，努力唤醒菲律宾民族的独立意识。还在写作《起义者》期间，他便在伦敦大英博物馆搜集、钻研史料，于 1890 年，在巴黎出版了对《菲律宾群岛的成就》一书加以详细考证和注释的新版本，有力回击了西班牙传教士肆意歪曲菲律宾历史的行径。他引证早期典籍，概述了西班牙殖民统治前菲律宾在农耕、纺织、交易、酿造、开矿、淘金、铸冶、造船、采珠、畜牧制革、角雕以及活跃的海外贸易等方面的发展状况，有力论证了菲律宾民族早已拥有自己光辉灿烂的文化。黎萨尔还写了许多有关菲律宾历史、语言、文学和人类学等方面的论文。他的这些活动有力增强了菲律宾民众的民族自信心，加速了他们民族意识的觉醒。

1891 年 11 月，黎萨尔取道香港回国，结果在香港滞留半载。这期间他开设了一间眼科诊所，还与被流放的父母、哥哥及四个姐妹幸福团聚。也许是华裔的缘故，他很快就学会了广东话，对中国的戏剧、民俗习尚也非常感兴趣。1892 年 6 月，他返回故土，并于 7 月 3 日在马尼拉创立了第一个民族主义政治团体"菲律宾联盟"，提出了"把整个群岛统一成强大的民族共同体"的重要纲领。黎萨尔的文学创作、救国宣传、建立政治团体等爱国活动沉重动摇、打击了西班牙殖民统治，当局将他视为眼中钉、肉中刺。四天之后，即 7 月 7 日，黎萨尔便遭逮捕，并被立即流放。四年放逐生涯里，黎萨尔创办学校、医院、农场、勤恳为当地人民服务。还结识了陪护父亲前来治疗眼疾的爱尔兰姑娘约瑟芬·布蕾肯（1876 — 1902），二人互生情愫，只因当地天主教会从中作梗，未能成婚。

1896 年，黎萨尔为摆脱无限期流放而提出的到古巴当军医的申请得到批准，他于 8 月启程前往马尼拉，欲换船转赴欧洲。恰在这时由于军机泄露，波尼法秀等人于 8 月 23 日被迫宣布提前举行起义。殖民当局立即开始大肆搜捕，四千余名爱国志士惨遭逮捕，黎萨尔也在船上被捕。殖民当局以"组织非法团体"、"通过写作煽动人民叛乱"等罪名判处他死刑。就义前夕，他在阴暗、潮湿的囚屋里完成了感人肺腑的绝命诗《我的诀别》，长诗藏在煤油灯里，后由他妹妹特莉妮达作为遗物偷偷带出监狱，临刑前，他和心爱的爱尔兰姑娘举行了简朴的婚礼……

黎萨尔的殉国，进一步唤醒了菲律宾人民，加速了殖民统治的终结。

菲律宾著名诗人塞西略·阿波斯托在《致民族英雄》一诗中歌颂道："如果说一颗子弹击毁了您的脑壳，您的思想却摧毁了一个帝国！"黎萨尔的传记作者也盛赞他是"前所未有的最伟大的马来人"。黎萨尔以自己年轻的生命捍卫了对祖国的忠诚，他赢得了所有菲律宾人的尊重和爱戴。

46. 普拉姆迪亚与布鲁岛小说四部曲
pǔ lā mǔ dí yà yǔ bù lǔ dǎo xiǎo shuō sì bù qū

1981 年 5 月，印尼总统接到一封来自国际笔会主席珀尔·瓦斯特勃赫的特殊电报，电文如下："获悉印度尼西亚文豪普拉姆迪亚·阿南达·杜尔在拘留期间之作已被总检察长禁止出版发行。国际笔会为此强烈希望阁下不要反对一位曾被人提出作为诺贝尔文学奖候选人的作家，恳请重新考虑上述决定。"这里被提及的被禁之作即堪称史诗性巨作的"布鲁岛小说四部曲"《人世间》（1980）、《万国之子》（1980）、《足迹》（1985）、《玻璃屋》（1988）中的前两部，而曾被拘禁拘留营十四年之久又被提名为诺贝尔文学奖候选人的神秘人物，即当代印度尼西亚文学最杰出的代表：普拉姆迪亚——"印度尼西亚迄今为止最伟大的作家"，一个"在一代人中或许只能出现一个的作家"。

普拉姆迪亚 1925 年出生于中爪哇的小市镇布洛拉，父亲是位激进的具有强烈民族主义意识的教师，他宁愿去薪水微薄的私立学校任校长，也不愿在荷兰殖民者的公立学校享受丰厚的待遇，因而屡遭殖民当局的迫害，终因穷困潦倒而死。母亲是位虔诚的伊斯兰教徒，对子女管教甚严。普拉姆迪亚是家中长子，下面还有八个弟妹，这使得他过早担负起养家糊口的重荷，备尝生活的艰辛。父母的影响、艰苦生活的磨砺对他日后的创作生涯而言是笔宝贵的财富，而民族意识更是已潜移默化地渗入他的灵魂深处。

普拉姆迪亚小学毕业后，就读于泗水无线电技校，毕业那年（1942）印度尼西亚被日本占领。迫于生计，他四处谋生，亲身体验到下层人民的苦难。他曾在日本新闻机构任小职员，并开始对文艺发生兴趣。1945 年 8 月 17 日印度尼西亚宣布独立，他在雅加达参加了革命军，后担任战地新闻官，1947 年开始文学创作。同年，他出任印度尼西亚自由之声出版社编辑，不久即被荷兰殖民军逮捕入狱，至 1949 年底才重获自由。他的第一次牢狱生活是他创作的第一个旺盛时期，长篇小说《追捕》、《游击队之家》（以上两篇 1950 年发表）以及一些著名的短篇小说都是在狱中完成的。1949 年以后，作家对现实一度感到失望，思想陷入苦闷、彷徨之中，写了一些暴露社会阴暗面的小说，代表作品为《贪污》（1954）。50 年代末他的思想转变较大。1957 年他在《红星报》上发表《吊桥与总统方案》一文，阐明了对现实的看法和对前途的信心，自此走上了文艺为人民服务的道路。1959 年当选印度尼西亚人民文化协会中央理事会理事，文学协会副会长并出任《东星报》文艺副刊主编。此间主要作品有《南万尼发生的故事》（1958）、《铁锤大叔》（1956）及《渔村海女》（当时未正式出版）。1960 年印度尼西亚大肆排华，他由于公正评价华侨问题而被捕入狱近一年。1965 年印度尼西亚"九三零事件"后再度被捕，成为著名的政治犯，被拘押在布鲁岛等地十四年之久。

拘留营的生活是极为艰难的，普拉姆迪亚没有消沉、颓废，他要实现他作为一个作家和人的真正价值。他以惊人的毅力克服重重险阻奋力笔耕，完成了十一部鸿篇巨作，使这十余年牢狱生活竟又成了他的第二个创作旺期。而反映 19 世纪末至 20 世纪初印度尼西亚民族觉醒的"布鲁岛四部曲"即是此中精品。应该说，作品所表现的主题和题材并不新颖，反映人民在殖民统治、压榨之下的苦难、觉醒和反抗的作品在东方各国的近代文学中均已集中出现过，普拉姆迪亚的作品，何以引起印度尼西亚国内外读者界的广泛关注呢？要知道，当初四部曲之一的《人世间》刚一出版即成畅销书，三周内即告脱销。在短短五个月内连续四次再版，版版被抢购一空，并很快被译成荷兰文、英文、法文、德文、日文和中文等，震惊文坛。作品魅力究竟何在呢？

明克，人们都这样叫我。……

起初，我是在悲痛欲绝的思念中记下这桩人生轶事的。她离开了我，不知是暂时小别，还是永久分离。那时，我真不知道事情会怎样发展下去。前途呵，总是在捉弄人！简直神秘莫测！每一个人，不管你愿意与否，你的整个心灵和躯体，总是要落到它的手里的。无数事实已经证明，它是一位残酷无情的暴君。归根结底，我将来也是要去朝见它的。它到底是一位什么样的神呢？是位善神呢，还是位恶神，那是它自己的事情。人们呀，总是一厢情愿，到头来事与愿违……

十三年过去了。我又重新翻阅记下的这些只言片语，掺杂梦幻，伴以畅想，细细玩味。果真不假，故事已面目全非，无半点符合我当初的想象。于是，我又重加整理，将事情经过记述如下……

这便是作者获释第二年，即 1980 年出版的长篇小说《人世间》的第一章开篇部分。引文中的"明克"就是这部轰动印度尼西亚文坛，引来八方瞩目的长篇小说的主人公；而"布鲁岛四部曲"就是以明克整理私人笔记的口吻，用第一人称完成的。作为四部曲的第一部作品，《人世间》主要以一对印尼青年的爱情故事为主线，描写了印度尼西亚民族觉醒的萌芽阶段。作者在谈到这部作品的创作时曾说："故事本身是描写一个受压迫的妇女，她正是由于受压迫而坚强起来。"他还说："我只不过希望土著人被人踩在脚下时不至于被踩碎，被踩扁，不至于被踩成薄片。越是受压迫，他就越要起来反抗。"可见作者力求表现的主题思想是相当鲜明的。小说的故事发生在 1898 年东爪哇泗水附近的一个荷兰人开办的逸乐农场里。主人公是白人农场主梅莱玛的土著侍妾温托索罗姨娘——逸乐农场的实际经营者。"姨娘"是一种蔑称，用来称呼那些身为土著血统却给欧洲白人做侍妾或姘妇的土著女人，按照荷兰殖民统治的法律，姨娘身份不受法律保护，他们不是白人的合法妻子，地位比奴婢、妓女还要卑贱，是命运最为悲惨的一类女性。温托索罗姨娘也是一个土著的女儿，十四岁时父亲为了爬上账房先生的位置把她像牲畜一样卖掉了，卖给糖厂荷兰经理梅莱玛作侍妾。但她不甘心成为纯粹的玩偶，努力学习荷兰语和文化知识，认真掌握管理技术，终于成为一个颇具管理才干的远近闻名的"逸乐农场"的管理人。

温托索罗育有一儿一女，儿子罗伯特看不起土著居民，最终走向堕落的深渊；女儿安娜丽丝，酷似母亲，对土著居民怀有深厚的民族感情，她就是明克笔记中念念不忘的"她"。农场的真正主人梅莱玛在荷兰老家还有一个儿子毛里茨，五年前他曾闯入农场粗鲁责骂父亲抛弃他们母子，威逼温托索罗母女滚出农场，并扬言要控告他们。温托索罗如梦方醒，要求与梅莱玛履行正式婚约，未能如愿。而整个故事的记述者"我"，即小说的另一个主人公明克，是一个土著官员家的少爷，泗水高级中学里唯一的土著学生。明克偶然到逸乐农场温托索罗姨娘家做客，遇到了热情美貌的安娜丽丝，两人一见钟情，却遭到哥哥罗伯特的阻拦和嫉恨。温托索罗姨娘有意撮合二人，便邀请明克来农场居住，二人形影相随，行了夫妻之实。这时明克才从安娜丽丝的哭诉中得知一年半前她曾被同胞哥哥罗伯特奸污。为获取农场的全部财产和淫邪的私欲，罗伯特欲加害二人，没有成功。之后，梅莱玛纵欲暴亡，但根据荷兰法律温托索罗姨娘却无权继承其遗产。明克高中毕业后与安娜丽丝按伊斯兰教习俗正式举行了婚礼，有情人终成眷属。可惜好景不长，安娜丽丝的同父异母哥哥向法院提出上诉要求继承亡父财产，并援引荷兰白人法律不承认温托索罗姨娘与安娜丽丝的母女关系，也不承认明克和安娜丽丝的婚姻关系。此时安娜丽丝尚未满十八岁，还没有自主权，法院即判处将她送往荷兰由毛里茨进行监护。明克不堪爱妻就此流离异乡，在报上发表文章大胆揭露事实真相，法院的无理判决终于引起了武装骚乱。最后在军警的弹压之下安娜丽丝被只身押送荷兰。罪恶的殖民法律硬生生拆散了一对真心相爱的人。《人世间》的故事到此结束。

第二部作品《万国之子》则把印度尼西亚民族觉醒的历史画卷进一步

铺展开来，向人们展现出更加广阔而纷繁的生活画面。故事紧接《人世间》的情节，小说开始，明克在笔记中写到："安娜丽丝乘坐海轮远去了。她犹如一条嫩枝，硬被人折断，离开了作为母体的树干。她与我的分离，成了我生活中的一个转折点：青春啊，到此结束了！啊，青春，美丽的青春，充满希望和梦想的青春，如今一去不复返了！"事实果然应验了这段心绪；不久安娜丽丝即抑郁而终，她的死结束了明克的家庭悲剧，也象征着一个历史阶段的结束。此后不久，罗伯特也在异乡丧命，临死前他向母亲、妹妹及明克做了忏悔。明克终于从悲愤中奋起，走出个人小天地，开始走向真正的社会，去探索人生的真谛和民族命运的前途。在爪哇他结识了一位来自中国的反清革命志士许阿仕，受到许多启发和鼓舞，许阿仕最终被荷兰殖民当局残酷杀害。明克深受触动，他终于意识到，就如温托索罗姨娘所说的那样："殖民主义者永远是魔鬼。有哪个殖民主义者关心过我们民族的利益。"他看清了许多问题，满腔怨恨，却又无能为力。之后，他随温托索罗姨娘回乡探亲，体验到了土著居民的痛苦生活。在乡下，他亲眼目睹了白人糖厂对农民的残酷压榨和农民为反抗夺地而进行的斗争，而温托索罗的侄女苏拉蒂的惊人遭遇更令他感慨万千。新来的糖厂经理看上了管账先生的女儿苏拉蒂，设下卑鄙的圈套迫使父亲签下出卖女儿的字据。刚烈的苏拉蒂连夜走到被封锁了的天花疫区，在尸体遍陈的村子里呆了三天三夜，确信自己也染上了天花之后，梳洗一新强作欢颜地来到糖厂经理的住处。不久这个可恶的荷兰殖民糖厂的经理便染天花死去了，苏拉蒂侥幸捡回一条命，但那张原本美丽的脸上却布满了无数的天花疤痕。明克从乡下回到泗水以后，为发表有关农民反抗夺地斗争的报道而四处奔走。这时，毛里茨已是荷兰海军的一名中校，倚仗殖民地法律他继承了梅莱玛的所有遗产，他来到泗水，要求接管农场，霸占温托索罗姨娘苦心经营的产业。温托索罗姨娘、明克等人迎面怒斥毛里茨，宣判他就是令安娜丽丝惨死的"杀人狂"，揭露了其可耻的阴谋。毛里茨怕引起骚乱，只得宣布延期接管财产，他一脸狼狈，悻悻走出前厅，活像人群中的一个癫蛤蟆。小说最后以"我们已经进行了反抗，尽管这只是用唇枪舌剑进行的反

抗"结束。从此，明克走上新的征途。

由于种种原因，《足迹》、《玻璃屋》滞后好几年才得以发表。在《足迹》里明克被塑造成一个民族解放运动的先驱者形象，故事发生地也由商业中心泗水转移到政治中心巴达维亚（今雅加达）——20世纪初印度尼西亚民族解放运动就是从这里开始的。小说通过充满传奇色彩的故事情节，描述了明克为唤起民众，组织民众而进行的坚韧有效的斗争，虽然小说最终以明克被荷兰殖民政府流放而告终，但从作品向人们展示的激动人心、波澜壮阔的斗争画面中，我们还是能清晰感受到时代巨轮行驶的方向：受制于殖民统治，这不是民族解放斗争最后的结局。四部曲之四《玻璃屋》中，殖民政府企图把印度尼西亚变成一座玻璃屋子，对民族解放斗争实行外部监控，而明克则以更坚定的步伐继续其斗争。

仅从这个故事梗概，我们已强烈感受到这部民族史诗性巨著的宏大气势。作者使用了俗而不俚的通俗小说的语言，作品的悬念、机关又处处丛生，令人爱不释手。他曾这样平静地解释他的风格："的确，我的作品，从过去到现在，突出幽默之处，这确实是我所处的背景，也是由个性铸就的。我所走过的主干道上并无风趣，更常见的倒是冷酷。这是个人的色彩。"故事还采用第一人称的写法，倾诉各种经历和情绪，亲切感人。读者在跌宕起伏的情节中，心领神会：这部作品终将带你"走向世界之林"。《人世间》和《万国之子》这两部小说于1980年发表之后，在文艺界曾掀起一场轩然大波，被誉为印度尼西亚现当代的最佳小说，受到各路文坛的高度评价。普拉姆迪亚历经坎坷终成正果。他表示："我将和过去一样，继续从事写作，因为这是我安身立命之所在。"

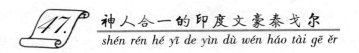

47. 神人合一的印度文豪泰戈尔

shén rén hé yī de yìn dù wén háo tài gē ěr

1861年5月7日泰戈尔（1861—1941）诞生在印度西孟加拉邦加尔各答市的乔拉桑戈的一个大家庭里，他是父母十五个儿女中最小的一个儿子，父母给他起名叫罗宾德拉纳特，家里人都亲切地把他叫做"罗宾"。家里并没有人对这个家庭第十四个出生的孩子表示特殊的欢迎和优待，因为即使人们当时知道他将是印度最负盛名的伟大诗人，也不过是给这个群星璀璨的家族又增添一颗明星罢了。

泰戈尔像

泰戈尔的祖父，德瓦尔卡纳特是出类拔萃的企业家、慈善家和社会改革家，是印度启蒙思想家罗姆·莫汗·罗易的朋友，是罗易从事宗教和社会改革的坚决支持者。泰戈尔的父亲戴本德拉纳特也是一位宗教改革家和哲学家，他把财产分给朋友和熟人，自己专心研究印度经典和西方哲学著作，二十二岁时创立了印度新教团体——知梵协会，致力于宗教改革。他不仅对宗教怀有浓厚的感情，对艺术有着敏锐的感受，并且还具有从事实际工作的精明强干，人们尊称他为"玛哈希"，即"大圣人"的意思。泰戈尔说："我难得见到父亲，他经常外出，但是他的存在依然影响着整个家庭，他是对我一生影响最大的人之一……"。父亲在家里对待孩子的态度是非常开明的，他既对他们严格教育，又给予他们一定的自由空间；既培养他们虔诚的宗教情感，又让他们自由地享受美好的生活。在家里，孩子们可以自由发表自己的见解，还经常展开宗教和哲学问题的讨论，演出剧目，举行诗歌朗诵会和演唱会。泰戈尔的家是当时加尔各答进步思想家和文化界的中心，一些著名的学者、诗人、音乐家、戏剧家经常在他们家聚会。在这样一个充满活力、智慧和自由的家庭，怎么可能不培育出一批有着卓越天赋和出众才华的孩子呢？

泰戈尔七个哥哥和五个姐姐中，大哥是位大学者、诗人、音乐家、哲学家和数学家；二哥是进入英属印度行政机构的第一个印度人，还是一个法学家，同时也是一位梵文学家，他的一位女儿后来也成为孟加拉文学中受人尊重的作家；三哥承担起教育泰戈尔的重担，他坚持用祖国的语言来教育弟妹，给他们打下了良好的语言基础，可惜在四十岁时英年早逝，泰戈尔在《回忆录》中曾深情地写道："在四周盛行英语的那些日子里，我三哥勇敢地教我在孟加拉语言的道路上前进。"五哥是印度著名的爱国志士，同时也是一个富有激情的诗人、音乐家和艺术家；大姐曾代替母亲像慈母一样抚育着小诗人；五姐是音乐家，也是第一个用孟加拉语写长篇小说的女作家。一个家庭拥有如此之多优秀的子女已是罕见，而泰戈尔将是这个家庭中最优秀的一个，他将是名扬四海的文化巨人，这恐怕是当时没有人预见得到的吧。

尽管家境富裕，但泰戈尔生活极为简朴，食物只讲究卫生和营养，从来没有什么美味佳肴，甚至在十岁前，根本没有鞋袜，冷天就在外衣上加一件布外褂。在泰戈尔成长的岁月里，父亲是家中的隐士，深居简出，母亲要操劳一大家子的家务，父母都没有余暇来照看幼小的孩子，是姐姐给小罗宾洗澡、穿衣、问寒问暖。尽管后来诗人成人之后非常理智地为自己的命运感到庆幸，他认为正是父母的忙碌为孩子们避免了由溺爱带来的任性和各种不良习惯，但姐姐毕竟是姐姐，不是母亲。小罗宾多么渴望父母的抚爱呀，这爱的匮乏让他终生向往父母的爱。

在大家庭的喧闹中，小罗宾常常被撇在一边，留给仆人来照看。但仆人为了省事，根本就不管孩子的心情。为了让活泼好动的小罗宾老老实实地呆着不动，仆人在屋里用白线画了一个圈，把小罗宾放在圈里，用恐吓的口吻对孩子说，如果胆敢越出这个圈子，就会引起可怕的灾难。孩子从小最熟悉的故事就是《罗摩衍那》，知道其中的女主人公悉多越过圆圈之后遭受到了各种可怕的灾祸，所以一动也不敢动，就是仆人离开以后也不敢走出那可怕的圆圈。幸好这个圆圈靠近窗户，他养成了凭窗眺望的习惯，眺望天空的白云、远处的池塘、来来往往的人群、郁郁葱葱的椰树林、还有水池边的那棵老榕树，婆娑的树影，斑驳的阳光，都让他展开想象的翅膀，编织美妙的梦想。

流逝的时光与今天看来并不愉快的童年生活却在不经意中培育了一颗敏感多思的诗人的心灵。

当然众多的仆人中也不乏心地善良、多才多艺的人，他们有的擅长讲强盗故事，有的可以背诵全部用民歌体写成的《罗摩衍那》，有的甚至可以随口吟咏朗朗上口的滑稽诗逗小主人开心，民间创作启蒙了罗宾幼小的心灵，为他播下了爱国主义和人道主义的萌芽。

很快，罗宾开始对文学感兴趣了，尤其是韵文更吸引了他的注意力。七岁时，他进入一所依照英国的教育制度建立起来的模范学校，模范学校留给罗宾的印象就是在上课之前唱英国歌曲，单调的表演没有让他感到学习的欢乐，在小罗宾听来倒好像是魔鬼在念什么谁也听不懂的咒语。还有一位教师满口脏话，小罗宾愤怒地拒绝回答他的问题，因此被冷落在一边。一次，小罗宾在孟加拉语考试中取得了高分，却被老师怀疑作弊，他从容地又考了一次，结果自然还是高分。为了让他早日成才，家里还给孩子安排了各种课程，体操、医学、数学课轮番上场，使原本在学校就已经疲惫不堪的孩子更加疲劳。

值得一提的是，诗人不喜欢在学校读书，他几乎没有受过什么正规的教育。他也曾被家人送往英国留学，但只在伦敦大学呆了三个月左右，没等大学毕业就回国了。他完全是靠家庭教育和勤奋自学成才的。

在罗宾的童年记忆中，最美好幸福的事情莫过于与父亲一起去喜马拉雅山了。

最令人难忘的还是与父亲的朝夕相处，漫游的时候，父亲也没有放松对他的严格要求，他和父亲一起早祷，听父亲诵读《奥义书》经文，一起散步，听父亲讲自己的经历，诗人后来深情地说："同他允许我们在山上随意漫游一样，在寻求真理上他也让我自己选择道路。他并没有为我有做错事的危险而踌躇，他也不为我有遇到忧苦的可能而恐惧。他举起的是一个标准，而不是一根训练人的棍子。"几个月的时光让小罗宾受益终生，这是一次真正的启蒙教育，也为他日后的创作提供了丰富的素材。

印度的古典舞蹈婆罗多舞

1875 年，十四岁的泰戈尔在《甘露市场报》上第一次发表了爱国诗篇《献给印度教庙会》，1877 年发表第一篇短篇小说《女乞丐》，1878 年发表长诗《诗人的故事》，印度近代最杰出的诗人正日益走向成熟。

20 世纪最初的十年，泰戈尔在经受着命运之神种种考验的同时，也在用心演奏着一曲曲超凡脱俗的艺术之歌。

1901 年，诗人进行了一项伟大的尝试，不过不是在他日益精进的诗歌领域，而是在教育领域。在诗人的记忆里，儿时的学校生活是不愉快的，所以当自己的孩子也到了上学的年龄，他便想用一种全新的教育方法培养孩子。在征得父亲同意之后，他在"和平之乡"桑地尼克坦建立了一所学校，为此泰戈尔举家迁居"和平之乡"。学校的课堂设在露天，这样孩子们就能在学习知识的同时充分领略大自然的美，绘画、音乐和表演也成为学校课程的重要一部分。泰戈尔亲自编写教科书，聘请许多艺术家或是富有艺术气质的人担当老师。

正当泰戈尔孜孜不倦地致力于教育实践的时候，生死离别的人生悲剧已拉开了帷幕，他没有料到，最先离他而去的会是妻子，1902 年 11 月 23 日，他患难与共的妻子默勒纳利妮身染重病，离开了人世，留下悲伤的丈夫独自去照料他们的五个孩子。早在 1883 年，泰戈尔就听从家庭的安排结了婚，新娘是由嫂嫂们帮助选定的。当时的印度童婚风俗依然盛行，这个幼小的新娘只有十一岁，她既没有明媚的容颜，也没有什么过人的学识，只读了一年的孟加拉语课程。浪漫英俊的诗人默默接受了这门婚事，还为妻子起了一个美丽的名字——默勒纳利妮。默勒纳利妮在婚后二十年的岁月里坚持不懈地充实完善自己，在丈夫的帮助下，不仅掌握了孟加拉语，还掌握了英文和梵文，曾用孟加拉语改写了梵文简易读本——《罗摩衍那》，还非常出色地表演过丈夫创作的戏剧《国王与王后》。她为自己的丈夫和家庭奉献着一切，家务操持得井井有条，并擅长烹调，让每一位来访的客人都感到宾至如归。她以她的朴实无华、善良勤恳赢得了丈夫的尊敬和爱意。在妻子弥留之际，泰戈尔日夜看护在妻子身旁，为妻子摇着扇子。妻子辞世后，他难以抑制内心的悲痛，经常通宵达旦一个人在阳台上徘徊，夫妻间相濡以沫的往事历历在目，而他总是以为他们一生一世都不会分离，总以为还有机会报答妻子的爱与恩情，而如今一切都来不及了，悔恨、思念、遗憾一同涌上心头，他把所有这一切诉诸笔端，连续创作了七首诗歌，取名为《追忆》，于 1903 年出版。他还用儿童天真可爱的话语创作了一系列儿童诗来安慰失去母爱的最小的孩子萨明德拉，这些题名为《孩子们》的诗，后来大部分被译成了英文，收入《新月集》里。

妻子刚刚去世，童年时代就已结婚的二女儿莱努迦也身染重病，为了让病人换一换空气，他带着二女儿、三女儿和小儿子萨明德拉，先后到喜马拉雅山的哈扎利公园和阿尔莫拉地区居住，一边照料生病的莱努迦，一边帮助两个年幼的孩子摆脱丧母之痛。1903 年，在母亲去世九个月之后，十三岁的莱努迦也离开了人世。莱努迦天资聪颖，生性活泼，泰戈尔曾对她寄予极大的希望，没有想到女儿就这样夭折了，做父亲的悲痛是可想而知的。值得一提的是，泰戈尔面对这接踵而来的悲哀，都以超乎常人的坚强忍受住了，这让他更深切地体悟到生与死的滋味。

1905 年 1 月 19 日，泰戈尔挚爱的父亲在八十七岁的高龄去世，而这一年，孟加拉的政治和社会生活也发生了巨大变化。担任印度总督的寇松勋爵是一个顽固的殖民主义者，他颁布了企图分裂孟加拉民族的全孟加拉分治的法律，激起了全国人民的民族反抗情绪，很快，爆发了席卷全国的自治运动。这场自治运动是一场反对英国政府分割孟加拉的政治运动。同时它在某种程度上也是一场经济运动，因为人们在这场运动中抵制英国和外国产品，试图振兴民族工业。民族解放的烽火迅速燃遍全国。

泰戈尔是一个讲求实际的爱国者，他认为人民应该把热情投入到孟加拉民族的真正复兴发展的事业中去。因此，当人们高喊摧毁一切的时候，他在忙于重建；当人们焚烧外国货的时候，他在探讨如何发展印度的传统技艺；当政治家们在城市里发表狂热的演讲时，他却号召人们到农村去做些实际的工作；当人们愤怒地谴责英国殖民主义者的时候，泰戈尔却不断揭露种姓制度本身的罪恶，以及印度国民的不卫生、贫穷和无知。

全国自治运动越演越烈，向武装斗争的方向急剧转变。诗人在这时候突然急流勇退，陷入到思想困境之中：一方面他希望印度独立、自由，另一方面他又希望以和平方式解决争端，他不赞成用暴力手段推翻英国殖民统治，而是期望走上以改革实业复兴民族的道路。他的退却立即遭到了来自各方的严厉谴责和批评，广大公众甚至咒骂他背叛自己的民族和国家；英国殖民政府也认为他是一个对其统治产生威胁的危险人物，暗中派人监视他的一举一动，还秘密下达文件，勒令印度的亲英分子不得把子女送到泰戈尔的学校读书，也禁止任何形式的对"和平之乡"的援助。

泰戈尔的自治理想破灭了，他远离斗争，背负着精神的苦闷和孤独的忧伤，兢兢业业地继续着"和平之乡"的教育活动。

诗人承受着来自家庭和民族的悲痛、死别、责难，但孤独的泰戈尔并没有被痛苦击倒，相反，深沉的情感使他的创作越发具有了崇高纯洁的艺术气质。在这段艰苦岁月里，他创作了长篇小说《戈拉》，它的出版确立了泰戈尔在近代印度首屈一指的小说家地位。他对神与宗教的洞察也越加深入，他把对宗教、对神灵的各种感受都融入到了优美的诗句中。

1909 年到 1910 年，泰戈尔用孟加拉文写下了一百五十七首具有浓厚宗教气息的诗歌，在 1910 年以《吉檀迦利》为书名出版。

1912 年，泰戈尔和儿子、儿媳同行前往英国。在伦敦，他的朋友，时任伦敦国家美术学院院长的罗森斯坦深深地被泰戈尔的诗文吸引住了，奇文共欣赏，他马上把这些作品送给英国的文学评论家安德鲁·布拉德过目，二人一致认为："看来我们中间又产生了一位伟大的诗人。"罗森斯坦又把泰戈尔的诗稿寄给了英国大诗人叶芝，叶芝同样对其诗作中清新、深邃、宁静的东方色彩赞不绝口。美国诗人庞德和英国最大的一家报纸《泰晤士报》文学副刊也给予这些作品以极高的评价。《吉檀迦利》于1912年11月在英国伦敦出版，在英国读书界立即引起了广泛的反响。在伦敦的四个月里，他会见了萧伯纳、高尔斯华绥等文艺界名人，泰戈尔俊美的外表与他的睿智交相辉映，在众人眼里，他简直成了东方智慧的化身。1913年1月，泰戈尔又赴美访问，发表了多次演讲。1912年到1913年是泰戈尔走向世界的一年，西方读者第一次看到了一位纯真如孩童，深沉如哲人的东方诗人。在1913年度诺贝尔文学奖的评选过程中，英国作家穆尔以英国皇家文学协会成员的身份，提名授予泰戈尔这项世界最高的文学奖，最终泰戈尔以委员会全票十五票中的十三票当选。11月13日，泰戈尔因《吉檀迦利》获得诺贝尔奖的消息传到了"和平之乡"桑地尼克坦。亚洲人获此殊荣，还是有史以来第一次。

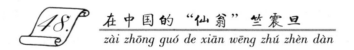

48. 在中国的"仙翁"竺震旦
zài zhōng guó de xiān wēng zhú zhèn dàn

1924年4月12日上午十时，一艘轮船在黄浦江上缓缓驶来。近了，近了，欢迎的人群可以看见船上的人了，诗人徐志摩兴奋地说："那不是泰戈尔么？戴着红帽，有银白胡子的？"是的，是泰戈尔！他穿着棕色的长袍，戴着红色的软帽，银白色的须发在微风中拂动，俨然仙翁飘然降临人间。

此时的徐志摩激动万分，感慨万千，因为为了这一天，中国的知识界准备了很久。早在1923早春，中国的讲学社就邀请泰戈尔来华游历、演讲，并委托徐志摩操办一切欢迎事宜，还聘请徐志摩担任泰戈尔演讲的翻译，王统照为讲演录的编辑。一时之间，报刊纷纷报道泰戈尔即将访华的消息，刊登以泰戈尔为主题的文章。1923年9、10两月的《小说月报》还专门出版了《太戈尔号》上下卷。原定泰戈尔 10 月访华，徐志摩在北京城西租了一间有暖气和现代化设备的私宅，作为泰戈尔的下榻地。可是，泰戈尔年高体迈，由于天冷和疾病，他希望明年春天来华。为此，徐志摩还写了《太戈尔来华的确期》，告知热切盼望泰戈尔的中国朋友。为了让泰戈尔见到一个春日的中国，文学研究会出版了泰戈尔的《春之循环》、《飞鸟集》、《新月集》《吉檀迦利》、《园丁集》等，以表示对泰戈尔热烈的欢迎。泰戈尔也非常重视这次访华，很早就开始对中国文化进行研究，还邀请专家开设过汉学讲座，这次来华，他组织了国际大学访问团，准备全面考察中国的文化。泰戈尔和中国文化界的人士终于相会在春的中国了。

船靠岸了，泰戈尔站在甲板上向欢迎的人群，向着中华大地，双手合十致意。侨居在上海的印度人，列队齐唱欢迎歌曲，向老人合十为礼。欢迎的人群拥上前去，为他献上了五彩缤纷的花环，他和欢迎的人群在甲板上留影纪念。

在徐志摩的陪同下，泰戈尔在下榻的旅馆休息片刻，拜访的人络绎不绝。下午五点，徐志摩陪同泰戈尔等人游览龙华古寺，观赏桃花。盛开的桃花告诉人们这是春的中国，然而艳丽的春光却难以掩盖古寺的衰落和军队占据中的阴森。在中国的第一次游览就给泰戈尔留下了不甚愉快的印象。

13 日下午 4 时，在慕尔鸣路 37 号张君劢家举行了一个有一百人参加的大型茶话会。在张家花园里，人们或坐在草地上，或坐在草地的椅子上，泰戈尔坐在他们当中，背后巨大的盆花仿佛屏风一样簇拥着他。张君劢致欢迎辞，泰戈尔致答谢辞，他身材魁梧，身着印度长衫，银丝飘飘，和蔼可亲的语调舒缓沉着，言辞中充满了诗意和殷切的希望，在场的每一个人都被深深地感动了。

14 日早晨，泰戈尔在徐志摩和瞿菊农的陪同下前往杭州，畅游西湖。18 日下午三时半，上海文学研究会等团体在商务印书馆俱乐部举行正式的欢迎会，到会一千多人。泰戈尔发表演讲，徐志摩当场翻译。在这次演讲

泰戈尔与林徽因、徐志摩的岁寒三友图

中，泰戈尔说，他来中国，不为游览，不是传道，而是来朝拜中国古典文化的。他批判西方文化正在扑灭东方赖以生存的古老文化，中国文化好比是一株大树，固然根深蒂固，但也要防止一股潜流把她的根冲折了。因此要用理想主义、人道主义来打破物质主义的侵蚀。

当天晚上，徐志摩等人陪同泰戈尔一行人沿着津浦路北上，在南京、济南，泰戈尔继续发表演讲。23 日，泰戈尔一行抵达北京火车站，鞭炮声中，梁启超、蔡元培、胡适、蒋梦麟、梁漱溟、辜鸿铭、熊希龄、范源廉等北京文化界名人悉数来到火车站欢迎。

在北京各界欢迎大会上，梁启超致辞，回顾了中印两国文化的源远流长，并且希望泰戈尔今日在中国的影响，将可以与鸠摩罗什相媲美。在天坛草坪上的集会，明媚若花的林徽因挽扶着白发飘飘的泰戈尔，旁边又有长袍白面的书生徐志摩作翻译，人谓苍松翠竹寒梅，真是好一幅三友同携图。

27 日在北京文学界的宴会上，泰戈尔专门谈了他对文学的看法，他说："余之诗体，纯以自然为对象，余之诗体，绝非模仿欧洲，亦取法吾印。余反对印度古诗，同时亦排斥欧洲新诗，当余初创余所独有之新诗体，世人多不了解，许多批评家群起驳难。余因自信甚坚，概置不理。"

5 月 8 日，时值泰戈尔的六十四岁生日，北京学术界的友人们让这位大诗人在中国古都度过了一个极不平凡的寿辰。祝寿会开始前，同行的印度朋友先向诗人表示祝贺；梵文大师沈谟汉献上了一首偈，历史学家纳格献了一首诗，画家南达拉波斯则献了一幅画。

正式的祝寿会由胡适主持，中国朋友将十几幅名画和一件名瓷送他做寿礼，还隆重地为泰戈尔举行了赠名典礼，他们要送给泰戈尔一个中国名字。典礼由梁启超主持。梁启超说泰戈尔的名字是罗宾德拉，罗宾德拉的意思是"太阳"和"雷'"，如日之东升，如雷之响震，所以中文名字应该译为"震旦"，而古代印度称中国就是"震旦"。泰戈尔的中文名字是"震旦"，象征着中印文化悠久结合的意思。梁启超又说，按中国人的习惯，还应该有一个姓，印度的国名为"天竺"，泰戈尔应该以国名作为自己的姓，所以泰戈尔的中文名字就是"竺震旦"。

梵文中"罗宾"（Indra）的意思是太阳，Indra 是印度教中的雷电之神，而 Nath "纳特"就是天神，三字拼合起来为泰戈尔的名字罗宾德拉纳特，这个名字的本义是太阳东升西落，似在融会东西方的文化精神，而泰戈尔以其卓越的才华承担了这一神圣的使命，他也曾在《我的童年》中自豪地说："在我这儿，东方和西方有了友谊；在我的生命中我的名字的涵义实现了。"

"竺震旦"这个名字是别有一番深意的，所以梁启超为泰戈尔赠送的这个名字，博得了全场热烈的掌声，在掌声中，泰戈尔还获得了一颗"竺震旦"的大印章。祝寿会上梵文大师还读了梵文诗，印度历史教授朗读了泰戈尔的诗歌《新年》。

在庆寿会上最精彩的要属泰戈尔剧作《齐德拉》的演出。这个剧本的情节来自印度史诗《摩诃婆罗多》。齐德拉是一位生来不美的公主，她从小就接受了王子一样的训练，英勇善战，成为定国安邦的女英雄。邻国有一位王子阿俊那发誓在林中苦修十二年。一次王子在坐禅的时候睡着了，被在林中狩猎的齐德拉唤醒，齐德拉对王子一见钟情，第一次失去了自信，第一次感到自己没有女性的美貌是多么大的缺憾，她急忙唤来侍女为她精心梳妆打扮，再次来到静心养性的王子面前，希望能博得他的爱慕，没想到被王子责骂了一顿。齐德拉绝望之余，祈求爱神，让自己具有青春的美貌，即使一天也好。爱神被齐德拉的诚挚所感动，答应给她一年的美貌。如花似玉的公主真的赢得了王子的爱，二人结为夫妻。可是，刚强的公主不甘心冒充美人，而这时王子又表示倾心爱慕的是邻国公主齐德拉，他不知道自己身边的妻子就是齐德拉。于是齐德拉请求爱神收回自己的美貌，在丈夫面前露出了本来面目。在剧本上演之前，泰戈尔还亲自登台讲解了创作《齐德拉》的过程。公主由林徽因扮演，张歆海扮演阿俊那，徐志摩饰演爱神，尽管他们不是专业演员，但他们英语流利，情真意切，因此演出极为成功。

泰戈尔深深地被中国友人的盛情感动了，特别是赠名典礼，后来他每每谈到这件事，总觉得自己因这个新名字而获得新生，1941 年他在病榻上口述的一首诗中还说："我取了一个中国名字，穿上中国衣服。在我心中早就晓得在哪里我找到了朋友，我就在哪里重生，它带来了生命的奇妙。"

泰戈尔回国后，将自己在华的英文演讲辑录为《在华谈话录》，于 1925 年 2 月在印度加尔各答出版。扉页上写着："感谢我的朋友徐志摩的介绍，得与伟大的中国人民相见，谨以此书为献。"泰戈尔与徐志摩以后又数度相会，他们之间的忘年之交，成为中印文化与文学交流史上的一段佳话。

泰戈尔在中国遇到的也并不总是春天般的温暖和热情，因为他在演讲中经常强调，中国人千万不要舍弃自己宝贵的传统文化，去接受丑陋的西

徐悲鸿画笔下的泰戈尔

方文化，因为西方式的工厂把中国可爱的原野毁坏了。苦难深重的中国当时并不需要诗的空灵乐园，需要在现实生活中进行切实的战斗，所以当时的一些激进的青年认为泰戈尔所代表的印度宗教文化是落后的、陈旧的。沈雁冰在《对于泰戈尔的希望》、《泰戈尔与东方文化》中毫不留情地指出，泰戈尔要求人们过的是奴隶的生活，那是鬼的世界。鲁迅先生在 1924 年 11 月 11 日泰戈尔访华之后，在《论照相之类》一文中，也讽刺泰戈尔来华时的热闹景象。实际上，泰戈尔访华，绝非世界文化名人的一次简单出访，一石激起千层浪，这在 20 年代的中国，实在是一个复杂的文化现象。

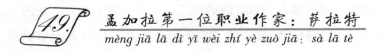

49. 孟加拉第一位职业作家：萨拉特
mèng jiā lā dì yī wèi zhí yè zuò jiā：sà lā tè

1907 年，《帕罗蒂》杂志发表了一篇名为《大姐》的中篇小说，立即引起文坛的注意。泰戈尔读了这部作品以后说："一位出类拔萃的文学家崭露在孟加拉文学的地平线上，有朝一日他将赢得自己文学上的宝座。"大诗人的预言没有错，当时还名不见经传的小说作者萨拉特果真成长为印度一流的大作家，在文坛的声誉仅次于泰戈尔。而且，他还是印度孟加拉语文学界的第一位职业作家。

萨拉特·钱德拉·查吉特（1876 — 1938）出生于西孟加拉邦胡格里县德瓦南达普尔村的一个婆罗门家庭，在极端贫困的条件下度过了童年时光。他的父亲虽经常失业，潦倒不堪，却酷爱文学，不断尝试文学创作，对他影响很深。萨拉特寄居在外祖父家勉强读到中学毕业。后来考入代久纳拉扬学院，1895 年母亲逝世，次年因交不起学费辍学，学业就此中断。

1903 年 1 月，萨拉特到缅甸仰光谋生，初到仰光时，手里只有两个卢比，处境十分艰难。在朋友的帮助下，他在铁路部门找到了一个办事员的职位。这一年，他公开发表了他的短篇小说《寺庙》，不过没有署自己的名字，用的是舅舅苏伦的名字。1906 年萨拉特与山蒂黛碧结婚，次年生有一子，但很不幸，1908 年妻儿染上瘟疫一同故去。1910 年他娶了十四岁的寡妇摩柯达。

在仰光期间，他不断从世界文学名著中汲取营养，还钻研西方哲学著作，努力充实自己。他亲眼目睹了社会底层人民的苦难生活，同来自印度的普通、贫困侨民建立了密切的联系，经常从另一个角度观察、认识这些摆脱了印度教社会传统束缚的侨民的内心世界，积累创作素材。1913 年，萨拉特回到加尔各答，从此成为孟加拉语文学界第一位靠稿费收入谋生的职业作家。

自传体长篇小说《斯里甘特》耗费了作家十余年的心血，是其代表作品。小说分为四卷，分别写于 1917、1918、1927、1933 年。主人公斯里甘特即作家本人的化身。作家信奉的是写实主义的美学观，他认为自己的作品缺乏诗意，但这部以白描手法写就的长篇巨著有着一种感人的艺术魅力，故事是用朴素、精炼、又不乏诙谐的语言讲述的，人物形象栩栩如生，令人过目难忘。《斯里甘特》第一卷是萨拉特第一部被译成英、法等国文字的作品，为作家赢得了国际性的声誉。

法国著名作家罗曼·罗兰读罢小说赞叹不已，将它列为世界文学的优秀作品。在朴实无华的故事里，小说的主线——斯里甘特青少年时代的生活逐渐凸显出来。他自幼顽皮、富于同情心、喜欢冒险，常四处闯荡，成年后曾浪迹缅甸数载。在漫长的流浪生涯里，所见所闻所感异常丰富，而四个曾结识的女人是其间亮色之一。先是一个捕蛇人的妻子安娜达。斯里甘特在城里上学时与英特拉结成莫逆之交，英特拉是个蔑视社会旧习俗、富于冒险精神的青年，在他的引导下，斯里甘特认识了山中捕蛇人夫妇。不久，捕蛇人被蛇咬死，妻子安娜达偿还了丈夫的债务远走他乡，失踪了，斯里甘特也告别了他的少年时代。这个安娜达姐姐原本是名门闺秀，却因命运捉弄沦为最低贱的捕蛇人，丈夫性情粗暴，恶习累累，她受尽折磨，终日过着恶衣恶食的生活，毫无怨言。安娜达是个印度教忠贞妻子的典型，她笃信旧礼教，无条件地服从丈夫，丈夫死后她仍旧坚守贞节。斯里甘特心中对她很是推崇。在各地漂泊时，斯里甘特遇到旧日同窗土邦王子，受其邀请参加了打猎活动，邂逅童年学友拉佳拉克什弥，她已沦为土邦王子帐前的歌妓。两人相认后，拉佳拉克什弥向他倾吐了儿时开始的忠贞不渝的爱恋，临别时，赠给斯里甘特一只戒指作为纪念，希望他遇到困境时能想起自己。斯里甘特流浪中拜一位苦行僧者为师，成了一个出家人，在游历过程，为守护天花病人身染重病，生命垂危。拉佳拉克什弥闻讯赶来，将他带回家中精心调理。两人恋情日深，但斯里甘特不愿损害拉佳拉克什弥在养子心目中圣洁的母亲形象，毅然道别而去。斯里甘特后来又生过几次病，拉佳拉克什弥怀着真挚的爱情对他进行无私的照料。后来他们在印度乡下共同生活了一段时间，斯里甘特虽然十分感激她对自己的坚贞不渝的爱情，但还是嫌恶她的歌妓生活，迫于社会舆论的压力，最终还是选择了分手。而拉佳拉克什弥以"内心的清白"为赌注却未能赢得爱人的心，她最后自绝红尘，出家为尼了。对于拉佳拉克什弥，作家倾注了无限的同情，她身上所具备的各种美德让人赞叹不已，甚至可以说是印度教妇女的一个典范，但她沦落风尘的不争事实又使斯里甘特痛苦犹疑，无法全情接受这份爱情。通过这个人物的塑造，萨拉特矛盾的社会观点暴露无遗。

斯里甘特在驶往缅甸的轮船上，结识了一位去缅甸寻夫的漂亮少妇奥帕娅。他帮助奥帕娅找到了丈夫，但丈夫已另有新欢，并在一天深夜将她逐出家门。奥帕娅怒斥了负心的丈夫，抨击了夫权，最后毅然追求自由的爱情，与护送她前来缅甸的一位忠厚男子结了婚。耐人寻味的是，斯里甘特对于大胆追求幸福的奥帕娅表示出了一种鄙夷的态度。斯里甘特结识的第四位女子是柯默尔达。她原是大家闺秀，十六岁出嫁，不料丈夫离家出走，将她抛弃，后又惨遭恶人玷污，失去了尊严，她只好把爱情献给宗教，做了一名修女。斯里甘特是怀着无限怜悯之情与她惜别的，对她献身于宗教的精神也是颇为赞赏的。

斯里甘特对四位女性的不同态度真实地反映了作家本人思想的矛盾性与局限性。萨拉特对封建宗法制度及各种陈规陋习包括包办婚姻、妆奁制等是持批判态度的，他提倡妇女解放，而且非常善于在作品中挖掘被污辱被损害的"沦落"女子的高贵、善良品质。另一方面，他又极为赞赏印度教妇女"从一而终"的美德，推崇正统的道德规范下妇女的贤良贞烈。萨拉特曾严厉批评过般吉姆将寡妇再嫁视如"毒树"的落后观点，他在理论上承认不允许寡妇再嫁是可耻的男权思想的表露，导致了社会上许多罪恶的产生。但要他衷心赞成寡妇再婚，也是万万不可的，在他内心深处潜藏着的保守意识时常通过作品流露出来。他在给朋友的信中曾自豪地宣称：在他的小说中，从来不曾出现过寡妇嫁给心爱的男人的情节，哪怕只有一次。他笔下的寡妇大都没有勇气冲破封建礼教的桎梏，只能为爱情而痛苦呻吟。《斯里甘特》中的奥帕娅是萨拉特所有作品中唯一敢于同心爱的男人相结合的女性，而且在文中她的这一勇敢行为并不受主人公青睐和首肯。在对拉佳拉克什弥这一角色的处理态度上，我们可以鲜明感受到萨拉特对于触犯现存社会制度、风俗习惯所持的审慎态度，其保守思想与进步意识在作品中得到了奇妙的结合。萨拉特真实地描绘出孟加拉中产阶级的性格特点，揭示了他们内心的秘密，使人读来倍感亲切、真实。而贯穿他所有作品的人道主义精神使得其作品基调始终是揭露黑暗、追求光明的，这也是作家作品深受人民喜爱的原因之一。

长篇小说《秘密组织——道路社》是萨拉特唯一一部直接以反殖民主义、要求祖国自由独立为主题的作品，真实反映了20世纪初印度爱国者对民族独立方式和途径所进行的探索，颇具特色。小说由于反殖民主义者的激烈言辞，1948年以前，一直被禁止发行。

萨拉特的短篇小说艺术成就颇高，许多作品的技法达到了炉火纯青的程度。早期作品多以家庭生活、母爱为主题；而后期的创作中社会意义愈

见浓厚，深刻揭示了社会种种丑恶现象和各种陋习，真实地再现了人民的生活。《摩黑什》、《奥帕吉的天堂》堪称作家最优秀的短篇。

萨拉特在孟加拉语文学中巩固并确立了现实主义的创作原则，对印度近代文学的发展起了积极的作用。

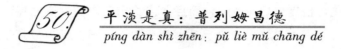

50. 平淡是真：普列姆昌德
píng dàn shì zhēn：pǔ liè mǔ chāng dé

在普列姆昌德撰写的自传中，他开篇即告诫大家说："我的一生像平坦的平原，虽然其中有些地方有些坑坑洼洼，但是没有悬崖峭壁，没有浓密的森林、深邃的山谷或深坑。那些爱好山水的先生们，他们在这里会感到大失所望的。"这位驰名全印度的"小说之王"是如此平凡、朴素，经常令前来拜访的人不敢相认，他们臆想中衣着光鲜、风流倜傥、口若悬河的"王者"之风从未应验。绝大多数时候，人们看到的是一个不修边幅、面容憔悴、拙于辞令的"普通人"，而在这个普通人朴实的天性里的确孕育了一种罕见的卓越。普列姆昌德，在印度现代文学史上，是位仅次于泰戈尔的文坛巨匠，享有"印度的鲁迅"、"印度的高尔基"之美誉。

普列姆昌德（1880—1936）原名纳瓦布·拉耶，出生于印度北方邦名城贝拿勒斯近郊的一个普通农民家庭，父亲是邮局的职员，母亲在普列姆昌德八岁那年病逝。两年后父亲续了弦。母亲生前对他百般疼爱，她的故去使他顿觉世界的荒凉、空虚，这种难以磨灭的印象和感受他终生未能摆脱，他一次次地在小说中塑造着一些七八岁就失去母爱因而备感孤寂无聊的人物形象，在长篇小说《业土》（1932）中，他借主人公阿默尔·冈德之口说道："在人生的童年时期，是最需要爱的时期。这时的幼苗如果得到阳光雨露的滋润，就能扎下牢固的深根；如果得不到足够的营养，一生都会枯萎干缩。我的母亲正是在我童年时去世的，从那时起，我便没有得到营养，我一生都在渴求母爱。"普列姆昌德像一株野苗，自由成长着，但这种自由也有不利的一面，他未满十三岁就染上了抽烟的恶习，而且

"懂得了那些对孩子极其有害的事情。"幸而，造物主让这个四处漂泊闲逛的孩子记忆起他曾那么喜欢的书籍和他曾有的创作天赋，普列姆昌德开始如饥似渴地在书中汲取营养，二三年的工夫读了数百部长篇小说，多是些武侠小说和传奇小说。但非同寻常的是，他十三岁开始写作的时候并没有沿袭武侠、传奇之路，而是着意于描写现实生活，这是一条使他形成自己风格的道路，在日后的创作生涯中，普列姆昌德在这条路上留下了深深的、难以磨灭的足印。

十五岁时，普列姆昌德由父亲及外祖父包办结婚，新娘年长他好多岁，而且性情粗俗，相貌丑陋，是一桩很不称心的婚事，这场名存实亡的婚姻持续了十年之久。1906 年，普列姆昌德迎娶了一个年轻的寡妇为妻，这在当时是很需要一番勇气的。自1896 年父亲去世，尚在中学念书的普列姆昌德便开始担负起生活的重荷，他需要供养继母、同父异母的两个弟弟，还有名义上的妻子，而家里却没有任何收入进项。为生活所迫，他开始做业余家庭教师，并兼顾学业，异常辛苦，"冬天日子天气冷，要在四点钟赶到，一直上到六点我才有空。从那里回到我在农村的家要走十好几里，即使走得快，八点以前也到不了家。早上八点又得从家里动身，要不，就不能按时赶到学校。晚上吃过饭就坐在油灯面前念书，也不知什么时候睡觉，可是我一直有那么一股劲。"这个脚上没鞋、身上少衣的年轻人知道身上枷锁的沉重，但他却梦想着攀登高山。中学毕业后，经多方努力争取到了一个免费升入大学的机会，终因数学考试不及格未能通过考核，痛失继续深造的机会。不久，他谋到一份月工资五卢比的差事，给一位律师先生的儿子做家庭教师，晚上住在马厩上面的小茅屋里。此间，他依然怀着求学梦，试图补习数学，他一天只熬一回粥，生活十分艰辛，但他仍常跑图书馆，阅读了大量般吉姆等作家的作品。每月五卢比的收入极其微薄，经常入不敷出，为养家糊口，他时常靠借债度日。1899 年寒冬的一天，他已一文不名，饥寒交迫，无奈中他到书铺去出卖一本《数学解题大全》，结果邂逅了一位规模很小的教会学校的校长。得知他有大学入学资格，校长当场同意聘用他，允诺每月薪水十八卢比。真是天无绝人之路，普列姆昌德欣喜异常，同时也遗憾地预感到，大学必考数学的这一规定已扼杀了自己的理想："在那时候十八个卢比，超过了我那失望而痛苦的心中所能产生的最大幻想。我答应第二天就去找他。往回走时我的脚好像在飞一样，这是 1889 年的事。我是时刻准备着应付环境的。如果不是数学的障碍，我一定可以上进。当时最困难的条件是大学当局没有心理学的知识。在当时和其后的若干年，他们像一个笨拙的厨师一样，不管是什么东西，都放在一个锅里煮。"自此，普列姆昌德奔波各地，开始了他长达二十余年的漫长的教师生涯，并时常兼职做私人家庭教师，以贴补家用。

他对教师这一职业是相当认真的，并意识到自己必须接受师范学院的正规培训。1902 年 7 月 6 日，他进入阿拉哈巴德师范学院预科班学习，两年后，以一等优异成绩通过了师范考试。1905 年，从师范学院获得了教书凭证。1910 年，他通过了大学预科的英语、哲学、波斯语和历史的考试，1919 年，又取得了英语、波斯语和历史科的学士学位。他学识渊博，幽默随和，深受学生喜爱和敬重，与他共过事的人更是深受感染，认定他是一位怀有崇高使命感的人，下面这段逼真的叙述出自其同事之口：

> 他十分谦虚，有涵养，和他在一起时常会感觉到，这是一个将自己的一生贡献给了某一崇高目标的人。为了实现这一目标，他珍惜生活中的每一分钟，勤奋地、专注地工作着。我们当中的大多数人当时就认为，他将成为一个伟大的人，后来的事实证明了这一点。

普列姆昌德在教育界认真耕耘二十余载，担任过中小学教师、中学校长、教育行政部门的副督学和督学等职务。1921 年 2 月 15 日，他响应甘地不与殖民政府合作的号召，辞去条件优越、月薪一百二十五卢比的公职。一看他辞了职，全体学生都准备离开学校，在他劝阻下多数孩子留了下来，但还是有一些孩子出于友情离开了学校。此后十余年间，除短时间在家乡私立学校任教外，普列姆昌德主要从事文学创作和文学刊物《时代》、《荣誉》、《甘美》、《觉醒》等杂志的编辑工作。1930 年，他创办了著名的杂志《天鹅》，这一大型文学月刊在印度现代文学史上占有重要的位置，是印度进步文学的一面光辉的旗帜。他辛辛苦苦积攒的几千卢比全用在办报刊和出版社上面了，最后赔得干干净净、分文不剩。

普列姆昌德受列夫·托尔斯泰影响较深，他始终坚信：只要沉着坚韧地开垦坚硬的土地，并播下正义、理智、仁爱和友谊的种子，迟早会有开花、结果的一天，即便不能亲眼看到收获的一天也无所谓，因为耕耘、实践本身就是一种幸福，他时常教育孩子们："做好事本身就是一种酬劳。"他关心所有的作家，尤其是对那些刚刚起步的新作家，更是悉心扶植，"普列姆昌德不像榕树。榕树树冠下，其他植物无法生长。普列姆昌德不喜欢自己一花独放，也不喜欢别人模仿自己。他像园丁，喜爱每一朵花，希望他们茁壮成长，开出五颜六色的花，散发出芬芳。"他珍视年轻作家的新颖、独到，对他们的鼓励、指导都是由衷而切实的，他认为，年轻人应该用富于创造精神的心灵，以理想主义的笔调来进行写作。这种理想主义应该是极具感染力的，应能使读者在情感上与之产生共鸣。他认为，文学的最高目的应该使人积极向上，为适应时代的这一要求，作家应创造出无私无畏、真诚、富于独立精神的"人"来——有着崇高的理想，而且敢作敢为。

在我们屡屡被普列姆昌德笔下栩栩如生的人物形象所吸引所感动的时候，有时不免豁然醒悟：这些平凡人物身上散发出的闪光点、也许正源自普列姆昌德的质朴、天然，是他严肃而深沉的人生观、写作态度使他着意于描写诸多小人物的可爱、可敬，如他在 1936 年 3 月发表的《短篇小说艺术（之二）》中谈到的那样："没有意义的短篇小说，即使能够使人达到娱乐的目的，却不会使人感到精神上的满足。的确，我们不希望在短篇小说中进行说教，但是为了激励人们的思想，为了唤醒人们心中美好的感情，我们总希望短篇小说有些意义。"

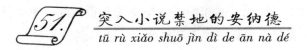

51. 突入小说禁地的安纳德
tū rù xiǎo shuō jìn dì de ān nà dé

　　在过去的印度小说里，贱民和最下层的贱民的一切现实生活是不许进入小说的禁地的。由于我的作品开辟了一片新天地，并代表一种与过去印度小说传统背道而驰的倾向……又由于我的小说采用的形式是从西方小说的戏剧技巧里汲取来的，和东方讲故事式的叙事体裁不同。因此，我能跟上了现代小说形式的发展，我的作品也就容易被译成为主要的欧洲语言，并为人所了解。

　　上述这段话是印度现当代杰出作家安纳德的一段自述，他在30年代发表的一些作品突入了印度文学的禁区，对印度现代文学的发展具有开创性的意义。那么，文中提到的"贱民"指的又是哪类人呢？

　　这要从印度的种姓制度谈起。从远古时代开始，印度就严格奉行一种特有的种姓等级制度，把人们划分为婆罗门、刹帝利、吠舍和首陀罗等种姓，其中，首陀罗是最低的种姓，都是些贫苦的劳动人民。一个家族的政治地位、财产状况可能发生变化，而所属的种姓却要世代相传，不可更改。除上述四种主要的种姓之外，还有一种"不可接触的贱民"，他们大都是世代相传的鞋匠或打扫夫。印度教认为：粪便是不洁之物，人体是不能接触的；而直接接触粪便的打扫夫，也就成为"不可接触者"了。高级种姓的人如果被"贱民"碰到自己的身体，就是被"玷污"了，就破坏了对神的信仰。在千百年来的印度社会历史中，贱民始终成为被神抛弃的卑下者，一直过着悲惨、贫困的奴隶生活。虽然公元前六世纪兴起的佛教提出了平等的观念，印度历史上的社会和宗教改革者们也大都对种姓制度持批判态度，但是，种姓制度根深蒂固、积习数千年而难改，"贱民"的地位依然卑贱如故。在文学创作中，"贱民"题材还是文学的禁区。

　　用英语写作的安纳德率先突破了这个"禁区"，他用充满挑战意味的书名，出版了他的第一部长篇小说《不可接触的贱民》（1935），在印度文学史上，第一次把像巴克哈这样"不可接触"的贱民抬到了文学主人公的地位。接着，又接连出版了《苦力》（1936）、《两叶一芽》（1936）两部长篇小说，着力描写殖民统治下，苦力、劳工等社会底层人物的悲惨生活和命运沉浮，开拓了印度现代文学的一个新天地。正如作家自述的那样：他已经超越了这之前般吉姆、萨拉特、普列姆昌德等印度大作家写作的题材范围。

作家代表作《不可接触的贱民》抓住主人公巴克哈平凡的一天，通过对他的日常生活和心理活动的描述，反映出贱民所受的社会歧视和非人待遇及精神上所受的戕害。巴克哈十八岁，是个世代相传的"贱民"，很早就接替年迈的父亲专门打扫粪便和茅坑。从刚懂事起，他就有一种说不清、甩不掉的因袭而来的精神负担，时常处于罪恶感的笼罩之下，恐惧而麻木。这天清早，他干完活疲惫地走在回家的路上，无意中同一个印度教徒交臂而过，路人骂他是"畜生"、"脏猪"，还打了他两记耳光，众人围攻之下，他只能忍气吞声地求饶。中午打扫寺庙时，他的妹妹被小和尚调戏，少女不从，和尚反过来呵斥他们"玷污"了庙堂。在小巷行乞时，又不断受到恶意折磨。他悲愤地说："我随便走到哪儿，都只会遭人谩骂和嘲笑。玷污、玷污，我做不出好事，只会玷污人家。"下午，他被父亲责骂后，一气跨出家门，来到公园的广场上，看到圣雄甘地正在发表演说。他听不大懂，但当甘地讲到应该废除不可接触的制度，并称赞是贱民把社会打扫得干干净净时，他听懂了，并深受感动。可站在巴克哈身边的一位诗人却不以为然，他认为甘地一会儿说废除不可接触制度，一会儿又宣扬自己是个正统的印度教徒，二者是相互矛盾的。依诗人之见，只要使用抽水马桶，就可以不用打扫夫了，打扫夫可以转行从事其他工作。巴克哈很茫然，他想："我得听甘地的话，继续把打扫工作干下去。"他又想："可是，我难道一辈子也离不开茅坑吗？"他想再去找诗人，打听一下抽水马桶的事。这时，太阳下山了，他就向家里走去。小说中，安纳德十分同情巴克哈的处境，他说："他们的生活，只有沉默、阴森森的沉默，从死里求生的沉默。"悲剧性的结局，使读者深感压抑。残酷而荒谬的种姓制度像重重大山压在十八岁的巴克哈肩上，令他喘不过气来；他卑贱的笑容，怯弱麻木的灵魂令人深感封建恶习真是从骨子里吃人的。即便抱有摆脱现状的幻想，也只能以失望告终，因为一切都很渺茫。而当时的政治家在解决种姓问题上的局限和矛盾也是显而易见的。

《苦力》是印度现代文学中第一部以苦力生活为题材的名著。作品描写了苦力孟奴的悲惨一生。农村孤儿孟奴十四岁起到城里做仆人，当苦力。一次罢工失败后，他给一位有钱的太太当人力车夫。因为肺痨病，被隔离在一间孤零零的草屋里，在一个冰冷的夜晚，孟奴吐血死去，离开了这个苦难的人世。作品广泛描写了印度工人在殖民主义统治下的悲惨生活，还写了苦力的罢工斗争。

《两叶一芽》是一部长篇名作，通过对契约劳工甘鼓一生命运沉浮的描写，反映了深重的民族灾难，体现了反殖民主义的思想内容。破产农民甘鼓受工头布塔诱骗，携妻儿离开了故土，经过十二昼夜的行程来到英国人经营的阿萨密茶园充当劳工。暗无天日的残酷现实击碎了工头许下的所谓"人间天堂"的谎言，也粉碎了甘鼓的梦想。全家人陷入了灾难的深渊：甘鼓大病一场，刚刚得以死里逃生，妻子却被传染上重病死去；自己又因参加请愿而被罚款，债台高筑；最后，女儿被茶园副经理强行奸污，甘鼓赶去抢救，被枪杀身亡。甘鼓的命运极为悲惨，他只求一寸安身立命之地，连这点愿望也被殖民者残酷地剥夺了。这部作品，批判、揭露的矛头直指英国殖民主义者及其血腥统治，这座茶园，其实就是英国殖民主义统治下的印度的一个缩影。作品在刻画人物时，着眼于揭示其灵魂的变化和发展过程，具有很强的艺术感染力。

安纳德以充满同情的笔触，描写了贱民、苦力和劳工等社会底层人物的悲惨命运，他把这些人物作为小说的主角，不为猎奇，不为哗众取宠，率先突破文学禁区，体现了对传统文化、习俗的深刻反思和批判。作家这一举动在当时是相当不容易的，我们从作家的经历中或许能得到一些启示。

作家全名穆吉克·拉吉·安纳德，1905 年出生于印度北部的白沙瓦城，父亲是个铜匠，母亲是农家之女。父亲后来成为一名军人，安纳德从小就随父亲所在军队辗转各地，有机会接触到印度社会的下层人民，了解他们的悲惨命运，他逐渐认清了殖民统治的罪恶，这为他后来的创作生涯奠定了坚实的生活基础，也提供了丰富的素材。后来，作家在谈及自己的创作时这样说道："我最熟悉的世界，是那块游民、农民、士兵和劳动人民的天地。"他还说："他们并不仅仅是一个个的幻影，虽然我的想象力曾经下过很多功夫使他们转化为我书中的人物。他们都是我自己的血肉，而且他们萦绕着我，就像某些人萦绕着艺术家的灵魂一样。我所做的，不过是一个作家在想用他生活中的种种去阐释真理时所做的事情罢了。""所有这些主人公对我来说是亲密的，因为他们是我童年和青年时代熟悉的真实人物的反映。……他们是我的肉中之肉，血中之血。"1925 年，安纳德从旁遮普大学毕业，同年，去英国留学，研究哲学、文学和艺术，1929 年获哲学博士学位。在英期间，他结识了许多进步作家，曾研究过马克思文艺理论，并深受高尔基创作的影响。他认为高尔基是一位不仅用文字，而且用整个生命为革命而斗争的作家。30 年代是印度民族独立运动蓬勃发展的时代，安纳德在英国密切关注着祖国发生的事件，以文学为武器声援正义的斗争。侨居英国期间，他不断给印度杂志撰稿。他以《不可接触的贱民》一书登上了 30 年代的文坛，1936 年，同普列姆昌德等人创建了印度进步作家协会。1937 年，他以战地记者的身份去西班牙，写了许多充满激情的反法西斯的政论。1939 年到 1942 年间，他创作了三部曲：《村庄》(1939)、《越过黑水》(1940) 和《剑与镰》(1942)，三部曲以第一次世界大战为背景，通过叙述受西方近代文明影响而具有新思想观念的旁遮普青年拉卢的生活经历，反映了印度民族的政治觉醒。1945 年，安纳德从英国返回印度，定居孟买，作为一位知名人士，他积极参与政治与文化活动。1948 年，访问了一些社会主义国家。印度独立后，积极从事世界和平运动，1953 年，获世界和平理事会颁发的国际和平奖金。同时，继续从事小说创作，不断有新作问世。

　　安纳德虽侨居英国多年，但他全部的创作都与印度人民、印度社会紧密相关，洋溢着强烈的民族精神。安纳德所受的西方教育使他能更清醒地洞察、思考一些问题，他是印度近代文学中对传统文化、习俗反思和批判最为有力的作家之一，突入文学禁地的几部优秀作品很好地证明了这一点。他以独特的创作题材和艺术风格促进了印度现代文学的发展。

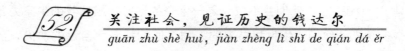

52. 关注社会，见证历史的钱达尔

guān zhù shè huì, jiàn zhèng lì shǐ de qián dá ěr

　　克里山·钱达尔（1914 — 1977）是印度当代著名的乌尔都语作家，社会批判派文学的代表人物，享有短篇小说之王的美誉。他的作品已被译成六十多种文字，在国外出版，在世界上享有较高的声誉，被视为继普列姆昌德之后最杰出的乌尔都语小说家。

　　克里山·钱达尔出生于印度旁遮普省拉合尔市一个中产阶级家庭，父亲在克什米尔行医。他的童年和青年时代是在克什米尔度过的，山区恬静秀美的风光给他留下了终生难忘的印象，而山区人民的淳朴、善良，生活的艰辛、贫困也为未来作家的早期创作提供了丰富的素材。30 年代，钱达尔先后在拉合尔神学院、法学院和旁遮普大学学习，取得了文学硕士和法学学士的学位。在大学学习期间，他曾主编过校刊，发表一些有关政治、经济的论文。他还参加过反英组织，并因此曾被捕入狱。1937 年，在学院主办的英文刊物《信使》和《北方评论》担任编辑。1939 —1943 年间，先是在全印广播电台出任导演，后来又到孟买夏里玛电影公司工作。钱达尔曾当选为印度进步作协总书记，50 年代访问过中国，1966 年获尼赫鲁奖，1977 年 3 月病逝。

　　1944 年钱达尔的讽刺性中篇小说《慈善家》（又译《我不能死》）问世，这部以 1943 年孟加拉邦灾荒为题材的作品确立了他在文坛的地位。

　　殖民统治下的印度，厄运连年，一次大的灾难，往往要夺去数百万人的生命。二战期间，印度粮价暴涨，地主和高利贷者逼迫农民把仅有的口粮都上交，用来缴纳地租和高利贷。就这样，造成了震惊世界的 1943 年大饥荒，仅孟加拉一地，就有四百万人死于饥饿，惨状令人目不忍睹。钱达尔的《慈善家》即取材于这次孟加拉大饥荒，以新颖的艺术形式，从各个不同的侧面描绘了这场大灾难，揭露了帝国主义和"高等"印度人的麻木不仁及卑劣、丑恶嘴脸，体现了印度人民的悲愤之情。小说分三个部分：《一个良心上有刺的人》、《一个死了的人》和《一个活着的人》。《一个良心上有刺的人》由二十一封汇报信组成，写信者是欧洲某国驻加尔各答的一个领事，一个良心上有刺的人，他写信向顶头上司汇报孟加拉的情况。在他看来，孟加拉根本不存在饥荒，只有一种佝偻病。他认为，数以万计的印度人不是死于饥饿，相反地是因为吃得太多。他无耻地在信中写道："他们吃得那么多，有时候胀爆肚皮便一命呜呼了。即使肚皮不爆，脾脏也会爆。"一个没有廉耻、没有丝毫同情心的殖民者形象跃然纸上。《一个死了的人》写的是一个自视"高等"的印度人，他以救灾为名，大肆敛财，生不如死，是一具行尸走肉。第三部分《一个活着的人》的主人公是一位被这场灾难夺去生命的音乐家，他和妻儿，连同无数无辜者都死于这场惨绝人寰的灾难，成了兀鹰竞相啄食的死尸。作品以亡灵独白的形式，正面描绘了这场可怕的灾荒，他愤怒指出："造成这种悲惨的人命不值一颗米的情景，不是千千万万死去的人民，而是那些大人先生们。"对社会的统治者，对剥削制度提出了悲愤、严正的抗议。钱达尔以自己的创作见证了这场灾难，显示出对社会问题的执著关注。

中篇小说《当田野苏醒的时候》塑造了一个反抗封建主压迫的青年农民形象。这位青年因参加暴动被判了绞刑，全村农民闻讯连夜赶制了一件象征人民革命战旗的红衬衫。临刑前，青年穿上红衬衫，迎着朝阳对父亲说："爸爸，您看！监狱挡不住太阳！"作品号召人们团结起来进行斗争。这部小说标志着作家在创作主题和作品题材方面都拓展了一个新空间。随着阅历的日渐丰厚，认知能力的不断提高，钱达尔小说中的民族民主倾向愈来愈鲜明。

1947 年 8 月，受英国殖民主义者残暴统治多年的印度，以印度和巴基斯坦分治作为代价，取得了独立。在分治前后，印度教徒、锡克教徒和伊斯兰教徒之间的矛盾公开、尖锐化，发生了一场耸人听闻的宗教大屠杀事件。一时间，尸骸遍野，血流成河，成千上万印巴人惨遭杀戮。钱达尔也被逐出自己的家园。作家亲眼目睹了这桩人间惨剧，他悲愤填膺，写了许多有关大屠杀的作品，后结集为短篇小说集《我们是野蛮人》出版。其中一篇题为《北夏华快车》（1948）的小说以一列火车独白的形式，反映了屠杀事件。这辆载着一群背井离乡的印度教徒和锡克教徒的火车，路经伊斯兰教徒居住区时，不断遭到袭击。尤为恐怖的是，一次，整整二百多个难民被伊斯兰教徒枪杀，尸体堆在月台上，血流到路基上，连铁轨好像也被漂起来了。火车行进中又看到伊斯兰教徒围着一群赤身露体的异教族妇女"高歌狂舞"。而到了印度教徒居住区，成批的伊斯兰教徒又惨遭杀害。钱达尔借火车之口愤怒谴责道："那一帮领袖连同他们的子子孙孙，真该受到千万人的咒骂，他们把这片美丽、英雄、光荣的土地撕成一片耻辱、欺诈、血腥的脏土。他们使这片土地和灵魂染上了梅毒，使它的身体充满了杀人、放火、强奸的病菌。"

钱达尔见证了这场生灵涂炭、血染大地的历史悲剧。他指出，无论是哪个教派的信徒，都应享有平等的生存权。同时，也揭示了这场悲剧的根源是殖民主义统治。

五六十年代是钱达尔创作的高峰期。印度独立后，社会贫富差距悬殊，社会充满了矛盾和各种冲突，人们怨声载道。作家站在下层人民立场上创作了反映两极分化、罢工斗争和人民觉醒等题材的作品，优秀作品有：《花是红的》、《马哈勒米桥》等。短篇小说《花是红的》（1954）以1954年孟买纺织工人大罢工为背景，描写了工人的反抗。在罢工斗争中，一个死难工人的儿子也参加了罢工游行的队伍，他才十二岁，是个盲童。他手拿红旗，走在队伍最前面，结果被反动军警开枪打死了，但红旗却没有倒。钱达尔写道："尽管反动派把瞎眼孩子枪杀了，但他的鲜血却一定会开出红的花，自由的花，幸福的花。"《马哈勒米桥》是一篇反映社会问题的短篇小说。桥的右边是一座赛马场，住着富户；在桥的左边，晒着六条破旧的纱丽，每一条纱丽的女主人，都有一段辛酸的历史。他们这六户人家现在住在一个大杂院里，饱尝生活的艰辛，家破人亡的悲剧随时在上演。但他们始终坚强地叛逆着旧秩序："揩干了眼泪，重新拿起扫帚，好像绝不可能有任何东西能挡得住这把扫帚似的。子弹、铁棍、监狱都不能挡住这把扫帚在地上的挥动。"这六条纱丽后面的六户人家就是独立后印度下层人民生活的真实写照。在小说的结尾，作者号召人们：走到桥的左边去，到人民中去，为他们摆脱苦难而斗争。这类作品具有强的现实主义精神，富于极强的艺术感染力。

50年代中期至60年代中期，钱达尔在创作中继续保持社会批判的主旋律，并融入了传奇故事的风格。代表作品有：50年代中期发表的长篇小说《流浪恋人》，50年代末出版的中篇小说《一个少女和千百个追求者》，60年代初发表的长篇小说《一头驴子的自述》。其中，《一头驴子的自述》堪称钱达尔社会批判的集大成之作。小说采用拟人化手法，以一头驴子作全书的"主人公"，以它的奇特经历为线索，广泛而深刻地反映了社会生活，对政治、经济、文学艺术、新闻、科技、体育等领域的丑恶现象进行了讽刺、揭露，针砭时弊，入木三分。作品也描写了社会底层小人物的艰难生活。作者笔下的驴可爱生动，富于洞察力与幽默感，是一个成功的物化形象。

钱达尔一生勤奋创作，著有三十部长篇小说、四百余篇短篇小说和三十余部电影剧本。他的作品紧跟时代的步伐，含有丰富的社会信息，是20世纪中叶印度社会生活的一部百科全书。

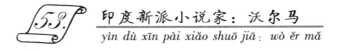

印度新派小说家：沃尔马

yìn dù xīn pài xiǎo shuō jiā: wò ěr mǎ

尼勒默尔·沃尔马（1929 —）是印度新小说派的代表作家之一。他出生于西姆拉山城，在山区度过了童年时光，接受了初级教育。后考入德里一所学院，取得了文学硕士学位，大学毕业后，从事教育工作，不久便开始了文学创作。1959 年，他旅居布拉格，研究捷克现代文学，后又周游欧洲各国，深受西方现代派文学思潮的影响。他作品中的主人公多是些身处异邦的孤独者，在惶惑、无助中度日，内心情感受到压抑，无力也无意畅快地与人沟通。在陌生的环境里，旧道德已遁迹，而新道德又尚未露出端倪，让人茫然、抑郁，不知所归。主人公虽对此深有怨言，却毫无反抗之意，只是一味"等待"，在软弱无力的等待中怀有对未来的一种朦胧的憧憬。沃尔马的代表作有长篇小说《那些日子》（1964）、短篇小说集《候鸟》（1960）和《燃烧的森林》（1964）等。其中，短篇小说《候鸟》是作家最具特色的作品，被公认为印度新小说派的代表作品之一。作品充分展示了存在主义者那种孤独、痛苦、沮丧的情感。

　　故事是这样的：小小山城有一所女子教会学校，寒假前一天晚间女教师勒蒂迦、音乐教师哈罗帕尔特、私人医生兼生理卫生课教师摩卡尔吉相聚于医生的房间，举行了一个小型的"音乐会"，大家各怀心事地闲聊着。医生是半个缅甸人，日本侵略缅甸时，举家迁移印度，途中妻子死去了，他对自己的身世一直讳莫如深。在这个小小的山城教会学校，他是个异乡人，也不可能回缅甸，过了这么多年，故乡已没有亲朋好友可言，无论在哪儿，他都感觉自己是孤独的，而且预感自己将在异乡的土地上死去。年轻的勒蒂迦已有好几年是孤零零在学校宿舍度的寒假，她爱上的少校已战死在克什米尔战争中，她时常恍惚追忆起初恋时的点点滴滴，心痛不已，她已无力爱上任何一个男人。几个月前，她接到了哈罗帕尔特的热烈情书，她知道应当毫不迟疑地拒绝这份痴情，但始终没说出口。她的心似乎在渴望着离开。"勒蒂迦感到，仿佛一群候鸟正从遥远的雪山上，朝山下陌生的异乡飞去。这些天，她经常从自己的窗户凝望着这群候鸟——他们像用线系着的耀眼的陀螺一样排成长长的队伍迤逦飞翔——从人迹罕至的僻静的山野，飞向那光怪陆离的城市。有朝一日，她或许也会飞到那里去的。"哈罗帕尔特身患严重肺病，但自己并不知情。勒蒂迦走后，他从医生口中得知她和少校的爱情故事，深受打击，他记起了自己写的那封情书，感觉信上的每个字都在刺痛着自己的心。他决定第二天离校。翌日，学校举行临别祈祷仪式，哈罗帕尔特为圣诗班成员的歌咏伴奏，他嗅到了死亡的气息："每当弹奏钢琴时，他总觉得自己的肺部有一种郁闷的重压感，心跳得特别厉害。他仿佛觉得翻过了一页页乐谱，就好像竭尽全力跨过一座座黑黝黝的沟壑……每一章乐谱都仿佛从古老幽暗的峡谷里冲出来，穿过外界的黑暗，引申出一种扑朔迷离的哲理。每一个休止符都是一个小小的死亡，仿佛一条小路消失在颤抖的浓密树阴里——一个小小的死亡，它把自己残余的声息献给了下一个音符。它死了，却没有消失，没有被抹掉。所以尽管死了还存在着，融合到下一个音符中去。"仪式结束后，他和勒蒂迦一起散步，他的病她已有所察觉，她的情事他也已了解，两人默默地在校门外伫立良久。晚间，从医生那儿勒蒂迦得知了哈罗帕尔特病情的严重，她极为震惊，两人"抬眼仰望，只见一群候鸟在昏暗的空中排成人字形从山后向他们头顶飞来。勒蒂迦和医生一直抬头凝望着候鸟。勒蒂迦想起，每年寒假之前，这些候鸟往南飞向平原。在这座山镇栖息几天，等到下雪的日子，它们再朝南方陌生的异乡展翅飞去。难道他们大家都在等待——她，摩卡尔吉医生，哈罗帕尔特先生，但我们将有什么目的地，我们要飞到什么地方呢？"作品结尾，哈罗帕尔特预感到死神已不再遥远，他喝得酩酊大醉。医生认为人生应顺势而为，没必要刻意记住什么或着忘记什么。勒蒂迦也理解了一位女生与军官的相恋，将没收的军官来信还交给了女生。她知道，尽管发生了许多不幸，但总有样东西在人们停滞不前的时候将人们拖入它的潮流中去，这就是生活。

这篇小说描绘了中小资产阶级出身的知识分子的孤独、痛苦、沮丧的生存境地，他们怀恋往昔，对未来充满忧虑，处于精神危机状态。但他们也并非完全消极，作品虽然没有明确表明他们像候鸟一样到底在等待什么，但这个等待本身在一定意义上已经体现了他们对人生意义的探求、对明天的渴望之情。艺术上，这篇小说也颇具特色。几个主要人物一生的经历和思想感情在短短一天多的时间内勾勒得清清楚楚，人物心理描写细腻、感人，通篇的抒情色彩加强了作品的艺术感染力。

莫汉·拉盖什（1925—1972）是印度新小说派中颇有影响的作家。

他虽出身于保守的印度教徒家庭，却接受了现代高等教育，并获得了文学硕士学位。他先后供职于西姆拉中学、伽仑塔尔学院和德里大学，1962年出任《萨利卡》小说杂志的编辑。其创作生涯始于40年代后半期，1963年开始进行专业文学创作。其代表作有长篇小说《密封的暗室》（1961）、剧本《阿夏塔的一天》（1958）、小说集《又一次生活》（1961）和《一个个世界》（1969）等。拉盖什的作品集中反映了中小资产阶级知识分子的孤独、痛苦、恐惧的生存状态。他擅长捕捉人物内心的瞬间感受，常借助下意识活动和梦幻景象的描写表现内心幻觉、希望的破灭，以此披露周围世界的荒谬和恐怖。他非常注重象征手法的运用，他认为，印度新小说派与传统小说的主要区别就在于象征手法的运用。其短篇名作《又一次生活》堪称新小说派的代表作品之一。

小说以凝重、痛楚的笔触描写了主人公帕勒格什在情感生活、家庭生活和社会生活中的失败、孤独与凄凉。他与妻子皮娜天各一方，经常分居，独立编织着生活之网，孩子一周岁时两人婚姻终告破裂，第一次生活就此宣告失败。他认为，生活就是为了实验，为了生存，不应把一种实验的失败看作生活的失败。即便如此，"在对新生活的憧憬中他总存有一种狐疑，他越是与这狐疑作斗争，狐疑越发顽固。当一个生活实验告吹，怎么能说第二个实验一定能成功呢？"他不希望重蹈覆辙，非常谨慎、小心地进行了"又一次生活"的选择，却受挚友乔纳伽欺骗，娶回了一个经常无端狂笑的精神病人，备受其折磨。"他异常愤懑，乔纳伽为什么如此出卖他呢？为什么让自己该送进精神病院的妹妹同他结婚呢？他写信给乔纳伽，但得不到任何回答。他派人去请乔纳伽，他也没有驾临。他亲自去乔纳伽家登门拜访，他所得到的答复是，妮尔摩娜是你的妻子——妮尔摩娜娘家的人无权插手。"而这个妮尔摩娜照例笑着、哭着……折磨着他。他的"又一次生活"又是一个错误的实验！如今，他只有从天真烂漫的儿子身上寻求慰藉，但前妻视他如陌路人，见儿子一面很是艰难，三四天后分别的时候，连儿子也嫌弃起这个父亲了："爸爸家里不好，妈，我们的家好，爸爸家里什么东西也没有……"殊不知，父亲为了见儿子一路赶来，房间的东西都是匆匆租用，临时购买的。帕勒格什已在生活里输得一干二净，只有买醉销愁，去玩纸牌，结果又输得光光的，人们这时仍不忘揶揄他"不是有这种说法吗，在纸牌上晦气的人，在生活中必定是走运的人！现在看来，您是输得最多的一位，所以应该承认您是最幸运的人。"这个"最幸运"的人毫无目标地走进了滂沱大雨，孤独而麻木地走着，"一条湿淋淋的狗跟随着他——扇着耳朵，不声不响，顾影自怜地走着。"这是他唯一的伙伴。

小说以婚姻、家庭生活为中心线索，以主人公孤独失落的心理体验为主诉对象，在自我意识、自我心理相矛盾冲突的潜流中，对朋友之义、夫妻之情的苍白、虚伪予以明示，反映了现实社会的冷酷无情，人际关系的疏远淡漠，人存在境遇的空虚与荒凉。人心是荒芜的，"又一次生活"的失败加重了主人公的孤独、沮丧感，他对这个陌生、荒谬、冷漠的世界发出了抗议。艺术上，作品成功运用了意识流、幻觉、象征等写作手法，不注重情节铺设和人物性格刻画，而是以存在主义者独语的方式展示人物的精神世界。象征手法的运用相当纯熟，例如，笼罩着帕勒格什身心的团团浓雾象征着他迷惘、不确定的思绪和生活；离婚当日一只雏鸟死里逃生的灾难象征着主人公痛苦而有些许选择的自由的命运；结尾处主人公踯躅于倾盆大雨中，唯有一条狗尾随其后，象征着主人公处境的孤独凄凉和对前途的一片茫然，话外音还有狗比人忠诚的味道。

印度新小说派的主导倾向是试图使文学主观化、自我化，其创作充满现代主义气息。

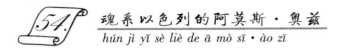

54. 魂系以色列的阿莫斯·奥兹

hún jì yǐ sè liè de ā mò sī · ào zī

1948 年，以色列建国后，生于以色列或者自幼移民并在以色列长大的作家，被称为是"建国的一代"。"建国的一代"的共同特征是：在作品中他们始终以个人与社会、民族与国家之间的紧张状态为中心主题，作品的主人公竭力避免被犹太复国主义集体暴政的教条主义压力所摧毁，民族忠诚和自我个性的冲突成为小说创作的重要内容。其中阿莫斯·奥兹（1939— ）就是最出色的代表作家之一。自60年代，奥兹登上文坛，他先后发表了《何去何从》、《我的海米尔》、《触摸水，触摸风》、《沙海无澜》、《黑匣子》、《了解女人》、《费玛》、《不要称之黑夜》、《地下室中的黑豹》等九部长篇小说，还有中短篇小说集、随笔、杂文、儿童文学等，他曾获得多种文学奖，1998年以色列建国五十周年之际他还获得了以色列国家文学奖。

阿莫斯·奥兹的父母在排犹声浪四起的30年代，接受犹太复国主义运动的影响，从俄国移民到以色列，梦想在巴勒斯坦找到平安幸福的"希望之乡"。奥兹的父亲耶胡达·阿里耶·克劳斯纳博学多才，嗜书如命，懂得十几门语言，最大的愿望就是成为耶路撒冷希伯来大学比较文学的教授，但始终没有如愿，母亲范尼娅漂亮贤惠，多愁善感。也许奥兹继承了父亲的智慧和母亲的敏感，终于在文学上大有成就。因为家庭影响，他从小就阅读了大量的以色列经典作家及19世纪俄罗斯作家的作品，推崇希伯来文学大家阿格农、布伦纳等人的创作，酷爱俄罗斯作家陀思妥耶夫斯基、托尔斯泰、契诃夫等人的作品，这为他奠定了良好的文学基础。

奥兹的童年时代是在英国托管的耶路撒冷度过的，而当时犹太人正在为建立自己的国家而努力，所以他所接触到的日常生活充满了英雄传奇色彩。地下活动、爆炸、逮捕、宵禁、搜查，历历在目；英国兵、阿拉伯帮，时时在眼前闪现；战争，迫在眉睫；恐惧，如影相随。甚至他听到的儿童故事讲的也是耶路撒冷的过去和沦陷。奥兹回忆起自己的童年时说："父母将我送到一座希伯来小学，学校教我缅怀古代以色列王国的辉煌，并且希望它在烈火与热血中复兴。"在这样一个躁动不安而又群情激昂的时代，奥兹的理想就是"做一个英雄"。

奥兹在耶路撒冷小学接受启蒙教育的时候，就常常写些诗歌和小文章，刊登在学校的报刊上，表现出文学天赋。

1951年，奥兹的母亲突然自杀身亡，从此以后十二岁的奥兹结束了他梦幻般的童年时代。这一事件不仅在他幼小的心灵上留下阴影，而且对他日后的创作也产生了巨大的影响。奥兹本来就和父亲的感情不和，母亲去世后，他对家庭的反叛意识更加强烈，终于在十四岁那年，奥兹离开家庭投身胡尔达基布兹。基布兹是以色列的合作农场。他还把自己的姓氏由克劳斯纳改成了奥兹，"奥兹"在希伯来文的意思是"力量"。

在基布兹这个很有一点原始共产主义色彩的世界里，奥兹开始了他的文学创作。他利用休息和业余时间勤奋写作，后来每周还得到一天特批的写作时间。基布兹保送奥兹到耶路撒冷大学攻读文学与哲学学士学位。大学毕业以后，奥兹还希望继续读硕士，但没有得到批准，只好又回到基布兹，开始自己的写作生涯。直到后来因为写作功成名就，他才到英国牛津继续他梦寐以求的学业，取得了硕士学位，以后还获得了特拉维夫大学荣誉博士称号。奥兹的儿子患有哮喘病，据说沙漠的干燥气候有利于治疗哮喘病，1986 年，奥兹全家离开了生活多年的基布兹，搬到了南方沙漠地区的阿拉德小城居住，不久就被本·古里安大学聘请为文学教授。

奥兹由于在基布兹生活了三十多年，因此基布兹的生活深深影响了他的生活和文学创作。基布兹是当代以色列社会的一个特殊产物，在本世纪由新移民先驱者创建。在基布兹，人人平等，财产公有。奥兹初到基布兹时，基布兹的世界对他而言是陌生的，他能写诗，却拿不动锄头，而且还因为多年生活在知识气氛浓厚的耶路撒冷，所以他说的语言在这里也显得有些怪里怪气，惹人发笑。但是老人们都喜欢和他聊天，他们知道奥兹想成为一个作家，觉得有必要把自己知道的都告诉他，以便得到永久的保存。因为在基布兹，一切都是公有的，房子、花园、树木，唯有记忆和经历，是个人的，是值得保存的东西。奥兹成了老人们的忠实听众，无疑他在这里得到了最可宝贵的财富。

基布兹的生活异常清苦，每个人每天吃半个鸡蛋，每张桌子共同用一把餐刀。在动荡中漂泊的以色列人一般都具有一种不安全感，不知道将来会发生什么，但在基布兹是没有这种不安全感的，人们生活艰苦，但人与人之间的关系和谐、亲密，这样的环境能够使人性得到纯洁。奥兹长期生活在这样一个世界中，却没有其乐融融，而是进行了更深层次的思考，他意识到理想与理想者本身的距离，意识到试图改变这个世界的伟大理想与狭隘的自私心理的矛盾。因此，奥兹虽然长期生活在基布兹，但始终保持着清醒的批评意识，基布兹是犹太先驱者最出色的一个设想，但毕竟与现实世界相去甚远。

奥兹的基布兹思想直接影响了他的文学创作，他的第一部长篇小说《何去何从》就是一个以基布兹为背景的作品。伊娃富于幻想、追求精神生活的个性与基布兹的严格生活格格不入，她对丈夫知足常乐的天性和生活态度很不满意，终于离他而去；她的女儿诺佳虽然自称是"山的女儿"，但对毫无隐私的基布兹生活备感厌倦，所以也向往别处的生活。看来这部小说的希伯来文书名"另一个地方"是别有一番深意的，它预示了母女两代人对先驱者理想的质疑和挑战。

1982 年，奥兹又完成了另一部以基布兹为背景的小说《沙海无澜》。主人公约拿单与身为政要的父亲矛盾重重，妻子外表美丽却头脑简单，他与妻子的关系平淡如水，年轻的约拿单和诺佳一样，也决定离开基布兹，梦想到一个有理想、有爱情、有奇遇的神秘而遥远的地方。但当约拿单体验到了爱的秘密奇遇后，却恐怖地发现，真正的人生是通向死亡，通向地狱之路的，他所向往的地方也不过是另一座地狱罢了，所以他重返基布兹。但父与子的冲突始终存在着，约拿单的父辈为了实现复国主义理想，英勇斗争，度过了辉煌的岁月，而年轻一代的生活目的只是为了生存，这就使父子两代的冲突不可避免。因为每天都生活在战争的危险中，以色列人内心深处不由自主产生了一种生存危机意识，奥兹在这里探讨了当代以色列人信仰的失落。

《我的米海尔》是奥兹的成名作，自 1968 年发表以来，已再版五十余次，被翻译成多种文字。这是一部爱情故事，美丽且多愁善感的文学系女大学生汉娜与地质系的米海尔一见钟情，结为眷属。十年岁月悠然而过，昔日的挚爱悄然发生了变化，汉娜对枯燥的婚姻失望了，沉湎于对往事的回忆中，在遐想的孤独世界中尽情宣泄着自己被压抑的期待和欲望。然而，这又不仅仅是一部爱情故事，因为故事发生在神秘而富有历史沧桑的古城耶路撒冷，小说因此而获得了复杂的意蕴。作为犹太人，奥兹对耶路撒冷充满了深情，他曾说："我爱耶路撒冷是因为我出生于此"，"这是我出生的城市，我梦幻中的城市，我的祖先和人民痴心向往的城市。"然而耶路撒冷城屡次蒙难，三千年来，迦南人、亚叙人、巴比伦人、希腊人、罗马人、犹太人、穆斯林、十字军都曾征服过这个城市，第一次世界大战后，耶路撒冷成了英辖巴勒斯坦首都，1967 年，"六日战争"后老城才归犹太人所有。所以奥兹在《我的米海尔》中不止一次地提到，"那不是一座城市，而是一个幻影"，"我生于耶路撒冷，但我不能说耶路撒冷是我的城市"。小说还把耶路撒冷比作被人围观的"受伤的女人"，冰冷的石墙，幽深的小巷，喧嚣的市场，黑暗的森林，灰沉的天空，……这就是作家心目中的家园，他对它爱之深恨之切，情感复杂。

奥兹总结自己的创作时说："我的小说主要探讨神秘莫测的家庭生活。"家庭是他揭示犹太民族、人类灵魂的切入点，"倘若没有这种歇斯底里、非常坚固的犹太纽带，没有它我又怎么能够生活？我又怎能放弃这种对集体共振与部落纽带的沉溺与迷恋？如果我将这毒瘾戒掉，我还剩下什么？"

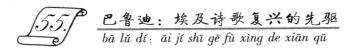

55. 巴鲁迪：埃及诗歌复兴的先驱
bā lǔ dí: āi jí shī gē fù xìng de xiān qū

19 世纪下半叶，埃及近代文学开始复兴，埃及著名诗人巴鲁迪（1838—1904）则是埃及近代诗歌复兴的先驱，也是近代阿拉伯诗歌复兴的先锋人物。他的一生历经沉浮，颇具传奇色彩。

迈哈穆德·萨米·巴鲁迪出生于开罗塞加西亚族的一个富裕家庭，为曼麦鲁克王朝的后裔。父亲是朝廷大臣，曾任炮兵司令和地区长官等职，在巴鲁迪七岁时去世。巴鲁迪自幼受到良好的教育和悉心培养，完成初等教育后，十二岁进入军事学校。1854 年从军校毕业，成为一名青年军官。

不料当权者为讨好取悦于奥斯曼帝国，竟关闭学校、解散了军队。巴鲁迪不愿闲置家中贪图安逸，便开始尝试阿拉伯诗歌的创作。他不断向舅父讨教诗艺，其创作天赋很快显现出来，如他自己所述：

> 我乃书香门第，
>
> 吟诗何须搜索枯肠。
>
> 我的舅父易卜拉欣，
>
> 就是诗坛一名巨匠。

创作伊始，巴鲁迪即志在高远。当时诗坛充斥着矫情之风，巴鲁迪对此颇为不屑。他大量阅读了中古时期的阿拉伯诗歌，找到了知音。研读这些丰富多彩的古代诗歌的同时，他意识到应探索、尝试新的环境，接触新的事物。

不久，他来到伊斯坦布尔，在土耳其外交部任职。工作之余，博览群书，各大图书馆丰富的藏书为他提供了一个很好的研究阿拉伯古典诗歌的机会。他还研究了波斯文学和土耳其文学，并用波斯文和土耳其文作了一些诗。

1863 年，埃及总督易司马仪访问伊斯坦布尔，邂逅巴鲁迪，对他颇为赏识。不久，巴鲁迪以侍臣身份随总督一同返回埃及。自此，巴鲁迪平步青云，历任重要军职。1866 年，他随军作战，受到嘉奖。他有一首诗描写了这次战斗：

> 昏沉沉，
>
> 人困眼睑合。
>
> 夜行军，
>
> 马铃催人急。

1877 年，俄国向土耳其宣战，埃及出兵支援土耳其，巴鲁迪随军出征，屡建奇功，得到了许多奖章。他在诗作中描写了战争带来的苦难，也流露出对祖国深切的怀念：

> 别离家园，
>
> 久久无音信，
>
> 望穿秋水，
>
> 难解思念情。

巴鲁迪凯旋而归，再次受到晋封，先是任东方省的省长，后又出任首都开罗市市长，志得意满。这时国内的民族主义运动已风云渐起，巴鲁迪怀着强烈的民族自强意识，积极支持这一运动。在他的内心深处，他总觉得自己是统治过埃及的曼麦鲁克王朝的后裔，所以豪情万丈的远大抱负始终萦绕心间。他曾写有一首描写举世闻名的埃及金字塔的诗，自豪之情溢于言表：

> 人世间，千变万化，
>
> 来而复去，沧海桑田。
>
> 它却永远傲然挺立。
>
> 建造者荣誉的丰碑，
>
> 灿烂文化的见证人。

他喜欢作诗，喜欢战斗的骑士生涯，也喜欢参政。他写了许多政治诗，主张改革，主张清君侧。眼见祖国屈从于外族统治，他深感耻辱，于是参加了革命的行列，号召人们起来战斗，为民族尊严而战。他甚至希望有朝一日能亲掌大权，来治理国家，重现往日生机。在《起义的原因》一诗中他写道：

> 赶快行动起来！
>
> 不要坐失良机，
>
> 光阴不待人。
>
> 让贤人权威主持政务，
>
> 国家大事他们善于处理。
>
> 当矛盾重重，众说纷纭，

他们敢于当机立断，善破善立。

1879 年，总督之子陶菲格上台。他允诺接受改革者的要求，建立议会制度。巴鲁迪被任命为宗教基金部大臣，后任作战部大臣。1879 年 1 月，埃及第一个政党——祖国党成立，巴鲁迪是主要领导者之一。1882 年 2 月，他受命组阁担任首相。陶菲格其实也是一个腐败媚外的统治者，他残酷地镇压民族运动，疯狂逮捕爱国人士，从而激起埃及人民的强烈反抗。1882 年 7 月，埃及发生陆军起义，陶菲格向英国人求援，镇压起义队伍。巴鲁迪经过短暂的犹豫之后，坚定地参加了起义队伍。他高声呐喊：

> 起来吧，
>
> 人生只有一次机会。
>
> 世间道路多不平，
>
> 厉害彼此相冲突。
>
> 坏蛋的头到了宰割的时候，
>
> 锋利的剑在哪里?!
>
> 在哪里?!

最终，起义以失败告终。巴鲁迪受到审判，最终被流放到锡兰岛。在长达十七年的流放生涯里，倔强、坚强的巴鲁迪没有消沉，他学会了英语，开始编纂阿拉伯古代诗歌。他搜集了三十个诗人的优秀作品，编辑成《古代诗选》。这一时期他的诗歌充满了痛苦、忧伤之情，也有对祖国和亲人的深深怀念。诗人在锡兰得知妻子去世的噩耗，悲痛万分，写了《悼亡妻》一诗：

> 死亡之手啊!
>
> 你打着的是一块什么火绒?
>
> 你从我心中夺走了明亮的火炬!
>
> 我是刚强铁汉，
>
> 而今你使我心灰意懒;

我似标枪一杆，

而今被你一截两半！

我仍不相信会灾难临头，

这支箭会射中我的心瓣？

1900 年，巴鲁迪终于获得赦免，他重又回到了祖国，他欣喜地咏叹道：

我看到的是埃及，

还是古代巴比伦。

这里的眼睛，

为什么都是这样迷人。

巴鲁迪又开始了新的生活，他在开罗的新家成了当时学者、诗人聚会之地。1904 年，巴鲁迪去世。他的遗孀主持出版了《巴鲁迪诗集》两卷集和他编辑的四卷《古代诗选》。

巴鲁迪是一位爱国者，也是一位善于从古诗中汲取精华的新诗人，被认为是"诗坛之冠"。他倡导恢复古风，即古代诗中的严谨的格律和凝练流畅的风格。他用诗歌记录了个人曲折而丰富的生活经历，表达了个人和民族的思想感情，反映了周围环境和时代精神，在题材与思想内容上比同时代诗人前进了一步。以他为首的诗歌流派被称作"复兴派"（亦称"传统派"、"新古典派"或承启派），其特点是把古代传统诗歌的形式与深厚的民族主义、爱国主义思想感情结合起来，在阿拉伯诗歌史上起了承前启后继往开来的作用。"诗王"邵基、"尼罗河诗人"哈菲兹·易卜拉欣也是这一流派的开拓者。

56. "尼罗河的莫泊桑"：台木尔
ní luó hé de mò bó sāng：tái mù ěr

1949 年，阿拉伯语言协会举行仪式接纳一位新成员的加盟，仪式上，著名作家塔哈·侯塞因对这位新成员说："说你是埃及作家，就有些贬低了你；说你是阿拉伯作家，也限制了你的范围；用更确切、更普遍、更深刻的话来说，你无愧为一位世界文学家。"这位被赞誉为"世界文学家"的人，即迈哈穆德·台木尔（1894 — 1973）——埃及现代杰出的文学大师，"无与伦比的短篇小说的权威"，享有"尼罗河的莫泊桑"之美誉。他一生著述丰富，共写有三部长篇小说，十余部剧本，二十六部小说集（包括三百余篇短篇小说）。他的许多作品已被译为法、意、英、德、俄等十几国文字，在世界各地广为流传。

台木尔出生于开罗的一个书香门第。父亲家资雄厚，是一位著名学者，也是一位负有盛名的珍本典籍收藏家。后来，他把自己的图书室捐赠给埃及国家图书馆，其中许多书籍都非常珍贵。父亲学识渊博、为人随和，家中常有许多文人学者聚集。在良好的家庭环境的熏陶下，台木尔及其哥哥自幼喜爱文学；他们背诵古代优秀诗歌，阅读《一千零一夜》等古典小说，兴趣盎然。不久，兄弟俩办起了家庭小报，记载家人及朋友们的言行见闻。二人还搭建起家庭舞台，演出短小剧目。他们的阅读范围也随之拓宽了，开始接触到许多翻译小说。此间，台木尔开始写诗，他的一些散文诗颇具韵味。

20 年代年轻的台木尔来到了法国，在法国和瑞士考察、游学两年。此间，他更加详尽地了解了法国文学，还广泛涉猎西方各国的文学作品，对屠格涅夫、契诃夫、莫泊桑等作家及作品的研究尤为深入——他日益谙练短篇小说的创作技巧，开始了创作上的丰盛期。

如果说从西方小说中汲取的养分提高了台木尔的艺术素养和写作技巧，那么埃及的现实生活则是他创作的源泉。他始终倡导现实主义的创作方向，作品中洋溢着鲜明的批判现实主义锋芒和深厚的人道主义精神。创作伊始，他便在第一部短篇小说集《茹玛教长及其他》（1925）（又译《朱麻谢赫和其他故事》）的序言中，介绍现实主义流派，阐述现实主义的创作原则，明确遵循现实主义创作道路的必要性。其后他在《赛义德·阿比塔谢赫及其他》的序言里重申：自己像海卡尔等作家一样，要从埃及城乡社会生活中提取小说素材。他身体力行，成果斐然。他晚年的这番自述可以进一步明证，生活就是艺术的源泉：

> 我出生在台勒卜·赛阿达，它是开罗市莫西基区和巴卜·穆罕里格区之间的一个街区。这是一个平民地带。那里住着各色人等，有手工业者、商人和从事别的各种职业的人。那里有种种传统、习惯，表现着埃及市民的特有性格。我在这个街区度过了少年和青年时代，同那些人混得很熟。我和街坊的孩子玩耍，与附近商店的老板打交道。我早晚都能听到人们聊天，他们的话题有欢乐的，也有悲伤的，还有妙趣横生的。后来我家迁到阿伊努·沙木斯区居住，我们又像每个农村居民那样过着有规律的生活。……在那里，我们同农民相处得亲密无间，我们感到兴味很浓。我们与农民通夜谈话，跟他们一道干活。这些从城市市民到乡村农民的不同的人生，它们是源泉。毫无疑问，这些丰富的人生场景、人生的事件和个性，它们在我的生活中扎下了根。它们又是我的葛藤，我借着它们写出种种故事，描绘了许多场景和人物。

可见，台木尔熟悉埃及城乡的各种人物和生活，所以他才能真实、生动地刻画社会各阶层形形色色的人物形象，通过他们的活动，充分展现现代埃及社会丰富、复杂的生活风貌和人们的心理状态。

台木尔在其作品中成功地对社会各种痼疾、丑恶现象和邪恶势力进行了深刻揭露和无情鞭挞。短篇小说《人寿保险》、《彩票》、《沙良总督的姑妈》、《塔瓦杜德太太》、《成功》等都是此类名篇。《人寿保险》刻画了一个活灵活现的骗子形象。年轻人萨法伊自称教授，说起话来口若悬河，是律师事务所的一名小小书记员。他整日无所事事，常泡在一家简陋的小酒店里消磨时光。一个偶然的机会，他结识了一名弱智的卖奶学徒福里，凭三寸不烂之舌替他在一桩交通纠纷中索取了二十个皮亚斯特的赔偿，福里感激涕零。萨法伊本想将这些钱骗到手后逃之夭夭，不料"爱管闲事的癖好"使他又抓住了一个骗钱的机会。当福里回到牛奶店被师傅一顿痛打后，萨法伊及时现身，连恐吓带威胁，使师傅不得不掏出一笔钱了结这起"刑事责任"。自此憨傻的福里成了萨法伊的养子，成为他四处行骗的工具。萨法伊严格训练福里，"动辄就用严刑来虐待自己的养子……最终……把这个牲畜变成一个善于在冒险生涯中玩弄诡计的杰出人物，如同一个杂技丑角善于在表演场上腾空做九十度的跳跃一样"。随后，就"把他扔到沸腾的生活和灾难的激流中去"。萨法伊的不义之财越赚越多，但"灯红酒绿的饭店、酒家、妓院把他的钱财都搜刮光了"；福里的身体也在一次次的冒险亡命游戏中越来越糟："在福里的身上又增加了不少新的'不治之症'，他就像一件破烂的衣服，补丁摞补丁"。在又一次撞伤之后，医生告诉萨法伊：福里活不长了。面对这一晴天霹雳萨法伊开足了脑筋要摆脱困境。最后受一部犯罪影片启发，他给福里投了巨额人寿保险，决定在游戏中致他于死命——养子已不再有利用价值！福里虽弱智，却也有"一种动物所固有的嗅觉"，在一次冒险行动中，他发现养父不再隐居幕后，配合游戏，而是"感觉到萨法伊教授的手把他往汽车的轮胎底下推"。求生的本能使他警觉起来，不再服从养父的旨意。"学徒和驯兽者"之间的相互仇恨愈演愈烈，最后二人终于厮打在一起，一同坠楼身亡！警察赶到事发现场，他看到死者的口袋里露出一件白色的东西，"它好像是企图在这个文明世界上争得一个位置，以便堂堂正正地宣告它的存在似的"——那是一张人寿保险单！这篇小说入木三分地揭露了骗子谋财害命的罪恶行径，情节曲折，可读性很强。

《成功》是一篇杰出的讽刺短篇，用第一人称"我"的口吻，借一位报社记者的"成功"经历，揭露了新闻界的堕落。我从事着世代相传的职业——新闻记者，有根底、有才华、聪明、能干，却"挣不到钱和妻子一道过体面的生活。"主任一直认为我守旧，写的文章兴味索然，要我写些有趣的东西；但我很清高，不甘心"效仿那帮没出息的同事"。家里经济越来越拮据，妻子已在偷卖我珍藏的书籍了。我的呕心沥血之作又一次被主任定义为"思想僵化"，再一次要求我效法同事的成功之作，这一次我没再固执己见，浏览了一下"范文"题目，结果吃惊不小：三篇题目依次为《怎样杀死你的岳母而使她不受任何痛苦?》、《父亲拉着女儿跳摇摆舞》、《按照你喜欢的规格供应塑料嘴唇》。这些革新之作令我目瞪口呆，我决心摒弃新闻工作，另谋出路。在朋友介绍下，我来到了"爱国屠宰公司"。粗俗不堪的老板忙于应付老婆和情人的电话轰炸，顾不上和我谈正经事。而我的脑子突然开窍了，文思泉涌。逃离屠宰场，在路边的第一家咖啡馆信笔完成一篇入门之作，第二天便被登在了头版，主任还颇费心思地给我选了一个具有吸引力的笔名——舍赫莱尔（意为放荡、淫秽、堕落!）：

幽默文学家舍赫莱尔先生写的有趣的新闻报道

> 一个屠宰场的屠夫
> 在一次生存主义的舞会上
> 扒掉他老婆的皮

从此，我的生活来了个天翻地覆的改变，我成功了！我告别了那些倒霉枯萎的日子，我开始"跳着摇摆舞，从歌女们的大腿间攫取写作的灵感；在酒桌上，从放荡不羁的男男女女嘴里寻找字句和笑料……"作品最后欢呼："欢迎！欢迎我今天所处的时代，我符合新时代的精神，我按照新的发展规律来行动！"

文中"我"的成功其实是用道德的"堕落"换来的，而整个新闻界的堕落又是为了迎合整个社会的低级趣味。这篇小说出色地揭示了不良的社会环境对人的腐蚀、毒化，这是台木尔很擅长的一个主题。作品幽默、风趣，将一个精神堕落者的自白表现得惟妙惟肖。塔哈·侯塞因曾这样评论台木尔的语言："他巧妙地、精细地润饰和整饰词汇，他那支笔摆脱了矫

揉造作，简单便捷地直捣人们的心中。"

台木尔作品中渗透着的基本思想是人道主义精神，他有相当一部分作品表现出对普通埃及人命运的极大关注和同情，塑造了许多淳朴、善良的普通人、"小人物"的形象，赞美他们的高尚品德，同情他们的不幸遭遇。读者在作品中能感受到真、善、美的神奇力量，认同爱的伟大。

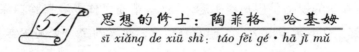

57. 思想的修士：陶菲格·哈基姆

sī xiǎng de xiū shì: táo fēi gé · hā jī mǔ

1955 年，正值独立之后的埃及推行"社会主义政策"的时候，一本名为《均衡论》的著作问世了，作者陶菲格·哈基姆（1898 — 1987）。虽说哈基姆早已是名声显赫的剧作家，享有"阿拉伯话剧奠基者"的美誉，但这部探讨生活和艺术观点的总结性作品并未引来多少知音的喝彩。光阴荏苒，人们越来越惊喜而且近乎感动地发觉，自诩为"思想的修士"的哈基姆留给人类的财富是如此丰厚。生前、生后，作为一个文学家、思想家和哲学家，他都是伟大的，他充满思辨性的作品反映了普遍的人性，洋溢着东方精神；甚至对埃及政治家也产生了重大影响，埃及总统纳赛尔、萨达特都曾受到他作品的启示。

哈基姆童年时就少年老成，喜好冥思和理性思考，这和他的家庭不无关系。他出生于亚历山大港一个法官的家庭，父亲继承有大片田产，相当富有。母亲是一个奥斯曼土耳其贵族的后裔，生性傲慢而专制，她不允许哈基姆与农民及周围儿童接触，想方设法阻止儿子与他们的往来。通往外界的门被关闭了，年幼的哈基姆只有将目光和注意力投向内心理性的世界，连他童年的游戏都不是像一般孩子一样跑跳嬉戏，而是玩一些需动脑筋的联句赛诗之类的智力游戏。小学毕业之后，他到开罗上中学，和叔父、姑姑住在一起。远离母亲的约束，他开始有了一些自由，并开始喜好音乐、弹琴，他还经常观看各剧团的演出，对戏剧很感兴趣。高中毕业后，他升入法律学校，文学天赋逐渐显露。1918 年他开始尝试剧本创作，

1922 年写出的一些剧本还被搬上了舞台，但严格说来都是些不甚成熟的尝试之作。

1924 年，哈基姆从开罗法律专科学校毕业后，赴法国深造。留法四年期间，他阅读了大量小说和戏剧作品。由于家境优越，他在法国过着纯艺术的生活，经常出入各歌剧院、音乐厅，感受、理解着古今各个时代的文化。他日益强烈地希望能够靠自己身体力行的实践振兴埃及的小说和戏剧创作。他发觉西方人是把自己的戏剧建筑在古希腊戏剧的基础之上，于是他潜心深入研究古希腊戏剧的创作及其在西方所得到的借鉴，同时也钻研欧洲小说。1928 年，哈基姆回国，先后担任乡村检察官、教育部调查司司长、社会事务部社会指导局局长等职。1943 年，他不堪忍受公职带来的种种限制，毅然辞职，专事写作。1951 年出任埃及国家图书馆馆长。埃及独立后，历任文学艺术社会科学最高委员会戏剧部主任、埃及常驻联合国教科文组织代表以及作家协会主席等职。1958 年获国家颁发的文学表彰奖，1977 年被地中海国家文化中心授予"地中海国家最佳思想家、文学家"称号。其作品有多部哲理剧及长篇自传体三部曲《灵魂归来》（1933）、《乡村检察官手记》（1937）、《东来的鸟》（1941）等。

1928 年哈基姆一回到埃及就下定决心要敲开西方戏剧艺术的大门，既然古希腊文学艺术是欧洲戏剧、文学复兴的基础，那么，它也应该成为埃及文化复兴的基础。他继续深入研究希腊悲剧，他发现这些戏剧是从神话中取材的，是从人与掌握宇宙的神之间的尖锐斗争的宗教意识中取材的，悲剧就是描写这一斗争，并以最终无情的命运给人造成巨大痛苦作为结局。哈基姆由此受到启发，创作了三部具有现代悲剧意味的哲理剧：《洞中人》（1933）、《山鲁佐德》（1934）、《贤明的苏莱曼》（1943）等，均取材于阿拉伯神话故事、圣经故事及古兰经故事。特别值得一提的是其剧作的创作风格，在他的作品中往往带有许多抽象的哲学式思考，他善于利用象征的人物和事件来表现理智与情感、幻想与现实、自由与命运的斗争，来表达自己的哲学思想。他是有意为之的，他曾公开宣布："我今天要使剧场恢复理性，要使演员穿着象征的外衣，在具有重大意义的领域里，自

由自在地思考。"他的戏剧具有荒诞派戏剧和象征主义戏剧的基本特点，是东方早期现代主义文学的杰出代表。哈基姆在三部哲理剧中着意表现了人类所遇到的精神危机，可概括为几种"失衡"现象：理智与心灵的失衡、绝对理性与情感的失衡以及力量与智慧的失衡，这是他作为思想的修士，对东西方文化思考的结晶。

《洞中人》主要是受古兰经故事启发改编而成的，也有圣经七眠子故事的影子。传说大概有两个版本，一种说法是：有七个人死在一个山洞里，过了大约三百年，他们复活了。当他们把这个非凡的复活奇迹显示给人们之后又都死去了。另一种说法与此大致相仿：传说罗马在信奉基督教之前，几个神秘的基督教徒为逃避多神教的迫害，带着一条狗进入山洞中躲藏。安拉使他们在山洞里沉睡了三百零九年，醒来后，一个人带着钱币到城里购买食物，才发觉已是物是人非两茫茫。哈基姆在他的四幕哲理剧里保留了传说的基本框架，着意描写了主人公醒来后的遭遇。剧中三个人有两位曾是朝中大臣，一位是牧羊人，当年他们为逃避国王的迫害躲进了城外的山洞里，原以为只睡了一夜，不料一觉醒来，三百多年的时光已不复存在。走出山洞，他们经历了无法想象的变化，无法适应崭新的现实，心灵受到巨大冲击，最后只有选择重回山洞，等待死亡的降临。该剧涉及到了人与时间对抗的主题。人类一直试图战胜时间，实现其永恒和不朽的意志，并为此进行着不懈的努力，基督教宣扬的"复活"的乐观信念也正基于此。但实际上，人在与时间对抗的过程中，其实也正在消耗着生命，时间的法则、生命的进程都是不可逆转的。人在时间面前有很大的局限性，这种对抗、搏斗更具有悲剧的意味。如剧中主人公所述："时间是梦，而我们是真实。时间是会消失的影子，我们会永存。时间是梦，是我们想象和直觉的产物。没有我们也就没有时间。我们身上那个不简单的力量——理智，是它创造了时间的准则。不过人身上还存在着另一种力量，能摧毁这一切。我们何以在一夜之间生活了三百多年，从而打破那界限、准则和跨度？是的……我们就是那些能抹去时间的人。是的……我们战胜了它。可是……太遗憾了！……我们抹去了时间……可是它将抹去我们，时间在报复！它像可怕的幽灵驱赶着我们，宣布不认识我们，判决我们远离它的王国。我的主，我们与时间的较量，是以时间的胜利结束么?!"其实"我们才是时间之梦"，"时间让我们做梦，然后又把我们一笔勾销"，"与时间作对是无益的"。在时间的框架里，理智与心灵需求失衡了，从而造成了人心理的危机。该剧以神话的、荒诞的象征方式探讨了人与时间相抗争的悲剧性主题。

哈基姆在《山鲁佐德》中则选用了一千零一夜开头第一个故事的框架，加以大量改造，演绎出全新的内涵。在王后的感召下国王山鲁亚尔摆脱了长期沉溺其间的情欲世界，转而学会思索，开始求知，但当他从一个动物性的人提高到具有理性人的高度后，却走向了另一个极端，他一味追求认知，变成了一个纯粹理性的化身。他视认知为人生的唯一使命，无视人性、无视感觉的存在，周游各地四处寻求能够使心灵得到安宁的去处，甚至试图超越时间和空间的限制，但种种努力最终都付之东流。他终于明白了自己不可能超越时空，他悲叹道："其实就是这个地球，不是别的东西，就是这个地球——一个旋转着的监狱。我们停滞不前，没有前进，没有后退，没有上升，也没有下降，只是在转圈，所有的东西都在转圈。"他本以为大自然要比这高明，却不料宇宙的运动规律只是"一切都在转，这便是永恒。我们向自然探问它的奥秘，它却回复以旋转"。他感受不到大自然的美好，只觉得自然"以无力为武器把我们囚禁在一个旋转的圈子里"，深感窒息。

哈基姆在该剧中所表现出来的思想是深刻而丰富的，他入木三分地揭示了人由于理性觉醒和理性过于发达所产生的苦恼和陷入的绝境。当国王山鲁亚尔成为一个理性的化身后，他不满足于所感觉到的东西，而是要追究一切事物的本质，他与这个世界的情感的链条被切断了，即使知道妻子与黑奴通奸这样耻辱的消息，他也冷淡之极，情感掀不起一丝波澜。他已被心灵和情感所抛弃，陷入了灾难的深渊；他已从一个"对躯体和物质的一切含义进行挑战的人，变成现在这个逃避一切物质和躯体的人"。越是清澈可见的东西，他越是不能理解，越是惧怕。

哈基姆在此对理性的价值和功能提出了质疑，揭露了理性的局限性。王后山鲁佐德是个很好的例子。在国王眼里，她是一个包含着宇宙玄机的谜："她可能不是女人，她是谁？我问你，她是谁？她成天禁居在闺房中，却对世界了如指掌！她从未离开过自己的房间，却知道埃及、印度和中国！……这个不满二十岁的女人是谁？她和其他同龄女孩子一样在绣房中度过了这些岁月，她的秘密何在？她的年龄是二十岁呢，还是没有年龄？她是被禁居在一个地方呢，还是存在于四面八方？我的脑子简直都沸腾起来了，急需要知道它……她就是那个原原本本了解大自然中一切的女人吗？"而宰相一直默默地爱慕着王后，在宰相眼中，她原本是一个天仙一样纯洁、智慧的女性，却不料她竟会与黑奴通奸，这极大地刺激了宰相，最后他精神崩溃，自刎身亡。而在充满欲望的黑奴眼中，王后只是一个有性欲要求的普通女人。山鲁佐德是无法用理性衡量和界定的，她如同大自然一样深不可测。追求绝对认知和理性的国王山鲁亚尔最终"悬挂在天地之间"，犹如"大自然头上一根拔掉的白发"，这是一场绝对理性与情感失衡的悲剧。

《贤明的苏莱曼》取材于圣经与古兰经的传说，探讨了力量与智慧的失衡所导致的人心的挫败和痛苦。剧中有些台词意味深长："人心才是最奇怪的。它在力量面前、智慧面前固若金汤。""力量有时使人盲目，看不见人类自己的无能，忘记那神赐的智慧。力量引诱我们进行无望的斗争，在造物主嘲笑的目光下进行不可一世的斗争。""一个人真正的智慧就在于懂得如何控制他的能力。"哈基姆创作此剧的动因就在于他懂得人类的智慧和力量之间的较量会一直持续下去，他真诚希望人类能合理利用自己的力量，不愧对"宇宙的精华、万物的灵长"的称谓。评论界对其充满思辨和哲学意味的创作风格给予了高度评价，说它"正好清楚地证明了埃及人精神生活的高度，因而这种风格已成为埃及作家们——至少是部分作家们的哲学，吸引着人们的头脑和心灵"。

徘徊于传统与现代之间的法格海

pái huái yú chuán tǒng yǔ xiàn dài zhī jiān de fǎ gé hǎi

　　阿拉伯文坛进入 60 年代以来，越来越多的作家接受西方现代文明的同时，开始重新挖掘民族传统文化的遗产，在传统与现代的取舍反思中，开始了文学创新。利比亚作家艾哈迈德·伊卜拉辛·法格海（1942 —　　）就是这样一位有代表性的作家。

　　艾哈迈德·伊卜拉辛·法格海出生在利比亚首都迪黎波里以南的马德兹。马德兹是利比亚沙漠边缘的重镇，这个地方就地域而言本身就具有双重性，它集合了沙漠边陲小镇和现代城市的特点。它是一个热闹的城镇，道路纵横，人来人往，与外界的文明息息相关。

　　法格海从小就生活在这样的一个城镇中，他的祖父是镇上的私塾老师。家中叔父继承了祖父的职业，法格海的父亲则开了一家商店，为这座沙漠重镇中的居民提供日常生活中的一切物品。从父亲的职业来说，他的家似乎更接近都市文明。

　　法格海从小就在私塾接受启蒙教育，他特别喜欢阿拉伯玛卡梅韵文故事的戏剧性和它语言的地道。1957 年，十五岁的他来到首都迪黎波里，在联合国教科文组织建立的新学校——艺术商务中心学习，后来还在戏剧学院学习过。繁华的都市为他提供了完全不同的人生经验，而新型学校使他接受了完全脱离传统的现代教育。青年法格海一下子被现代价值观念的新奇吸引过去，可他又时刻知道他内心有个声音执拗地反对着这些新奇，那个固执的声音是什么？是幼年耳濡目染的贝都因古风和苏非教徒带给他的东方的淳朴和智慧。法格海陷入了困境，他徘徊在传统与现代道德之间无法解脱，这是他最深刻的内心体验，这体验融会到他的血肉里、灵魂里，自然而然，内心的冲突和在这种冲突中对人生的把握成为他创作的不尽源泉。

　　60 年代，法格海结束了他在迪黎波里的学习，又由教科文组织派遣到埃及留学，就读于塞里塞·里亚恩社会发展学院，学习视听艺术。在现代北非阿拉伯文学的发展过程中，埃及文学处于领先地位，在50年代，埃及连续召开三次阿拉伯作家联盟代表大会，坚定了阿拉伯作家反帝反殖的斗争决心，60年代，又是埃及在阿拉伯上升时期起着主导作用，这些对于正在向往美好未来的法格海来说，都有着巨大的鼓舞和激励作用，在他眼前展开了一幅实现民族复兴的美好图景。

在埃及文学中，法格海发现了尤素福·伊德里斯，尤素福的小说深深吸引了他，因为尤素福擅长描写日常生活中的平凡，他的小说不仅能触摸到生活中最细微的特点，还能深入到人物的心灵深处。尤素福文学创作的这一特点在法格海心里产生了共鸣。他还发现尤素福和自己有相似的经历，都在新闻界工作，能够紧紧地把握住生活发展的脉络，所以尤素福的文学创作成为他学习的楷模。

回国后，法格海供职于利比亚报界，同时开始了文学创作。他和尤素福一样先着手进行短篇小说的创作，从1965年到90年代末，他共出版了五个短篇小说集：《无水的大海》（1965）、《系上安全带》（1968）、《星星隐去，你在哪里》（1974）、《光彩夺目的淑女》（1985）、《威尼斯之梦》（1997）。法格海的第一部小说集当年就获得了利比亚文学艺术最高委员会颁发的小说竞赛头奖，1982年他当选为利比亚作家协会主席，1991年还被评为利比亚"文坛风云人物"。

《无水的大海》中描写了人生中的一次偶然邂逅。在轮船甲板上，"我"与一位希腊女郎相遇，语言不通使他们不能自由交流，但"我"发现了人类相通的地方：默契的眼神，对钢琴表现力的理解，面对壮美自然的激动心情。他们不用语言，却在海鸟的腾飞与嬉戏中得到了心灵的交流。"我"豁然开朗，向"一个因语言、宗教、种族和肤色等墙壁隔绝，以致导致战火纷飞的狭小、堕落的旧世界告别，去迎接灿烂的新世界"。只是这美好的感觉太短暂了，会心的交流被到达终点的汽笛声打破了，"我"重新回到了冷酷的现实，这现实就像干涸的大海，人们挣扎在海底的泥泞中，不得解脱。作家把人生这样一个偶然发生的小事升华为对人的本质的认识，法格海的文学风格得到了初步显现。

《光彩照人的淑女》也描写了一次在异国他乡的邂逅，不过这次是他乡遇故知。一位少年因苦苦思恋儿时的梦中情人，忘不了她的"淡雅和天香"，三十年来情思一直拨动着他的心弦，甚至使主人公无法与其他女人建立家庭。终于他与儿时的梦中情人重逢，他沉浸在回忆和相逢的喜悦中，激起了埋藏在心中多年的爱恋，而她却离他而去，他心中的希望又一次破灭。这是一次青春爱情的美好体验与回忆，但同时读者依然能从小说中发现人物背后的象征意义，那位梦中情人，不仅是一个具体的人，也可能只是一种"淡雅和天香"，这种韵味是现代女性或西方女性所无法企及的，因而可遇而不可求，主人公所眷恋的，并不单单是个具体爱恋的女子，他所追求的是一种东方的美，这是对一种乡情、对一种传统价值观的怀恋。

法格海小说中的人物似乎就是他自己，从小镇中走出，怀着阿拉伯的旧梦，用那难以忘怀的与安拉和自然相互和谐的目光审视着现代文明，在他心中，旧日的梦幻看来还很美丽，不想丢掉也无法丢掉，而他又希望与周围的现代世界融为一体，但总是存在着不和谐的音调。

法格海并不满足于对现实生活的描摹，而是"深入到生活在现实中经受时间考验的人之本质，揭示隐藏在事物和人物后面的看不见听不到的东西"，"我把精力集中在想象的世界，我的小说不是科幻的，也不是写实的，但都不脱离现实"，于是他开始了文学探索之路，在探索的过程中，他把目光投向了阿拉伯的文化遗产，他既把《一千零一夜》、苏非主义以及阿拉伯特有的灵修作为结构小说的方式和营造氛围的手段，又把它们作为理想的象征和前行的路途，在现实与传统五彩缤纷的转化中揭示现代人的本质，法格海也因此建立起自己独特的文学风格，代表这种独特风格的作品有中篇小说《荒芜的田野》（1986）和三部曲（1991）《给你另一种理想》、《这是我的疆域》、《一个女人照亮的隧道》。

三部曲《给你另一种理想》、《这是我的疆域》、《一个女人照亮的隧道》问世后获得了评论界一致的好评。主人公赫利利出身于利比亚传统家庭，是贝都因人的后裔。父亲希望儿子恢复宗教世家的荣耀，可他和哥哥都拒绝作宗教学者，父亲无奈中把女儿嫁给了一位谢赫，让赫利利每天给他读上一段古兰经作为补偿。赫利利不甘心屈从父亲，只身前往英国留学。三部曲的第一部就是描写他在英国学习的经历，他在英国作英国文学与阿拉伯文学的比较研究，他把《一千零一夜》的引子故事，即山鲁亚尔杀死不忠的王后的故事总结为"性与暴力"，这成为他的研究对象。这一论题不仅揭示了东方古老的性观念与西方性解放在本质上的一致性，同时也是欧洲现实的真实写照。由于东方古老的性观念，使他很容易接受了西方的性解放，他和房东太太兰达成了情人，赫利利并不知道房东因丧失性功能，默许妻子私通。兰达爱他，想与之结婚，并有了他们的孩子，但当她目睹了赫利利与一起排戏的桑德拉同居的时候，愤然离去。赫利利不久得知兰达有了孩子，向她表达了结婚的意愿，但为时已晚。赫利利面对兰达只想有个孩子的表白觉得自己是个傻瓜，觉得自己成了西方女人的性工具。桑德拉独立开放，在性爱中始终居主动权，是赫利利既爱又无法驾驭的女性。但当桑德拉被绑架强暴住进医院时，赫利利才意识到：桑德拉其实也是西方性与暴力的牺牲品。实际上，《一千零一夜》中的东方性观念和桑德拉所代表的西方性观念，都不是建立在两情相悦的基础上的，都是一方对另一方的占有，毫无真诚可言。赫利利学成回国，回到了传统生活中，教书、娶妻，然而传统无爱的婚姻使他备感压抑，总是梦见自己在烈日下行走，一只巨大的黑鸟展翅盘旋在他的头顶，他拼命逃避。身心不得安宁的他终于得了重病。在死去了三十年的苏非长老的指导下，去了阿拉伯的"桃花源"——珊瑚樱络国。

　　三部曲之二《这是我的疆域》描写的是赫利利在珊瑚樱络国的经历。珊瑚樱络国是一个经过修炼，心灵得到净化的人间天堂，举国信奉苏非主义，信奉独一的安拉，安拉本身无形无本无相，只有真诚的人才能瞥见他的光芒。那里的人们以劳动为乐，没有军队、警察、监狱、货币，崇尚自然，人们认为死亡是与宇宙精神的融合所以并不惧怕死亡。人们从小接受爱的教育，他们认为男女的爱是人间爱的一部分，两性有了真挚自然的爱情才能有性关系，性是对生活意义和存在秘密的拥抱。这是作家精心设计的世外桃源，他将苏非主义的理想世界与现实世界进行鲜明对照，促使人们反省现实世界。

那么赫利利在这里生活得如何呢？他被加冕为艾米尔，娶公主为妻，然而他的价值观与这个世界格格不入，当他谈起武器、电子设备，公主还以为他在说胡话，贤人则以为他有预见能力，说这些是为了警世。他爱上了乡村少女布杜尔，心中却总有罪恶感，因为他不知道这里的少女婚前有自由交往的权利，女人有权要求与艾米尔生个孩子。但在这里生活时间长了，他渐渐从恐惧不安中解脱，在修炼中不仅病体痊愈，还爱上了这里的淳朴民风。布杜尔更是他的至爱，她是奔放、洒脱、自然的象征，然而布杜尔很快就消失了，赫利利百思不得其解，在别人的指点下，他才意识到自己亲眼见到了主，是主的恩典。但他并没有把主根植于内心，而是着迷于布杜尔的外形，而布杜尔的消失正是为了培植赫利利对主发自内心的爱。从此，他经常听到布杜尔的歌声，心境安宁平和，达到更高的境界。但渴望创造奇迹的贤人却开始仿造赫利利曾描绘过的武器，令他苦恼不堪。他为了求得心灵的解脱，忘记了与布杜尔的内在精神联系，疯狂地从现实生活中寻找布杜尔，放出了密室中的黄色飓风，席卷了整个城市，他亲手毁掉了自己渴望的理想王国。第三部则描写了赫利利经历了两种世界的失败生活后继续通过叛逆、失败的不断轮回寻找着世人的出路。

法格海通过赫利利的人生探索展现了利比亚人在现代化的进程中，背负传统的重负，举步维艰，处境尴尬。在传统与现代的徘徊中，人既不属于古代，也不属于现代，既不属于西方，又不属于东方，归途何在？应该说，这何止是利比亚人的生存困境，这是东方的、是人类的大困境。

59. 米斯阿迪：阿拉伯世界的浮士德
mǐ sī ā dí: ā lā bó shì jiè de fú shì dé

长篇小说《阿布·胡赖拉谈话说……》是突尼斯作家、思想家迈哈穆

德·米斯阿迪（1911—　）的重要作品之一。小说写的是，主人公阿布·胡赖拉年幼时曾经和大人们一起去圣城麦加朝觐，他还无法理解朝觐的真正含义，把祈祷甚至出殡都看做是让人发笑的游戏。长大成人以后他按祖祖辈辈的生活方式生活，行宗教功课、娶妻、从商、吃喝玩乐。可是有一次，朋友邀请他去郊外偷看天人歌舞，天人们赤身裸体，在阳光的沐浴下自由自在地轻歌曼舞。胡赖拉沉睡的心灵苏醒了，后来他又偷看了多次，心中产生了对天堂的强烈渴望。

　　在麦加，他为一个来历不明的女人蕾哈娜所吸引，后来，蕾哈娜为他捧上美味佳肴，悉心照料他的病体，和她在一起，胡赖拉觉得一切都那样美好。但他的内心并不平静，心中总有某种渴望让他不安，甚至超过了对女人的爱。他的心告诉他，要去探索，不能停留，否则渴望会扼杀他的生命。他毅然离开了温柔乡，云游四方。胡赖拉去云游还有一个直接的原因，就是他从自己妹妹的死中悟出了人生之苦。妹妹生来残疾，不会说话，不久又失聪、失明，最后病死，连母亲都置之不理，他却非常疼爱妹妹，他悟到地狱之火不在地狱，而在人间，安拉的惩罚不在来世，而在现世。所以他重视现世，遣散家产，云游四方，寻找他心灵中的幸福与安宁。

　　从麦加出发，日夜兼程，随遇而安，他希望抹去记忆，不再重蹈覆辙。沿途他看到的都是人的贪婪和互相残杀。胡赖拉因人之恶而厌恶人，但又渴望同类的亲情。他带着满脑子的困惑，来到高山上的基督教修道院追问答案。他试图像修道士那样折磨肉体以达到忘我，但他无论如何也不能忘掉肉体，相反却意识到了肉体对人的重要性。他和带领他修行的修女朱勒玛互相吸引，在二人的爱恋中，修女恢复了女人的天性，彼此的爱也使他们感到了精神的充实。从中胡赖拉反思各种派别的修道，认为他们都没有得到心灵的安定，只是自欺欺人，真正的"无我"，是可遇而不可求的。云游中，他在一位修士的带领下到海里游泳，体验到身体放松和自由自在的感觉，体验人与自然的融合。修士告诉他："你即我，我即你，我们就是其他人。天堂在你心里。正如你的心过去是泥土，尔后会变成天空的鸟儿一样。"修士送给他一张画：纸的中间是空白，周围画着点线和圈。胡赖拉百般思索，终于悟出画中的空白是时间的颈口，这是启发他摆脱年龄的限制，走出有限的时间，走向无限。他邀请老友在次日黄昏朝向落日的方向前行。一路上，胡赖拉忆起了和朋友一起度过的那些放荡不羁而又充满温情的日子。这时他们听见一种美妙的声音从天而降：

> 我是真理呼唤你
>
> 我是爱求爱于你
>
> 我是渴望深藏于你
>
> 来到岁月之上找寻我的秘密
>
> 从我的隐秘中揭示黎明般的光芒
>
> 它将讲出我的秘密
>
> 我是真理深藏于你
>
> 我是爱求爱于你
>
> 我是渴望呼唤着你
>
> 我的爱人是永恒的爱人
>
> 解脱吧，一起得到
>
> 那冥世的学问
>
> 以及主的隐秘
>
> 快快行动起来
>
> 你一旦升华
>
> 快似风儿刮起
>
> 来吧上山来
>
> 扇起你的翅膀
>
> 眼前即显出
>
> 那永恒的彼岸

胡赖拉也唱了起来：

真理，我来了

祝贺你，我来了

我的爱人无比辉煌

我现在就出发

我的心来了

这是我的天在那极点

它呼唤我的灵魂

啊，我的挚友

它的辉煌照耀着天空

照亮了我的路

胡赖拉告诉朋友，这正是他所要的。胡赖拉一边回忆往事，一边策马扬鞭，晨曦的微光中，朋友发现他们正停在悬崖边上，他惊呆了：胡赖拉超越了生命。

胡赖拉的一生不仅是他个人的人生旅程，更象征了人类灵魂探索的过程。

米斯阿迪的作品并不多，主要有三部：写于1939年、出版于1973年的《阿布·胡赖拉谈话说……》；1955年创作的哲理剧《坝》；1972年创作的长篇小说《遗忘的产生》。这些作品都表现出了作者对人的极大关注和深刻的认识，展示了人面对时代的挑战所应具有的百折不挠的精神和勇气，包括胡赖拉在内的每一个主人公可以说都是突尼斯现当代知识分子的精神写照，而作家在倾力塑造人物的时候，又把这种对人的关照深深植根于阿拉伯文化的土壤中，透射出悠久深厚的伊斯兰文化的底蕴，显示出作家非凡的艺术功力。

米斯阿迪出生在突尼斯的农村，他的父亲是一个虔诚的穆斯林，他每天都要祷告五次，周五（主麻日）还务必到大清真寺祈祷，听演讲更是必不可少的。米斯阿迪就是在这种浓厚的宗教氛围中长大的，他常常陪着父亲诵读古兰经，哼唱圣训，父亲的言传身教也铭刻在作家的脑海里。父亲还非常重视对孩子的教育，先安排儿子们去私塾跟随伊斯兰长老学习古兰经，然后又送他们去首都的洋学堂，感受现代文化。在小学，米斯阿迪每周只有三小时的阿语课，却有二十七小时的法语课。为了不丢弃伊斯兰传统文学，每周日，他都要去哥哥所在的传统的阿拉伯大学旁听。

当时的突尼斯是法国的殖民地，殖民当局强行推行殖民化政策，突尼斯人民怨声载道，但无奈势微力薄，无可奈何。他在法语学校学习时，从西方人瞧不起东方人的神态和言语中，再次体味到作为弱国子民刺人心骨的悲痛。难道阿拉伯民族因为落后就没有存在的价值吗？难道有着灿烂历史的阿拉伯文化就没有存在的价值了吗？西方文明是唯一有意义、有价值的文明吗？作为今天的阿拉伯人人生的意义和出路又在哪里呢？一连串的疑问压在他的心上，他萌生出一种愿望：塑造一种阿拉伯人，他们无论面临怎样的生活悲剧，都不放弃心灵深处的追求，设计自我的存在状态，成为堪称文化楷模的"大写的人"。

米斯阿迪不仅在国内接受法语教育，他还在西方人文荟萃的巴黎接受西方现代思想的洗礼，就读于法国的索尔本大学，他同时也从西方文化中汲取有益的营养。有"阿拉伯文学之父"之称的塔哈·侯赛因曾经对米斯阿迪的剧本《坝》的思想内容发表评论说，该剧具有法国存在主义的内涵。他的法国老师也告诉他："我们应该从兰波的诗歌中获得作为一个具有全部责任感的人的思维和人的情愫。"于是米斯阿迪也试图在阿拉伯文化传统中寻找"大写的人"，他发现了伊本·鲁米、阿布·阿鲁斯、贾希兹、海亚姆等人，他在他们身上找到了自己的文化之根，重新对阿拉伯语充满了信心。以前他用英语和法语写作的时候，总是觉得自己要表达的思想和语言有隔膜，而用阿拉伯语写作，思想情感发自内心深处，所以写起来得心应手。更关键的是，他认为，人是安拉在大地上首选的继承人，人不应该背叛安拉，人类必须不断努力、积极行动、创造文明，必须面临死亡，才能战胜死亡，超越死亡，于是米斯阿迪用他的笔创造了阿拉伯世界中的浮士德——胡赖拉。